Play HARD

2: HARD TO HOLD

Titre de l'édition originale : *Hard to Hold*

Publié par JKB Publishing, LLC

Ce livre est un ouvrage de fiction. Les noms, personnages, lieux et événements et incidents sont issus de l'imagination de l'auteur ou utilisés de façon fictive. Toute ressemblance avec des faits réels, des lieux ou des personnages existants ou ayant existé serait totalement fortuite.

Ouvrage dirigé par Isabelle Solal
Édition en langue française : *Hard to Hold (série Play Hard, tome 2)*
Photographies de couverture : © Lightandpics/GettyImages/© Jacob Lund/
© Dima Aslanian/Shutterstock
Conception de la couverture : Camille Decoster / Studio Hugo
Collection New Romance® créée par Hugues de Saint Vincent,
dirigée par Arthur de Saint Vincent
Collection Hugo Poche dirigée par Franck Spengler

34-36, rue La Pérouse
75116 Paris
www.hugoetcie.fr

ISBN : 9782755694253
Dépôt légal : février 2022
Imprimé en Espagne en mars 2023 par CPI Black Print

Play HARD

2. HARD TO HOLD

K. BROMBERG

Roman

Traduit de l'anglais (États-Unis)
par Sylvie Del Cotto

Hugo Poche

NEW ROMANCE®

DU MÊME AUTEURE

Driven
Fueled
Crashed
Raced
Aced
Slow Burn
Sweet Ache
Hard Beat
Down Shift
Sweet Cheeks
Sweet Rivalry
UnRaveled
The Player
The Catch
Everyday Heroes, Cuffed #1
Everyday Heroes, Combust #2
Everyday Heroes, Cockpit #3

PROLOGUE

RUSH

Je respire profondément, les yeux fermés, pendant que leurs questions fusent.

Leurs poings martèlent les vitres teintées du SUV et leurs lèvres psalmodient mon nom.

– Vous confirmez ?

– Êtes-vous un briseur de ménage comme on le prétend ?

– Rush, comment avez-vous pu commettre une telle ignominie ?

Les paparazzis. La presse. Les médias.

En temps normal, leur présence implique que je fais correctement mon job. Que mon jeu est irréprochable, que l'équipe les a éblouis, que tout se déroule selon leurs attentes.

Pas aujourd'hui. Aujourd'hui, je ne demande qu'à disparaître un instant.

Si je parvenais à voir au-delà des flashs et des murs de questions, je discernerais le portail de chez moi. Celui de la demeure de Formby que je n'aurais jamais rêvé de posséder un jour. Je suis propriétaire à Formby. Mes utopies d'autrefois sont désormais devenues une réalité, et n'est-ce pas dément que la connexion entre le passé et le présent soit toujours aussi vivace ? Qu'elle persiste si farouchement ?

J'aspire de tout mon être à retourner au stade Anfield, où je suis à ma place, à m'évader sur la pelouse pour renouer avec ma fameuse aptitude à occulter le bruit extérieur. Mon salut d'alors et ma sérénité actuelle, restée l'unique constante de ma vie.

Et à présent ? Tout est compromis par une dette à rembourser, résultant d'une situation qui a tellement échappé à mon contrôle que je n'ai guère d'espoir de redresser la barre.

– Ça ne rigole pas dehors, pas vrai ?

Je croise le regard de mon chauffeur dans le rétroviseur et hésite avant d'acquiescer de la tête. Quelque chose dans sa façon de me regarder, comme s'il m'implorait de lui dire que les journalistes encerclent sa voiture sur la base d'un mensonge, que je ne suis pas coupable du crime dont ils m'accusent.

Mais pourquoi penseraient-ils différemment ? N'est-ce pas ce que tout le monde attend de moi ?

Pour toute réponse, je hoche la tête, même si je brûle de dire à quelqu'un, n'importe qui, qu'il a raison : je ne suis *pas responsable*.

Je détache ma ceinture de sécurité sous son regard persistant, le déni que j'ai sur le bout de la langue reste au bord de mes lèvres.

– Ouais, mec. Un drôle de cirque.

Cela sonne comme un soupir exaspéré.

Mais je n'en dis pas plus.

Je n'admets pas.

Pas un mot.

Je ne peux pas.

– Je ne sais pas comment te remercier…

– Inutile de me remercier, dis-je, et je porte mon regard à gauche, vers le second passager, pour couper Archibald avant qu'il ne dise autre chose susceptible d'être entendu par le chauffeur.

J'ai connu cet homme toute ma vie d'adulte. La profonde tristesse qui creuse son regard et sa posture défaitiste me rongent. Il y a aussi quelque chose de calculé en lui. Une dureté éphémère que je surprends de temps à autre et que je connais depuis suffisamment longtemps pour sentir que mon sort était joué d'avance, depuis des années.

Il ne fait que réclamer son dû au moment le plus opportun.

Dire que, depuis tout ce temps, j'étais persuadé qu'il agissait par générosité d'âme et en bonne conscience.

J'aurais dû me méfier. J'aurais dû voir clair dans ses discours bien ficelés et ses regards entendus. L'adolescent en moi persiste à se raccrocher à ce que je pensais être de la sincérité, or, je réalise à présent que je me méprenais.

Il n'empêche qu'il m'observe avec un sourire voilé qui laisse présager que pour cela, je paierai le prix fort, sur le plan personnel et professionnel. Il sait que je ne peux qu'accepter à cause de ce que je leur dois, à lui et sa famille. Les planches de salut ont d'étranges manières de se rappeler à vous, et la mienne vient de boucler la boucle.

Dommage que je doive me plier à sa requête pour que le tour soit complet.

Putain.

– Est-ce qu'Helen est au courant ? dis-je de manière énigmatique.

Archibald secoue vivement la tête, l'air effrayé à cette seule perspective. Bien sûr qu'elle n'est pas au courant. Comment pourrait-il lui expliquer qu'il s'apprête à troquer un fils contre celui qu'il a toujours revendiqué comme son second fils ?

Mon sourire est pour le moins artificiel, mais qu'espère-t-il ? Je suis sur le point d'être jeté aux lions.

Des lions à l'affût du sang, conduits à tort vers une odeur.

– Nous pouvons refaire le tour du pâté de maisons au besoin, propose le chauffeur.

– C'est chez moi, je fais dans un petit rire dénué d'amusement. Quoi qu'on fasse, ils ne décamperont pas.

– Et si j'avançais lentement la voiture pour qu'ils s'écartent ? Nous franchirons ainsi le portail pour vous éviter de sortir les affronter, offre-t-il.

– Cette foule ne se dissipera pas, je murmure alors qu'on tape à la vitre à côté de mon oreille.

Et puis je ne serai plus là très longtemps. Je dois préparer mes bagages et mettre les voiles.

– Tu peux loger chez nous, tu sais, murmure Archibald. Personne ne tiquerait.

– Sans façon.

C'est clair que cela soulèverait des questions. Dans l'immédiat, il n'est qu'un homme, une escorte qui me raccompagne chez moi, participe au maintien de l'ordre. Qu'il déborde un tant soit peu de ces fonctions, et les gens jaseront.

– Ne serait-ce que le temps que les choses se tassent, insiste-t-il.

– Tu penses vraiment que c'est une bonne idée ? dis-je avec plus d'agressivité que je ne le voudrais avant de me tourner face à lui.

C'est la première fois que je le laisse entrevoir l'accablement dans mes yeux, le premier indice de l'inquiétude usante que j'ai cachée à tout mon entourage.

– S'ils y regardaient d'un peu plus près, ils verraient autre chose que ce que tu veux qu'ils voient. (J'inspire à fond et me prépare.) Quand faut y aller…

Sans un autre mot, j'attrape mon sac et pousse la portière.

Le son est assourdissant.

Les flashs aveuglants.

Bien sûr, j'y suis habitué, mais pas comme ça. Pas avec cette intensité. Pas après qu'on m'a accusé de coucher avec la femme du capitaine de mon équipe.

– Rush, est-ce vrai ce qu'on raconte ?

Clic. Clic. Clic.

– Depuis combien de temps dure votre liaison avec Esme ?

Clic. Clic. Clic.

– Serez-vous transféré à cause de ça…

Clic. Clic. Clic.

– Un commentaire, s'il vous plaît !

Leurs caméras cognent mes épaules pendant que je me fraie un passage au travers, mon nom est comme une symphonie de bruits stridents sur leurs lèvres. Les questions s'enchaînent.

– Pas de commentaire.

Je répète la formule imposée par l'équipe dirigeante qui me réduit au silence. Tous les sons – leurs questions, mon nom, les déclencheurs – s'estompent en un bruit blanc autour de moi.

Ils poussent, donnent des petits coups, rabaissent.

Ils me font me sentir comme quand j'étais enfant.

Ils me font me rappeler l'enfance à laquelle j'ai échappé.

Ils font rejaillir la honte que j'avais cru laisser derrière moi.

J'atteins le portail piéton de ma propriété, mais une journaliste barre l'entrée. La première que je regarde dans les yeux, et reconnais.

Je l'ai déjà vue. Elle est diaphane – la peau, les cheveux, les yeux clairs –, mais son sourire a toujours été bienveillant et ses questions courtoises.

Toutefois, quand nos regards se rencontrent, l'arc de ses sourcils prend un pli accusateur et lorsque je baisse les yeux sur ses mains, je sais pourquoi.

Elles tiennent un exemplaire de *The Sun*, avec en couverture une photo floue en noir et blanc.

Inutile de l'examiner pour savoir de quoi il retourne. Je l'ai suffisamment regardée ces trois derniers jours pour en mémoriser chaque détail. C'est l'image reconnaissable d'Esme, princesse britannique de la pop, sur le balcon d'un hôtel, enlacée par un bras masculin. Des arbres, parmi lesquels se cache le paparazzi, dissimulent en partie leurs corps, mais il est indéniable que l'homme me ressemble. Les vêtements, la coupe de cheveux et le style, jusqu'aux chaussures : tout est exactement semblable à moi.

Un footballeur vedette couche avec Esme, star de la pop et épouse de son capitaine.

C'est le titre que j'ai vu placardé partout. La lueur dans les yeux de la journaliste me dit qu'elle y croit. Que je la déçois.

Qu'elle croit que je suis capable de faire ça.

Pourquoi pas, après tout ? Mon manager et les membres de mon équipe ne mettent même pas en doute la validité de cette maudite photo. Le coquard sous mon œil gauche, imprimé par le poing de Seth, ne fait que conforter le titre.

Ils partent du principe que c'est véridique. Ils pensent que je ferais une chose pareille. Que je n'ai pas une once de sens moral. Que je ne crois pas aux liens sacrés du mariage.

Et c'est ce qui me met le plus en colère.

Je la contourne et tire sur le portail, le franchis et laisse les hurlements de la presse monter d'un cran pendant que je traverse ma pelouse jusqu'à l'entrée.

J'aimerais leur dire que s'ils regardaient plus attentivement, ils verraient la vérité.

Mais à quoi bon ?

Pourquoi faut-il que je prouve mon innocence, alors qu'ils scandent mon nom, le même nom qu'ils portent imprimé au dos de leur sweat-shirt ?

Pour la millième fois de la soirée : *pourquoi devrais-je m'abaisser à ça ?*

CHAPITRE 1

LENNOX

De l'alcool de médiocre qualité, arrangé dans des verres fantaisie, est distribué à la ronde sur un plateau. Les invités, en robes du soir scintillantes ou en smokings noirs, fourmillent, chacun se comportant comme s'il était mieux informé que son interlocuteur. Un air de jazz suave et langoureux, diffusé par des enceintes, favorise les conversations légères.

– Il est sans doute le plus grand de tous les temps. Comment peux-tu le nier ?

– Permets-moi de te contredire. Comment peux-tu imaginer qu'ils aient la moindre chance de remporter le titre cette année ?

– Tu as vu dans quelle histoire il trempe ? Je me réjouis de ne pas le représenter. Bonjour les migraines.

J'avale le fond de champagne et repose ma flûte sur la table du buffet vide derrière moi, à côté du classeur d'informations qui nous a été remis pour la conférence, avant le cocktail. Ce faisant, je réprime un bâillement.

– Ce bâillement que tu étouffes, Kincade, je vais l'imputer au fait que tu étais parmi les derniers rentrés hier soir, ceux qui se sont mesurés au taureau mécanique.

Je me fige au son de la voix mielleuse de Finn Sanderson, confrère et agent très spécial, beau parleur impitoyable, et la raison qui fait que ces temps-ci, Kincade Sports Management surnage à peine.

– Quel est cet adage ? Ce qui se produit à Vegas reste à Vegas ? Ce n'est pas tous les ans que le Sommet Sportif se déroule dans un endroit aussi chic.

Je hausse les épaules, ignorant les courbatures qui me rappellent que j'ai effectivement chevauché ledit taureau. Avec un sourire ironique, je me tourne vers lui.

– Je bâille parce que je t'ai senti approcher. Du coup, je me préparais à notre conversation. Je ne voudrais pas sembler grossière et bâiller sous ton nez.

– Une crème, comme toujours, murmure-t-il.

Il se penche pour m'embrasser sur la joue, son sens du sarcasme lui chatouille le bout de la langue.

Mobilisant tout mon sang-froid, je ne tressaille pas à son contact ; mais je serre les dents.

– Peux pas te retourner le compliment.

– Je conçois que tu apprécies ces pics d'adrénaline, mais en toute honnêteté, ils te donnent un peu plus l'air de la bête que de la belle. (Lèvres retroussées, il me regarde au-dessus de son verre, ses yeux sont aussi provocants que ses mots.) Plutôt malséant.

Une flopée de ses actes inappropriés me traverse l'esprit : piquer nos clients en multipliant les coups bas, traiter ma sœur avec peu d'égard jusqu'à la rupture, le simple fait qu'il *respire*. Mais bon, je ne dis rien.

– Sinon, tu apprécies Vegas, Finn ?

Il bafouille, cherche à comprendre mon revirement, pourquoi je redeviens soudain agréable, mais je ne me défais pas de mon sourire. Je suis vivement consciente que ma sœur Dekker lui ayant volé son client, le champion de hockey Hunter Maddox, des agents nous observent sans doute en s'attendant à ce que l'orage éclate.

– Comme tout le monde, non ? (Il salue un invité d'un geste du menton.) Tu vas à Chicago après la conférence ?

– Pourquoi Chicago ?

Visiblement pris au dépourvu, son expression vacille un court instant, puis il se reprend.

– Rien de spécial. Oublie ça. Je me suis embrouillé. Il y a trop d'agents à cette convention pour ne pas s'emmêler les pinceaux.

Il a un petit rire.

– Si tu me confonds avec ces types, c'est que tu perds salement la main.

– Je perds la main, moi ? tousse-t-il. Ce n'est pas toi qui as laissé Austin Yeakle te filer entre les doigts la semaine dernière ?

Il cite ma tentative foireuse de recruter l'as du football universitaire transféré en cours de saison. Alors que je pensais avoir conclu l'affaire, à peine une heure après avoir quitté son domicile, j'ai appris qu'il avait choisi un autre agent, dans une autre agence, pour le représenter.

Dire que cela heurte mon ego est un doux euphémisme.

– Il y a plein d'athlètes dans ce monde.

– Certes, mais aucun parmi eux n'ira aussi loin que lui.

– Où veux-tu en venir, Finn ?

Il sourit.

– De mon point de vue, tu perds plus souvent que tu ne gagnes, ces temps-ci.

– J'ai une liste de clients longue comme le bras et je n'ai pas dit mon dernier mot, je me défends en saisissant une flûte de champagne sur un plateau au passage du serveur, pensant aux clients potentiels des Golden Knights et des Raiders, deux équipes de Las Vegas avec qui j'ai rendez-vous dans la semaine.

– Est-ce pour cela que tu as décliné la proposition de la MLS[1] ? demande-t-il.

---

1. La Major League Soccer, principale ligue professionnelle de soccer en Amérique du Nord : États-Unis et Canada. (NdT, ainsi que pour les notes suivantes)

Sa référence à la première ligue professionnelle de football d'Amérique du Nord me cueille à froid. Ce que mon visage reflète sans doute. Un sourire suffisant étire lentement ses lèvres.

– Eh oui, je sais pour la proposition. La question est, pourquoi as-tu décliné ?

Une myriade de raisons s'entrechoquent dans mon esprit, mais la principale s'impose – celle qui nous a convaincus, mon père et moi, qu'il valait mieux rejeter l'offre : pourquoi la MLS solliciterait-elle une jeune femme agent sportif pour devenir leur ambassadrice chargée de promouvoir leur prochaine saison ?

Je ne suis pas une célébrité ni une athlète phare, encore moins un gourou du marketing. Inciter les supporters à prendre part au sport, comme par exemple avec le football américain, est pour eux un combat incessant depuis les balbutiements de la Ligue, et je ne sais pas trop ce qui me prédispose à cette mission.

– J'ai mes raisons, dis-je sur un ton décisif, faisant taire mes propres interrogations.

– Bah voyons, évidemment ! (Il soutient mon regard et son sourire railleur reparaît.) Ils te veulent farouchement, vu que Cannon m'a dit qu'ils te réservaient le poste, au cas où tu changerais d'avis.

Vraiment ? Je l'ignorais.

– Que veux-tu ? Quand on est bon, on est bon.

Je hausse les épaules avec arrogance.

– Tu me caches des choses, Kincade. Quelle gamme de compétences particulières as-tu que je ne puisse fournir ? J'imagine que ce n'est pas une mince affaire pour lui de te retenir une fonction, pour toi et toi seule.

Sa voix chargée de sous-entendus et d'implications me fait lever les yeux au ciel. C'est typique de Finn Sanderson, il veut l'impossible et déteste tout à ce sujet. À tel point qu'il me rabaisse pour se sentir plus en paix avec lui-même et ses travers.

– Demande-lui, si ça t'intrigue autant.

– Quand même, une activité nouvelle et différente… c'est follement excitant.

– J'ai ma dose d'excitation, dis-je, bien que ses mots m'interpellent. Et je suis déjà bien occupée avec ma propre charge de travail.

– Ah oui, j'oubliais. (Il me fait un clin d'œil.) Toi et ton activité débordante. Oserai-je te demander pour qui tu t'actives en ce moment ?

– Que ne donnerais-tu pour le savoir ?

Cette fois, je laisse mon rire dériver librement et remarque que des têtes se tournent dans notre direction sans aucune retenue.

– Pourquoi ? Tu as besoin d'étoffer ta clientèle ? Ton charme s'est évaporé, tu as besoin de chiper des idées dans mon manuel de stratégies ?

– Chiper des idées ? rit-il. Une méthode signée Kincade. Le nom de Hunter Maddox te semble familier ?

– Considérant qu'il est fiancé à ma sœur, on peut difficilement lui reprocher de vouloir être représenté par notre agence… il fera bientôt partie de la famille et tout ça.

– Ai-je mis le doigt sur le vaste plan de KSM ? Toutes les quatre, vous faites miroiter de l'amour aux hommes, puis les signez à l'agence ? Vous les piquez à leurs agents ?

Ordure.

Je me rapproche d'un pas et baisse la voix.

– Primo, si leurs agents s'acquittaient correctement de leurs tâches, ils ne chercheraient pas ailleurs. Deuzio, KSM est une agence de sportifs, pas un réseau de prostitution. Tertio, le simple fait que tu énumères ces arguments me dit que tu te méfies de nous. Parfait. *Tu devrais.* Les clients ne sont pas que des sources de revenus. Et d'après ce que je me suis laissé dire, tu te cantonnes à l'aspect financier. Il ne faut pas s'étonner que tu perdes tes athlètes les uns après les autres, dis-je un peu plus fort que nécessaire.

– Tu recommences à projeter.

Il secoue la tête, mais je vois clairement ma diatribe s'insinuer dans son esprit.

– C'est KSM qui prend l'eau. Pendant que je me prélasse et savoure la vie.

– Continue de penser ça. (Le regard braqué au-dessus de son épaule, vers la foule, je mens.) C'est toi qui as commencé avec les coups bas quand tu as dérobé nos clients en les amadouant avec des carottes imaginaires, qui ont disparu comme par magie à la seconde où ils ont signé avec toi.

– La fin justifie les moyens, non ?

Le salopard suinte la suffisance.

– Nous nous sommes fixé comme objectif de récupérer nos clients, et plus encore. Hunter était le premier d'une longue liste de transferts de Sanderson Sports vers KSM.

– Serais-tu en train de me mettre en garde contre quatre femmes et leur père vieillissant ?

À mon tour, j'émets un rire fort et moqueur.

– Continue à nous sous-estimer. Mais écoute-moi bien : même s'il y a la place pour nos deux agences dans ce monde, rien ne me ferait plus plaisir que d'aider tes clients à te voir sous ton vrai jour.

– Mon vrai jour ? Un type *remarquable* ?

– L'orgueil a provoqué la chute des plus grands empires. Je me régalerai quand le tien s'effondrera. À présent, si tu veux bien m'excuser, j'ai aperçu quelqu'un à qui j'ai deux mots à dire.

– J'attendais mieux de ta part que te dérober sans demander ton reste, mais (il hausse les épaules quand je passe devant lui) avec toi, il fallait s'y attendre.

– Mais encore ?

De quoi parle-t-il ?

– Tu as toujours été jalouse.

– De quoi ?

– Que je choisisse Chase et pas toi.

Son sourire s'illumine prestement et même si sa pique me donne envie de l'étrangler, elle est si représentative de Finn Sanderson que je ne peux me retenir de secouer la tête et de soupirer.

– Cela dit, il semblerait que tu aies loupé pas mal de choses. Ce n'était pas du toc, Kincade, renchérit-il.

Quelque chose dans son ton méprisant et son regard inflexible me donne là encore l'impression de louper le fond du propos.

Rejetant cette idée, je me dis que semer le doute est ce qu'il cherche. Puis je me dirige vers les sanitaires pour m'accorder une pause, loin de lui et de tout ce qu'il suscite : insécurité, colère, frustration, aversion.

Le bon côté d'un séminaire sur la gestion du sport ? Il y a rarement la queue aux toilettes pour dames, étant donné que nous sommes une minorité dans le milieu.

Je retouche mon maquillage et ma coiffure juste pour perdre du temps. Cinq jours, c'est cinq de trop à écouter ces agents sportifs masculins faire le coq face à d'autres coqs du même acabit sur des questions qui ne changent pas le monde.

Ai-je tiré quelque enseignement de ce séminaire ? Rien de particulier, mais cela a réaffirmé ma résolution de ne jamais sortir avec quelqu'un du métier : leur ego est encore plus surdimensionné que celui des athlètes professionnels.

C'est au moment où je rebouche mon tube de rouge à lèvres que je réalise que j'ai laissé mon classeur sur la table, au début de mon ping-pong de vacheries avec Finn.

Le classeur, ce n'est pas trop catastrophique. Le souci, c'est le bout de papier à l'intérieur qui liste les cinq athlètes professionnels les plus éminents de Las Vegas, assortis de mes rendez-vous prévus avec eux au cours des prochains jours.

C'est une déconvenue monstrueuse, dans le sens où je compte les convaincre de quitter leur agent pour rejoindre KSM.

Contraire à l'éthique ? *Possible.*

Une pratique courante dans le milieu ? Sans doute.

Mais la dernière chose dont j'aie besoin est qu'un autre agent trouve mon classeur, l'ouvre pour identifier son propriétaire et lise mon nom inscrit au feutre noir sur la pochette intérieure, juste là où est glissé le bout de papier.

M'efforçant de ne pas avoir l'air d'une femme inquiète en mission, je me hâte de retourner dans la salle bondée.

Quand je repère mon classeur à l'endroit où je l'ai laissé, sur la table, je ralentis l'allure et distribue quelques sourires à des collègues, en passant devant eux pour aller le récupérer.

Une fois la chose faite, étant immergée depuis trop de jours dans ces conférences saturées de testostérone, je décide que le moment est idéal pour m'éclipser furtivement. Le calme de ma chambre d'hôtel, le service d'étage et enlever mes escarpins s'annoncent le plan parfait pour terminer ma soirée.

Bien sûr, je raffole de l'effervescence et du réseautage dans ces séminaires, mais je suis vannée.

Comme si l'univers jouait contre moi, et contestait l'idée du service d'étage, je me retrouve coincée derrière une dizaine de participants qui bouchent le chemin de la sortie. Ils regardent quelque chose sur un téléphone, si bien que mes « excusez-moi » restent lettre morte.

Au moment où je suis sur le point de les contourner, je suis stoppée net.

– Elle ne savait rien à propos de Chicago. Que dalle. Crois-tu que papa Kincade réalise qu'elle est le maillon faible de l'équipe mais qu'il ne se résout pas à la virer ? (*Cette* voix et *ce* petit rire sont ceux du roi des enfoirés : Finn.) C'est sûr qu'il la dorlote, elle et son ego si précieux. Comme quoi le physique ne suffit pas toujours…

Alors que ses critiques sont saluées par des éclats de rire, je suis paralysée par le choc, l'indécision, la vexation – et plus encore. Dois-je rester dissimulée par la foule ou me manifester ?

D'ailleurs, que se passe-t-il à Chicago ?

– D'après la rumeur, les Kincade la couvent. Vous avez remarqué que lorsqu'il est question d'approcher un athlète coriace, c'est l'une des trois autres sœurs qui s'y colle ?

L'observation d'un inconnu est suivie d'un sifflement.

– Qu’ils m’envoient Lennox pour négocier quand ils veulent, déclare un troisième. Le débat portera sur ses escarpins, pour savoir si elle les gardera ou pas une fois qu’elle aura enlevé tout le reste.

– Je crois savoir qu’elle abuse de ce genre de manœuvre. Tiens, je devrais me faire passer pour un sportif de haut niveau, parce qu’elle n’hésite pas à user de ses atouts pour amener un athlète à signer, dit le persifleur.

L’estomac noué, je peux pratiquement les voir se faire du coude, d’une manière typiquement masculine. Bien qu’atterrée, je sais précisément d’où vient ce commentaire. C’est une interprétation distordue de la vérité, mais n’ai-je pas été sotte de penser qu’il la percevrait correctement ?

– Tu fais allusion à Bradly ? dit le type numéro 2.

– Évidemment, réplique le persifleur. Ne me parle surtout pas de l’un de mes plus gros clients que j’ai perdus parce que je n’ai pas son décolleté.

La mâchoire m’en tombe. Je cille à toute allure, comme si l’un ou l’autre de ces gestes pouvait effacer ce que je viens d’entendre.

Est-ce vraiment la rumeur ? On raconte que je couche avec des clients pour les détourner de leur agent ?

Je n’en crois pas mes oreilles. Ma confiance en moi vacille sous le coup de la fureur.

Je savais que des bruits couraient. C’est vrai qu’étant une femme qui représente des sportifs de sexe masculin, je m'attends à faire l'objet de ragots. Mais pas ça.

On peut me qualifier de naïve, mais c'est raide.

Bousculée par quelqu'un, j'émerge de ma stupeur et tends l'oreille.

– Du coup, c'est ce qui s'est produit à Chicago ? Les organisateurs ont réalisé qu'ils avaient affaire à une potiche sans cervelle et ont retiré l'offre ?

– Ne sois pas trop dur, nuance un autre homme, alors que son petit rire sonne comme un encouragement.

– À moins qu'elle ne soit pas assez futée pour saisir l'aubaine ? continue le second.

– Qui sait, répond Finn. Elle était sur la liste et subitement, elle n'y est plus. Vous voulez mon avis ? Les Kincade ont eu peur qu'elle salisse le nom de la famille et de l'agence.

– On ne peut pas attendre d'une reine de beauté qu'elle réfléchisse, raille un autre.

Un nouvel éclat de rire retentit comme si le salopard donnait un spectacle. Je cramponne si fort le classeur que je me demande comment il résiste.

– Qui est le plus idiot ? Chicago qui lui a demandé d'intervenir, la MLS qui a pensé qu'elle représenterait une valeur ajoutée pour la Ligue ou elle, qui a refusé un poste susceptible de lui donner de la crédibilité ?

– De la crédibilité ? demande une autre voix. Le genre de crédibilité qui repose sur la longueur de sa jupe, la taille de son soutien-gorge et les fantasmes qu'elles inspirent ?

Je n'ai pas le temps d'intégrer les mots, les insultes ou autre chose que le fait que je suis vexée au plus haut point. Bien sûr, il s'agit de Finn, un sale con, mais nous avons un lourd passif, compte tenu du fait qu'il est sorti avec ma sœur Chase pendant un petit moment. Et comme nous évoluons dans le même secteur, en compétition pour conquérir des clients, il paraît justifié que nous nous détestions. Mais je n'ai pas de passé avec les autres, des collègues, et il a noirci l'opinion qu'ils ont de moi.

Ou peut-être qu'ils avaient déjà cette image de moi ?

Peut-être est-ce le cas de tout le monde ici ?

Et au moment précis où cette pensée me frappe, la foule s'écarte, laissant Finn et sa joyeuse troupe d'enfoirés apparaître dans mon champ de vision.

Même si mes mains tremblent et des larmes me brûlent la gorge, je relève le menton, redresse les épaules et marche droit vers eux.

J'ai une règle que j'ai apprise au fil des années à force de négocier avec des athlètes : avec les hommes, il ne faut jamais leur montrer qu'ils vous ont heurtée. Sinon, vous êtes aussitôt à votre désavantage.

Et il n'y a rien que je déteste plus que cela.

– Messieurs, dis-je de la voix la plus suave que j'ai en rayon.

L'un d'eux a au moins la décence de s'étrangler en buvant sa bière quand il me voit.

– Je n'ai pas pu faire autrement qu'entendre votre brillante conversation sur mes mérites, ou plutôt mon absence de mérites. Je conçois que Finn se sente menacé par mon agence, qui l'évince lentement mais sûrement du secteur des athlètes de haut vol, et que, de ce fait, il éprouve le besoin de me dénigrer. Mais vous autres (je prends le temps de regarder dans les yeux ceux qui ont le cran de rencontrer mon regard), vous devriez avoir honte de médire d'une femme comme vous venez de le faire. Certes, nous, les reines de beauté écervelées, devrions avoir l'habitude.

Je donne un coup de coude au type à ma gauche, comme si j'étais l'un de ses potes. Pétri d'embarras, il se raidit.

– N'ai-je pas raison ?

– Ce n'est pas ce que nous…

– Bien sûr que si. (Souriante, j'agite la main comme si cela importait peu.) Je suis sûre que vos femmes et vos filles sont enchantées d'avoir des maris et des pères aussi progressistes. (Un nouveau sourire pour les laisser assimiler l'ironie.) Pour info, Finn ? Le balcon à New York ? Tes mains baladeuses ? (Je regarde l'un d'eux et décoche un clin d'œil.) Il ne faut pas se demander pourquoi ma sœur t'a largué.

Je prends le verre de whisky des mains de Finn et bois une gorgée sans demander. Je secoue la tête, alors que l'alcool me brûle le tube digestif. Ces connards ne méritent pas une seconde de plus de mon temps. Ce sont des abrutis. Et leurs opinions ne dépasseront jamais en maturité un ado de treize ans.

– Pour votre gouverne, je n'appâte pas mes clients avec le sexe. L'incompétence des uns fait le bonheur des autres.

– Mais *après* qu'un client a signé ? C'est là que vous couchez avec lui ? intervient Jason, son sourire arrogant s'élargissant. Puisqu'on tire les choses au clair, autant tout se dire.

– Regardez le gentil acolyte qui vole au secours de Finn. Tsst. (Je secoue la tête.) Trop mignon. Mais ne t'attends pas à ce qu'il te rende la pareille. Il s'aime beaucoup trop pour soutenir ses concurrents. (Je promène mon regard autour du cercle.) Messieurs, passez une agréable fin de soirée. Je monte dans ma chambre, m'exercer à saluer à la manière d'une miss en comptant jusqu'à dix.

Après un salut muet, je m'en vais la tête haute, battant l'air du poing pour me féliciter mentalement.

Punaise, ça fait un bien fou de les envoyer bouler poliment même si cela n'apaise pas la blessure infligée par leurs critiques et les questions qu'elles soulèvent en moi.

Plus grave que les crasses de sales types, le sentiment perturbant que tout le monde a cette image de moi dans le milieu. Est-ce vraiment ce qu'ils pensent tous de moi ? La vitrine de Kincade Sports Management ? La jolie sœur dotée de seins plus gros que son QI, mandatée pour appâter les athlètes simples d'esprit, mais pas les plus récalcitrants ou les plus exigeants ?

Qui sait ce qu'ils racontent à propos des plus tenaces que j'ai conquis ? Ou plutôt sur la manière dont je les ai persuadés.

Répugnant.

Mes sœurs sont toutes magnifiques à leur manière, mais le fait que j'ai participé à des concours de beauté pour financer mes études supérieures – aussi la dernière connexion avec ma mère après sa disparition – n'exclut pas mes diplômes, que j'ai obtenus dans l'un des meilleurs programmes de gestion sportive du pays.

Mais à l'instant où la porte de l'ascenseur se referme et que l'adrénaline retombe, d'autres pensées se déversent en vrac dans mon esprit.

Des détails insignifiants survenus ces derniers mois. Des textos de mes sœurs annonçant qu'elles me délestaient d'un client potentiel parce que j'étais trop occupée, même si j'affirmais le contraire. Les soudaines modifications de mon planning imposées par mon père, qui passent mal.

Chicago.

Que se passe-t-il à Chicago ?

Ils font erreur.

Ces types se trompent forcément.

Mais, à chaque pas, les larmes menacent et mes pieds s'alourdissent.

Mon cœur encore plus.

Des décisions bénignes, pour savoir qui dans la famille prend tel client ou s'engage sur telle mission concernant les clients et les négociations, commencent à encombrer mes pensées.

La discussion au sujet de la proposition de MLS me revient à l'esprit, conclue par le rejet catégorique de mon père, convaincu que l'offre cache quelque chose et que je ne devrais pas l'accepter.

Quelle est la vérité derrière cet arbitrage ?

Avant même que j'aie pu me déchausser et refermer la porte de ma chambre d'hôtel, je téléphone à ma petite sœur.

– Tu n'es pas censée assister à un dîner assommant parmi des hommes tout aussi barbants, où le seul mec séduisant est tellement centré sur son nombril qu'il perd tout son charme ? demande Chase en guise de bonjour.

Mais alors que l'émotion et la confusion cèdent le pas à la colère, j'ai du mal à trouver mes mots.

– Lenn ? Tout va bien ? demande-t-elle d'une voix radoucie par l'inquiétude, employant le surnom que me réserve ma famille.

– Que se passe-t-il à Chicago ? dis-je sans plus de détour.

– Chicago ?

Elle bafouille, ce qui est si peu coutumier de sa part que cela attise ma curiosité. Elle est toujours tellement droite dans ses bottes qu'elle s'exprime de manière directe, sans hésiter.

– Exactement. J'ai entendu des types en parler, dire que j'étais invitée, mais que j'ai décliné.

– N'en fais pas tout un plat. C'était sans intérêt.

– Chase !

Son nom sonne comme un avertissement.

– Il s'agit d'un modeste séminaire qui aura lieu le mois prochain. Ils ont proposé que l'une d'entre nous s'exprime sur son expérience de femme agent sportif dans un milieu à dominante masculine et…

– Ils ont demandé l'une d'entre nous ou *moi* spécifiquement ?

Son silence en dit long, et les larmes qui me menaçaient un peu plus tôt s'accumulent dans mes yeux.

– Ce n'est pas ce que tu crois, se défend-elle. Cela ne mérite pas de tracasser ta jolie petite tête.

Je serre les dents, agacée par cette phrase que je n'aurais jamais cru entendre ma sœur prononcer, mais qui dégouline de condescendance aujourd'hui.

Finn aurait-il raison ? Suis-je mise sur la touche par mes sœurs et mon père qui ne m'estiment pas à la hauteur ? Suis-je Barbie Agent sportif, juste bonne à être exhibée ou avec laquelle on joue, quand le sérieux n'est pas de rigueur ?

– Nous en avons discuté, et papa a décidé d'envoyer Brexton. Il a pensé qu'elle convenait mieux pour parler de…

– Parler de quoi ? Du fait d'être une femme dans ce milieu qui comprend ce que ressentent les victimes du sexisme ? (Sceptique, je secoue la tête, même si elle ne peut pas me voir.) N'importe laquelle d'entre nous aurait pu monter au créneau et aurait eu beaucoup à dire.

– Et papa a choisi Brex.

– En somme, personne ne m'a crue capable de représenter convenablement KSM et nos activités ?

– Tu déformes mes paroles.

– Tu n'as pas besoin de le dire pour que je comprenne le message. Alors, quoi d'autre ? Es-tu du côté « de ceux qui ne pensent pas que Lennox soit qualifiée » ? Ou es-tu plutôt dans la bande qui me trouve immorale, genre « qui se tape les clients » ?

– Pardon ?

– Non, je sais, dis-je, emportée par l'émotion. Plutôt le groupe « *la seule chose pour laquelle Lennox soit douée, c'est plante verte* ».

– Qu'est-ce qui ne tourne pas rond chez toi ? Détends-toi, Lennox.

– Me détendre ? je fais avec une incrédulité débordant de colère.

– Ouais, relax, tu divagues. Ça ne tient pas debout. Tu savais que le couac avec Bradly ferait des remous et, manifestement, c'est chose faite, sinon tu ne l'aurais pas mentionné. Bien sûr, tu es sublime et cela te rend des pelletées de services, mais quel est le rapport avec ton métier ? Pour faire court, KSM est l'agence de papa. On ne conteste pas ses décisions. Fin de l'histoire.

Ses mots sont comme une paire de baffes mentales, destinée à détourner l'attention, c'est pourquoi je me sens plus confuse que jamais. Mais la seule chose que je sache avec certitude, c'est que jamais nous ne mentionnons qu'il s'agit de l'agence de notre père. Elle a toujours été la nôtre.

– Depuis quand ? dis-je avec un rire moqueur. Cite-moi la dernière fois que l'une de nous n'a pas osé manifester son désaccord au bureau. Nous disons toujours ce que nous pensons et faisons valoir nos points de vue.

Je m'enfonce sur le lit, détestant avoir soudain l'estomac en vrac.

– C'est sa boîte ? Mais d'où ça sort ? Depuis quand désignons-nous l'agence de cette façon ?

– Ce n'est pas ce que je voulais dire, et tu le sais.

Sauf que si. C'est ce qu'elle voulait dire et c'est ce que j'ai entendu. C'est aussi ce que je ressens.

– Et la proposition de la MLS, alors ? Vous en avez tous discuté ensemble ? Est-ce que vous vous êtes inquiétés que je couche avec Cannon Garner et, ce faisant, traîne dans la boue le nom de Kincade ? Est-ce pour cela que papa a inventé une excuse boiteuse, à savoir que la proposition cachait quelque chose ?

– Nous n'en avons pas parlé du tout. Papa est dans le métier depuis bien plus longtemps que nous. Il a un avis plus éclairé. Quand il dit qu'il y a quelque chose de louche, cela se confirme la plupart du temps.

– Alors, maintenant, vous pensez tous que je ne peux pas me débrouiller seule.

– Tu es surbookée. Comme nous toutes. Si Cannon t'avait voulue pour des raisons louables, il aurait persisté. Un coup de fil ne suffit pas à prouver le contraire.

– Et alors ? Tout le monde pense que la petite Lenn n'est pas capable de faire plusieurs choses à la fois ? (Je renâcle). C'est le moment où tu me tapotes la tête, m'offres une sucette et m'envoies m'asseoir dans un coin comme une gentille petite fille ?

– Tu commences à m'enquiquiner, Lenn.

– Essaie donc de commencer par être honnête avec moi, je rétorque, alors qu'elle me soupire dans les oreilles. Est-ce qu'il y a un lien avec le fait que j'ai perdu Austin Yeakle ?

– Bien sûr que non.

L'hésitation, juste avant sa réponse, me pousse à croire le contraire. Je ferme les yeux et me pince le nez. J'ai assurément raté mon coup ; pour cela, je suis reléguée au rang de décoration de vitrine ?

– Puisque je suis mise au placard à cause de ça, vous devriez toutes être punies pour le dernier client que vous avez perdu.

– Lenn, ce choix ne me revient pas plus qu'à toi. Cette décision émane de papa. Peut-être qu'il pense que tu tires sur la corde, que tu as besoin de lever le pied, ne pas t'épuiser à la tâche. (Elle marmonne un juron.) Est-ce si grave que papa ait eu le malheur de supposer qu'une pause te serait bénéfique…

Alors que sa voix s'estompe et qu'elle lutte pour trouver les mots justes, je ne peux m'empêcher de juxtaposer les paroles des enfoirés de tout à l'heure et son silence, et je sais que ce qu'ils ont dit est valide.

Mais il y a deux choses qui m'excèdent par-dessus tout.

Ma famille sait que j'aime vadrouiller. Découvrir de nouveaux endroits, de nouvelles villes, et quand je ne crapahute pas, je m'agite. Bouger canalise ma nervosité. Je suis sûre qu'un psy se régalerait à en expliquer les raisons – elle continue de chercher sa mère dans la foule, un peu partout ; être à New York lui rappelle sa perte – et quand bien même ce ne serait pas faux, je ne l'admettrai en aucun cas.

Mais que mon père décrète que j'ai besoin de faire une pause, et s'en serve d'excuse, ça coince. Il me connaît. Il sait que c'est ainsi que je m'épanouis.

La seconde chose qui me tarabuste ?

Chase est ma sœur, celle des trois dont j'ai toujours été la plus proche. Et elle ne réalise pas que je la connais par cœur ?

Surtout, je sais qu'elle me ment.

CHAPITRE 2

LENNOX

Je consulte le tableau des départs, les mains dans les poches, plus perturbée que je ne saurais l'admettre.

La conférence de clôture du séminaire était le dernier événement auquel j'avais envie d'assister ce matin.

Alors, j'ai zappé. À la place, j'ai enchaîné les rendez-vous avec les clients potentiels que j'avais notés dans mon classeur et, maintenant, voilà que je suis bien trop lessivée après une longue nuit d'insomnie. Des heures sans fermer l'œil, à suranalyser les méchancetés de Finn et sa bande d'abrutis, ma conversation avec Chase, puis à me remémorer ce qui s'est déroulé ici et là, ces derniers mois, que je regarde désormais d'un autre œil.

Me sentir blessée n'est pas nouveau pour moi, mais quand il est question de mes proches, c'est plus dur.

L'introspection n'adoucit pas vraiment la violence de mes émotions, mais peut-être est-ce nécessaire dans ce cas précis ? Je ne me fie pas à Chase pour être franche avec moi, et Finn est un sale con. Mais n'y aurait-il pas une part de vérité dans ses critiques ? Est-ce que je me décharge sur mes sœurs quand je sens que l'une d'elles réussirait mieux que moi ? Certes, mais c'est en partie parce que c'est l'une des forces de notre affaire familiale. *Mais est-ce l'unique raison ?*

Est-ce que je doute de moi et me cache derrière mon apparence ? Il est peut-être temps d'examiner cette notion.

C'est pourquoi, avec mon téléphone dans ma poche arrière qui surchauffe à force d'accumuler les messages de Chase restés sans réponse, je regarde le tableau des départs et me languis d'être ailleurs que là où je suis supposée me rendre.

Plouf, plouf. C'est toi que je choisirai.

Je pioche au hasard, sautant visuellement d'une ville à une autre à chaque mot de la comptine que je chante par habitude. Mais pour une raison quelconque, cette fois quand je tombe sur Los Angeles, je souris.

Soleil, sable, palmiers et *Johnny*.

Johnny.

Mon sourire s'élargit à la pensée de mon ami le plus fidèle.

Mais Johnny me fait penser au football, car il jouait à l'université, et le football me fait penser à la proposition de la MLS, laquelle me renvoie à toutes les foutaises proférées hier soir.

Je jette un œil au tableau des départs, mes dents font rouler ma lèvre inférieure pendant que je fais le tri dans ce télescopage de pensées.

Los Angeles.

Johnny.

Un changement.

Fuir un peu, reporter New York et le règlement de compte en famille.

Je sors mon téléphone de ma poche, fais défiler mes contacts, et la sonnerie retentit bien vite.

– Cannon Garner, répond le responsable du développement de la MLS, et curieusement, les mots butent sur ma langue. Allô ? Lennox ?

Mince. Fichu identifiant automatique.

– Oui, bonjour. Désolée, j'entends mal. Je sais que nous avons déjà parlé de la proposition…

– Dites plutôt, la proposition que vous avez rejetée.

Il a un petit rire.

– Oui, celle-là. Mais c'était uniquement pour une question de planning et il s'est allégé entre-temps.

– Si je vous suis, il y a eu du changement entre maintenant et le moment où je me suis entretenu avec votre père, avant-hier ? Je présume que les miracles existent, dit-il, non sans ironie.

J'ai l'impression que le monde bascule sous mes pieds.

Il a rappelé mon père ?

Chase m'a menti. Soit elle m'a menti, soit elle n'avait pas connaissance de cet appel. Quoi qu'il en soit, mon dos se tend et je me conforte dans mon acte de résistance.

– Ils existent, en effet, je murmure.

– Que souhaitez-vous savoir précisément au sujet de l'offre ? demande-t-il avec tellement de suffisance dans la voix que je secoue la tête.

Je sollicite le poste, Cannon.

– Je suis juste curieuse. Nous n'avons jamais évoqué les détails du poste. En quoi puis-je aider à promouvoir l'association ?

Son petit rire me donne l'impression d'être une souris entre les pattes d'un chat.

– C'est intéressant que vous m'appeliez. J'étais en train de m'interroger sur le plan B, considérant que vous m'avez planté en refusant de travailler avec moi.

– Les plans B sont souvent bancals, dis-je avec malice.

– Une chance pour vous. D'autant que je ne l'ai pas encore élaboré. (Après un silence, il reprend.) J'aimerais beaucoup vous rencontrer pour évoquer de visu la valeur ajoutée que vous représentez selon moi.

Mes yeux retrouvent le tableau des départs et descendent jusqu'aux vols à destination de la Cité des Anges.

Je déteste me sentir comme un pion sur le grand échiquier de mon père. Raison pour laquelle je sais que j'accepterai l'offre juste pour étayer mon propos : personne ne prend de décision à ma place.

– Quand pouvons-nous nous rencontrer ? dis-je.

– Qu'est-ce qui est le mieux pour vous ?

Je me berce sur mes talons, sachant que ce que je veux et ce que je devrais faire sont deux choses différentes.

– Je peux être à votre bureau à quinze heures, aujourd'hui. Êtes-vous disponible ?

– C'est parfait. Je vous envoie l'adresse.

– Très bien.

L'appel terminé, tout ce que je peux faire tandis que je me dirige vers le comptoir d'enregistrement, c'est secouer la tête en riant, vivement consciente qu'il n'a pas répondu à ma question : pourquoi moi ?

Los Angeles.

Soleil, sable et palmier, le trio gagnant.

Le plus attrayant à Los Angeles reste cependant mon ami que je connais depuis huit ans. Il sait tout sur moi si bien que je n'aurai pas besoin de faire semblant que tout baigne. Je me sens déjà de meilleure humeur, rien que de penser à lui, à son sourire bêta et à tout ce que sa présence m'apporte.

Encore mieux, ce dernier argument : un nouveau rôle professionnel. Une fonction qui m'obligera à jongler entre les tâches courantes pour KSM, et qui sait ce que Cannon attend de moi. La première fois, il a suggéré que mon rôle serait peu contraignant mais déterminant, et pour une période limitée.

En somme, facile à combiner avec ma charge de travail courante.

Il se peut que je doive me déplacer de temps en temps pour la journée, pour régler un problème avec un client, mais dans mon métier, j'aime particulièrement le fait de pouvoir l'exercer n'importe où. De nos jours, les négociations se déroulent rarement de visu et la plupart des athlètes peuvent être rassurés par SMS, par téléphone ou par Zoom. Je peux aussi bien officier d'un *Starbucks* que de mon lit, ou encore en faisant les cent pas sur un trottoir d'ici ou d'ailleurs.

C'est pourquoi ce contrat avec la MLS est parfait. Il me permettra de m'évader temporairement de mon cadre routinier, tandis que le nouveau défi qu'il renferme m'aidera à me recentrer sur le sport.

De surcroît, il m'offre une excellente excuse pour ne pas rentrer affronter ma famille, car je ne me sens pas totalement prête.

Je devrais passer des coups de fil. Prévenir ma famille de ne pas m'attendre aujourd'hui, et Johnny que je vais débarquer. Or, je n'en ai pas envie.

Tout ce que je sais, c'est que mon choix me galvanise, comme si je faisais ce qu'il faut. Même si je ne sais pas trop pourquoi.

Tandis que j'avance vers le guichet, l'hôtesse souriante me regarde.

– Puis-je vous aider ? demande-t-elle d'une voix enjouée.

– J'aimerais changer de destination.

– Pour aller où ?

– Los Angeles.

À mon grand dam, quand je tourne les yeux vers le comptoir d'à côté, je vois l'un des hommes du cercle de Sanderson d'hier soir. Au lieu de lui dire bonjour, je le regarde comme si je ne l'avais jamais vu et reporte mon attention sur l'hôtesse.

– Une date de retour ? demande-t-elle.

– Ce ne sera pas nécessaire. Juste un aller simple.

CHAPITRE 3

LENNOX

J'inspire longuement pour me préparer à ce que me réserve l'avenir proche. Je n'ai pas eu cinq minutes pour souffler depuis que mon avion a atterri.

Un SMS à Johnny pendant que j'ai patienté un temps infini sur la piste, pour lui annoncer qu'il aurait de la visite ces deux prochaines semaines.

La course pour louer une voiture au plus vite, afin d'être à l'heure à mon rendez-vous.

Après quoi, la circulation. Si je pestais contre les embouteillages new-yorkais, ils n'ont rien à envier à ceux de Los Angeles, et son labyrinthe de voies express alambiquées et congestionnées, où il faut se fondre dans la circulation et changer de voie comme nulle part ailleurs.

Mais là, j'ai quelques minutes à tuer et la poudre que je viens de me tamponner sur le nez est encore fraîche sur mes doigts.

Je promène mon regard sur la salle de réunion, ses couleurs riches et son bois sombre. Sur ses murs sont alignés les logos de toutes les équipes de football de la Ligue. En face de moi, la baie vitrée donne sur un espace ouvert, découpé en rangées de box mais équipé de hoverboards et de paniers pour chiens qui participent à offrir une ambiance de start-up technologique de la Silicon Valley.

Football.

Bof bof.

Pas mon sport préféré, loin de là, et je ne suis pas imperméable à l'ironie du moment. Le fait que je me trouve dans les locaux de la MLS, attendant de savoir lesquelles de mes capacités sont susceptibles d'accroître la passion pour le football dans tout le pays pour le compte de la ligue.

– Lennox Kincade.

La voix grave de Cannon résonne dans la pièce, et le temps que je me retourne, mes yeux s'éclairent et mon sourire se fait chaleureux.

– Cannon.

Je me lève de ma chaise et nous échangeons une poignée de mains. Grand et large d'épaules, il a la peau noire, et si je me souviens bien, son assurance revêt une pointe d'arrogance autoritaire aussi attrayante qu'agaçante.

– Quel plaisir de vous revoir, dis-je.

– Quelque chose à boire ou à grignoter ? (Il m'indique ma chaise.) Je suppose que vous arrivez directement du séminaire de Vegas.

– Tout à fait, mais je n'ai besoin de rien. Merci quand même.

Je me rassieds et attrape le stylo posé sur mon bloc-notes.

Cannon prend place, pliant son grand corps sur la chaise. Je l'examine pendant qu'il prend le temps de préparer la suite. Il est bel homme, dans le genre trop impeccable, ce qui me laisse penser qu'il n'est pas du genre à mettre les mains dans le cambouis et que, même en prolongeant notre poignée de main, je n'aurai pas déceler le moindre début de callosité.

Non que ce soit regrettable… mais ce n'est pas mon type d'homme.

Il me regarde dans les yeux, puis sourit avant de commencer.

– Comme vous le savez, le football a du mal à conquérir le grand public aux États-Unis, à la différence d'autres sports, notamment le football américain ou le base-ball.

– C'était assurément un défi de taille, dis-je en hochant la tête. En Amérique, nous n'avons pas autant de poids que la Premier League[2] ou La Ligua à l'étranger. Cela dit, avec la percée des associations de football pour la jeunesse, et ces gamins qui grandissent dans l'amour du sport, dans les années à venir vous récolterez les fruits des fondations d'aujourd'hui.

2. Championnat d'Angleterre.

– Exactement, acquiesce-t-il avec un large sourire. C'est amusant que vous mentionniez les autres ligues, mais nous y reviendrons un peu plus tard. L'un de mes engagements, quand j'ai pris la barre de l'association, est de sensibiliser le grand public aux propositions de la Ligue. Je m'applique à encourager les joueurs à embarquer avec nous et à jouer ici plutôt qu'à l'étranger. J'essaie de convoquer la force de la bonne étoile, si je puis dire.

– Je comprends votre logique.

– Et c'est là que votre expertise entrerait en jeu.

– Vous avez toute mon attention, dis-je.

– Je crois savoir que l'Association nationale de basket-ball féminin vous a proposé un siège au conseil, voilà quelques années, pour faire de vous l'avocate des joueuses, dit-il.

– Tout à fait. Et je l'ai été. Mon but était de faire remonter à la direction de l'équipe les doléances des joueuses, leur définition des bons usages et des pistes pour inciter les joueuses à intégrer une ligue tout en essayant de développer leur base de supporters, et de séduire sur le marché du sport.

– Et comment vous sentiez-vous dans ce rôle ?

La tête inclinée sur le côté, il attend ma réponse.

– J'ai adoré. C'était formidable de faire de la Ligue un meilleur endroit pour les athlètes.

– Qu'est-ce que cela impliquait ?

– C'est-à-dire ?

– Assistiez-vous aux compétitions et aux cérémonies, ou interveniez-vous strictement en tant qu'auditrice aux réunions du conseil ?

– J'étais plus présente aux réunions du conseil. J'avais conservé mes fonctions chez KSM et, par chance, cela me laissait suffisamment de flexibilité pour travailler depuis n'importe quelle chambre d'hôtel. Quand ils avaient besoin que j'assiste à des réunions à Chicago pendant une semaine, je pouvais m'y rendre. J'ai de la chance car, le plus souvent, je peux traiter les requêtes de mes clients d'un simple coup de fil.

– Et ce n'était pas trop prenant ?

– Absolument pas. Pour tout vous dire, cela me changeait agréablement de ma routine habituelle, dis-je en repensant à la satisfaction de savoir que je participais à améliorer la ligue et ses paramètres, contractuels ou autres, pour les joueuses.

Cannon passe un doigt sur son menton tout en m'observant, comme si ses pensées s'échappaient momentanément.

– Bon, et si je vous proposais d'accomplir le même travail pour la MLS, mais en vous concentrant davantage sur le recrutement de nouveaux joueurs ?

– Plus précisément ?

– Plus précisément, vous assisterez là aussi à diverses réunions pour nous signaler nos lacunes mais, en plus, vous défendrez la Ligue. Sensibiliser et allécher les joueurs, leur montrer pourquoi il vaut mieux qu'ils jouent aux États-Unis que de s'expatrier.

Pensive, je hoche lentement la tête.

– Il me semblait que vous cherchiez une ambassadrice pour la MLS qui s'attacherait à faire le buzz, dans l'espoir d'élargir la base de supporters et d'affirmer la place du football dans la culture américaine. Développer la base de supporters au-delà du lycée et de l'université, pour en faire une option de carrière lucrative.

– Vous seriez une sorte d'ambassadrice. Les titres ne modifient pas la nature du poste.

– Ce ne serait pas préférable de choisir quelqu'un qui sache se tenir devant une foule et attirer l'attention ? Si c'est ce que vous cherchez, je ne suis pas la bonne personne.

– Je sais comment faire mon travail, Lennox. Merci bien. J'apprécie le conseil. (Avec un petit rire, il secoue la tête.) J'ai déjà un ambassadeur dans ce genre. Il sera officiellement annoncé dans les jours prochains.

– D'accord, donc il s'agit d'un coup double en quelque sorte ? Il œuvre sur l'aspect public, et moi en coulisse ? Il y a d'autres postes comme ceux-ci ?

– J'aime les femmes qui ne négligent pas les détails, dit-il avec le sourire.

Je laisse courir, faute de savoir s'il s'agit d'une remarque désobligeante.

– Mais oui, vous avez raison. Il est le représentant public, et vous le rouage caché qui veille à ce que tout semble attrayant afin que l'exceptionnelle MLS dont il vante les mérites devienne une réalité.

– Concrètement ? Je dois assister aux événements pour faire de la lèche et convaincre les investisseurs que nous renforçons la Ligue, travailler dans l'ombre… quelles sont mes autres fonctions ?

– Rien de plus que faire en sorte que les joueurs soient heureux et restent jouer ici.

Je tapote mon stylo sur mon carnet, tandis que je réfléchis aux désagréments encourus dans ce boulot, en dehors du temps où je serais coincée ici… même cela m'apparaît comme un bon point positif.

– Le bonheur est trop inconstant pour être mesuré, dis-je.

– J'ai toute confiance en vos capacités.

Son sourire illumine son regard.

– D'accord. Admettons que j'accepte, quelle serait la durée du contrat, sachant que j'ai mon fichier de clients à suivre ?

– Trois mois. Ce sont les conditions que je vous offre. Naturellement, vous restez libre de représenter vos clients de KSM durant cette période. Cela ne nous ennuie pas du tout. Trois mois, après quoi vous serez libre et dégagée de tout engagement envers nous.

Mais pourquoi ? Certes pour mon expérience dans la WNBA, mais cela me semble trop beau pour être vrai.

– Qu'ai-je à y gagner, Cannon ?

– Une pause dans la monotonie de votre quotidien à flatter l'ego des athlètes qui se sentent supérieurs.

Il a un petit rire parce qu'il marque un point : par moments, cela manque de nouveauté.

– Et une façon d'affirmer votre aura dans le milieu. Bien sûr, vous faites partie d'une agence sportive hautement respectée, mais n'avez-vous pas envie de vous démarquer ? Ne voulez-vous pas être la sœur que les sportifs réclament ? Ou les équipes, ou les ligues, parce que vous êtes réputée pour accomplir l'impossible quand vous défendez vos athlètes ?

La bouche tordue, je l'observe, ses mots touchent la corde sensible, après le coup que ma confiance en moi a reçu ces dernières vingt-quatre heures.

N'est-ce pas ce dont j'ai besoin ? Un petit coup de pouce ? Quelque chose dont je retirerais seule le mérite ? Possible que Cannon ait raison. Peut-être que j'ai besoin de trouver moi-même mon créneau.

Encore mieux, être présentée à d'autres athlètes qui ne connaissent pas l'agence, et peut-être en enrôler quelques-uns ? Je mentirais si je disais que cette perspective ne me séduisait pas un tant soit peu.

– Quelle serait la rémunération ? je demande, comme si je n'avais pas déjà décidé d'accepter le poste.

Son sourire redressant le coin de ses lèvres, il pousse une chemise cartonnée sur la table.

– Tout est noté, y compris la rémunération et le montant de la prime. Je suis sûr qu'ils seront à votre goût.

Je baisse les yeux sur le classeur, alors qu'il ôte sa main, puis les relève vers lui.

Je repense à mon mantra, à l'aéroport dans la matinée. Soleil, sable, palmiers, Johnny et, à présent, une *nouvelle opportunité*.

Tout cela me semble parfait.

Je devrais poser quantité de questions supplémentaires, mais je m'en tiens là.

C'est sûr que ça va me changer. Un changement de rythme alors que je n'étais pas consciente de le rechercher, plus un défi dont j'ignorais que j'avais besoin.

Prendre ce job, peut-être ajouter quelques clients au portfolio de KSM et augmenter ma visibilité sur le marché en tant qu'agent.

Décliner, et retourner à ce que j'ai laissé : méconnaître ce que je suis capable d'apporter de concret et d'accomplir pour notre entreprise familiale.

Mais faire mes preuves pour qui ? Mes confrères qui se moquent de moi ? Ma famille qui, par ses actions, semble abonder dans leur sens ? Ou simplement moi-même, pour que je cesse de douter de mes capacités ?

Cannon s'éclaircit la voix, et le bout de son doigt tape le classeur resté entre nous.

– Compensation, exigences du poste, contrat de confidentialité, et tout le nécessaire. Prenez la soirée pour l'examiner et revoyons-nous demain à dix heures pour en discuter. Cela vous agrée ?

– Parfait, dis-je avec une pointe d'indécision dans la voix, bien que je sois déjà certaine de mon choix.

Un changement de cadre de vie, de rythme, de devoirs… cela pourrait bien être ce dont j'ai besoin pour retrouver la pêche.

CHAPITRE 4

LENNOX

Le message vocal de Johnny se déroule distinctement dans les enceintes de ma voiture de location, tandis que je progresse péniblement dans Hollywood Hills.

– J'aime bien ta façon de ne même pas t'embêter à me demander si je peux t'héberger, de juste m'informer par SMS qu'une invitée vivra chez moi ces prochaines semaines. C'est tellement toi que c'en est ridicule. (Son rire qui retentit dans la voiture me fait sourire de plus belle.) Le code de la porte est 1313. Tu peux prendre la chambre du troisième étage avec la baignoire-spa que tu as tellement appréciée la dernière fois. Installe-toi, mais je dois t'avertir…

Je ne comprends pas la suite du message qui sonne comme un gargouillis robotique. Sûrement une faiblesse du réseau là où il m'a appelée.

– Alors, tu te débrouilleras. Tout ira bien. Essaie de ne pas t'attirer des ennuis, du genre qui te tentent invariablement. Je rentre vers 17 heures. Nous pourrons dîner ensemble. Je suppose que tu as envie de cette malbouffe chinoise que tu réclames à chaque fois. Pour ce soir, c'est d'accord, mais sois sympa, Lenn, si tu essaies de me nourrir avec cette cochonnerie pendant tout ton séjour, je te mets à la porte.

Même à la fin du message, sa menace en l'air continue de m'amuser. Il se plaint de mal manger, mais c'est notre coutume, et il sait que je suis à cheval sur les traditions.

Après un coup d'œil au GPS, je bifurque à droite et m'engage dans une rue qui ne me semble pas familière, bien que je l'aie traversée par le passé, juste au moment où mon téléphone sonne.

J'ai évité cet appel depuis ce matin. Autant l'affronter maintenant.

– Allô ?

– Où es-tu passée ? demande Dekker sans aucun préambule.

– À Los Angeles.

Sa question suivante jaillit dans un cri suraigu.

– Où ça ?

– L.A. La Cité des Anges. En Californie.

La côte opposée à la tienne.

– Pour quoi faire ?

Ma sœur prend un ton critique qui me donne de l'urticaire.

– J'avais rendez-vous avec Cannon Garner de la MLS.

– Pourquoi lui donner rendez-vous ? Nous en avons discuté et décidé qu'au regard de l'agence, c'était une mauvaise idée, me semble-t-il.

– Nous n'en avons pas parlé, dis-je alors que je découvre que Chase m'a encore raconté des salades. Vous en avez peut-être discuté et pris la décision entre vous. Je ne crois pas que mon avis ait pesé dans la balance.

– Ce n'est pas le problème, Lenn… c'est…

– C'est exactement le problème. Je n'ai pas besoin d'être couvée. Je n'ai pas besoin…

– Prends du recul deux minutes et réfléchis à sa proposition. Pourquoi la MLS solliciterait un agent sportif pour promouvoir son association ? Tu représentes des athlètes, pas des ligues. Pourquoi, entre tous les agents du milieu, n'a-t-il proposé ce poste qu'à toi, même après que tu l'as refusée ?

– Après que papa a dit non.

– Qu'est-ce que ça change ? La question reste pertinente. (Son soupir frustré encombre la ligne.) Il ne t'a pas choisie sans raison. Cannon est réputé pour contraindre tous ses collaborateurs à entrer dans un certain moule. À quoi s'ajoute sa réputation de manquer de respect aux femmes qu'il emploie.

– Alors maintenant, si Cannon m'a offert de rejoindre son équipe, c'est pour mon physique ? Pas pour mes compétences ? Bon sang, Dekk, si papa t'a missionnée pour me faire la morale, tu ne brilles pas par ton efficacité.

– Arrête un peu. Dans le métier, tout le monde parle à mots couverts de son côté coureur de jupons, de sa manie d'utiliser son influence et ses responsabilités pour parvenir à ses fins avec les femmes qu'il embauche. Mince, depuis le jour où il a fait ta connaissance, voilà quelques années, il essaie de t'amener à travailler avec lui d'une façon ou d'une autre, même si cela est sans rapport avec ton domaine d'expertise. Il a manifestement un faible pour toi.

J'ai l'impression de recevoir une gifle. J'ignorais tout de la réputation de Cannon, mais qui suis-je pour la croire après les rumeurs qui courent à mon sujet ?

Et même si je devrais sérieusement souffler un peu et prendre le temps d'écouter ce que dit ma sœur, tout ce que j'entends, c'est ce qu'elle ne dit pas.

– Tout n'est pas perdu ! Finalement, tu es convaincue qu'il m'engage pour accomplir une vraie mission. C'est flagrant que personne dans cette famille ne me croie capable de quoi que ce soit.

– Arrête de te perdre en conjectures. Débarrasse-toi de ton amertume et écoute mes conseils.

– Mon amertume ? dis-je d'une voix glaciale, alors que des événements dont elle ignore tout se percutent dans ma tête et me rendent fumasse.

– Lennox, souffle-t-elle avec exaspération, je ne fais que veiller sur toi. La dernière chose que je souhaite, c'est que cet abruti pense qu'il obtiendra autre chose de toi que ton expertise professionnelle.

– Super.

Je lève les yeux au ciel, juste avant de négocier l'ultime virage dans la rue de Johnny.

L'envie de pleurer me gagne à la vue de sa maison. Enfin.

Quelque chose en lui me confère un sentiment de plénitude. Quelque chose qui est là depuis notre première rencontre durant nos études des années plus tôt.

– Tout ce que je dis, c'est que cette offre n'est pas limpide.

– Une offre dont tu ne sais rien, dis-je d'un ton accusateur.

– Pas la peine. Je sais que Cannon essaiera de te mettre dans son lit ou qu'il te piègera d'une façon ou d'une autre. Peut-être pour t'amener à faire quelque chose de contraire à l'éthique afin que tu en subisses les retombées à sa place.

– Carrément. Tu pousses le bouchon un peu loin.

Son silence s'étire alors que je freine devant l'élégante maison contemporaine. Un cube en béton brut d'aspect minimaliste. Elle forme un contraste saisissant avec la végétation verdoyante qui la cache, mais je connais la vérité. L'arrière de la maison ouvre sur un vaste panorama sur la ville en contrebas, et pas un seul voisin à perte de vue.

– Écoute, Dekk. Je suis une grande fille à même de décider avec qui je couche. Je suis tout à fait capable de me débrouiller seule. Et puis, essaie de croire un minimum en moi. Je ne ferai rien d'insensé qui risquerait de mettre l'agence ou ma réputation en péril.

Et si elle mentionne Bradly, je hurle. Ce qui fut une passade divertissante est devenu mon boulet.

– Bon, j'ai besoin de changer d'air, de perspective un certain temps. Et ce contrat à la MLS m'en donne l'occasion.

– Ta décision est prise, n'est-ce pas ? murmure-t-elle.

– Exact.

Elle rit, et moi aussi parce qu'en cet instant, je sais qu'elle est moins furieuse qu'inquiète. Pour moi. Du moins je l'espère.

– Et c'est pour cela que je t'aime, Lenn, et je n'en attends pas moins de toi. Ma sœur entêtée, indépendante et libre d'esprit.

– Tout à fait moi.

Il était grand temps que je renoue avec ma nature profonde.

Bien vite, je descends de voiture et entre dans la maison. Je suis accueillie par les senteurs boisées et les tons neutres de l'intérieur, sans doute en partie financé par ses parents. Mais à Hollywood Hills, un gentil chèque de dix millions n'est qu'un bon début pour acquérir une maison.

Je passe le bout des doigts sur le somptueux îlot de cuisine en marbre et chipe un bonbon dans un bol. À ce que je vois, il aime toujours autant les sucreries. En revanche, j'ai un mouvement de recul devant la pyramide de compléments alimentaires et de poudres protéinées empilés au bout du comptoir.

Qui a fait subir un lavage de cerveau à Johnny ? De toutes les personnes au corps sain que je connaisse, il est celui qui mange le moins sainement.

Peut-être est-ce pour cela qu'il a critiqué la cuisine chinoise ? Trop de sucre et d'OGM, et de je ne sais pas quoi d'autre. Je peux en consommer sans me soucier des effets sur mon tour de taille.

Un métabolisme rapide est une bénédiction colossale.

À l'étage, j'ouvre ma valise et suis frappée par l'odeur de tabac froid qui imprègne mes vêtements, reste d'une longue semaine à Las Vegas.

– Beurk, je grommelle, rebutée par la puanteur, bien que je sache que la solution idéale serait de faire une machine pendant que je pique une tête dans la piscine et m'abreuve de soleil californien.

Tandis que le lave-linge bourdonne, je me précipite en bikini à l'arrière de la maison et saute dans la piscine en faisant la bombe.

Quand je remonte à la surface, le rire qui vibre sur mes lèvres se délite sous le choc, sitôt que je vois quelqu'un debout au bord de la pelouse.

Un homme, tatouages et musculature sèche luisant de sueur, sourit d'un air suffisant, ses yeux expressifs sont empreints d'amusement et son corps entièrement… dénudé.

– Eh bien, les filles ne reculent devant rien pour m'aborder, mais ça, c'est une première, dit-il avec un accent britannique. Vous brûliez d'envie de vous baigner, on dirait ?

Mon cœur subit un raté à l'instant où nos regards se rencontrent : ses yeux vert pâle percutent mes iris bleu saphir.

Je sais instantanément qui il est.

Qui ne l'aurait pas reconnu ?

Champion de football, l'as des as, rebelle sur ses gardes et phénomène indompté. Rush McKenzie.

Celui qui est nu dans toute sa splendeur généreusement pourvue par la nature, au bord de la piscine, pendant que dans l'eau, je me demande ce qui se passe.

Le Rush McKenzie impliqué dans un scandale au Royaume-Uni le mois dernier. Mes sœurs et moi, nous avons survolé l'article paru dans *The Sun* et remercié notre bonne étoile qu'il ne soit pas notre client, parce que personne ne peut prédire quels remous et répercussions surgiront dans le sillage de ce trublion.

Apparemment, j'assiste à la suite directe de ses méfaits. McKenzie venu aux États-Unis pour se reposer tranquillement, imperméable à tout, arrogant, sans se soucier d'avoir fait des ravages.

Sans se tracasser pour son coéquipier dont il a prétendument détruit le mariage.

Pas plus pour sa propre équipe, tellement divisée par les prises de position qu'elle a disputé un match catastrophique, offrant sur un plateau la victoire en finale de la Ligue des champions à ses adversaires.

Pour sa carrière. L'année de la négociation du renouvellement de son contrat, ce n'était pas le moment idéal pour faire des siennes.

Pour sa réputation… mais bon, je doute que cela lui importe. S'il ne rate pas une passe avec son ballon sur le terrain, sa tendance à semer le désordre ne date pas d'aujourd'hui.

Pourquoi ne suis-je pas surprise qu'il se trouve chez Johnny ? Après tout, moi aussi, je me suis réfugiée ici.

Nos regards s'accrochent. Son sourire se déploie à chaque seconde qui passe, le charme est à son comble et plus encore.

J'ai déjà entendu le mot magnétisme. Je pensais le comprendre. Mais je n'avais pas idée de ce qu'il impliquait, de ce que l'on ressentait jusqu'à cet instant.

Jusqu'à lui.

Je le déteste instantanément pour cette raison.

Mais cela va au-delà de son corps inouï, de son sourire en coin et de sa présence indéniable. C'est tellement plus que cela que, plantée là, je cherche désespérément mes mots alors que j'ai d'ordinaire la langue bien pendue. Absolument tout en lui captive absolument tout ce qui me compose.

Cela, bien que je connaisse les rumeurs qui disent de quoi il est capable.

Ça ne tourne vraiment pas rond chez toi, Lenn.

Quand je pense que j'ai renoncé aux hommes…

– Pas de quoi flatter votre ego, dis-je en secouant la tête comme pour rompre le charme qu'il semble m'avoir jeté.

Mon regard tombe là où il ne devrait pas, sur ses tatouages – entre autres – qui éveillent ma curiosité avant de me replonger dans ses yeux.

– J'avais chaud. Je pensais être seule. J'avais envie de me baigner. Trois arguments tout à fait défendables.

– Drôle de coïncidence. J'ai des courbatures à cause de la musculation. J'ai voulu utiliser le sauna. Je me croyais seul. Marrant comme ça s'est goupillé.

– C'est pourquoi vous êtes nu.

– Voilà.

Il fait quelques pas, nullement décontenancé par sa nudité. Pourquoi le serait-il avec un corps de dieu grec et des tatouages en prime. Il se gratte le bas du ventre, attirant mon attention sur le dessin en pointe que forment ses muscles, tellement aguichant, avant qu'elle ne glisse vers son sexe épais qui retombe sur les muscles bien définis de sa cuisse.

– Vous ne voulez pas vous habiller ? dis-je en indiquant la chaise, où je discerne à présent sa serviette, faisant comme si la vue qu'il m'offre ne m'affectait pas.

Franchement, comment pourrait-il me laisser de marbre ?

– Pourquoi, trésor ? Vous semblez apprécier la vue. Pourquoi vous en priverais-je ?

– Sans rire ? je fais dans un petit rire qui ne reflète en aucun cas le fait qu'il ne dise que la vérité.

Rush McKenzie est sans doute agréable à regarder à bien des égards. Il reboobste involontairement ma libido.

Mais je refuse de lui donner la satisfaction de le regarder une seconde fois. Surtout après sa dernière raillerie. Alors, nous continuons à nous observer, immobiles sous le fabuleux soleil de la Californie.

Une sensualité méchamment cool exsude de son expression, alors que la mienne révèle une forte dose d'incrédulité.

Et de désir.

Car je mentirais si je niais que mon esprit s'échappe vers un fantasme coquin commençant par toutes les lignes de ses abdos sculptés que ma langue aimerait retracer.

Juste quand je viens de tirer un trait sur la gent masculine, un homme qui vaut la peine que je fasse une entorse à la promesse que je me suis faite se pointe. En tenue d'Adam, en plus.

Je ne suis pas en mesure de tenir parole.

Et après un ultime coup d'œil réjouissant à Rush, je ne pense pas vouloir essayer.

CHAPITRE 5

RUSH

Intéressante.

D'une beauté dévastatrice, bien que je ne discerne que ses épaules et sa tête. Malgré cela, cette fille immergée dans la piscine qui me regarde avec insistance suscite mon intérêt.

Elle ne se déballonne pas, contrairement à la plupart des femmes qui auraient déjà émis un gloussement agaçant et secoué la poitrine pour montrer ce qu'elles ont à m'offrir.

Mais pas elle.

Pas cette femme aux yeux bleu saphir qui me fixent sans aucune gêne.

– Donc vous avez forcé l'entrée d'une maison qui n'est même pas la mienne et capté mon attention. Et maintenant, que projetez-vous de faire de moi dans le court laps de temps qui sépare mon appel à la police de leur arrivée ?

Malgré ma question, je sais qu'on peut faire beaucoup de choses en si peu de temps. Question d'expérience.

Mais son rire étranglé et ses sourcils arqués me confirment qu'il ne s'agit pas d'une banale admiratrice. Elle est trop posée, trop inébranlable.

Toute trace de l'insouciante qui vient de surgir de la maison pour sauter dans la piscine a cédé la place à une femme curieuse et réfléchie.

Le hic, c'est que maintenant que j'ai aperçu son côté imprudent et désinvolte, je suis tenté de le rechercher, même si je devrais m'en balancer.

– Récapitulons, dit-elle en marchant vers l'escalier du bassin. Je connais le code de la porte, donc je ne suis pas entrée par effraction.

Elle grimpe un échelon, révélant une poitrine irréprochable – ni trop forte ni trop petite – parfaitement maintenue sous deux triangles de tissu rouge.

– Je connais Johnny depuis huit ans environ, ce qui fait que je suis la bienvenue.

Une autre marche, et me voilà devant le galbe de ses hanches, le scintillement d'un brillant qui auréole son nombril.

– Dernier point, vous ne m'intéressez absolument pas, ce qui est sûrement un coup dur pour votre amour-propre.

Menteuse.

La position de son menton, son coup d'œil vers mon entrejambe la contredisent.

Mais quand elle émerge de l'eau et se dévoile entièrement, j'en perds tous mes moyens. Un mètre soixante-douze au bas mot, sportive mais pas trop musclée, ses courbes glorifient chaque centimètre de ce qui captive l'attention de n'importe quel homme normalement constitué. Elle est ferme et souple, avec un naturel qui séduit sans mal. Une invitation à la tenir et se perdre en elle sans craindre qu'elle se brise.

Je fais un pas vers elle.

– C'est réciproque.

– Bon, les choses sont claires à présent. (Ses lèvres frémissent, car elle sait que je mens aussi sûrement que je sais qu'elle ment.) Je demanderais bien si vous logez ici, mais je suppose que oui.

J'acquiesce de la tête.

– Possible que je fasse profil bas pendant quelque temps.

Son rire relève le coin de ses lèvres.

– Faire profil bas ? À Los Angeles ? Quelqu'un ne vous a pas tout dit des tenants et des aboutissants de cette ville. Ici, tout se résume à voir ou être vu. Quiconque veut se faire oublier se replie dans un coin dans le genre du Montana et s'amuse avec les chevaux.

– Je n'ai qu'un seul point commun avec les chevaux, dis-je sur un ton enjôleur.

Elle roule des yeux et secoue la tête.

– Je ne pense pas que Los Angeles soit le lieu le plus éloigné de l'attention à laquelle vous tentez d'échapper.

– Aucun lieu n'est suffisamment reculé, en ce moment.

Elle marche vers moi, sans cesser de m'évaluer, et juste quand je la pense suffisamment effrontée pour requérir un baiser que je suis grandement disposé à lui donner, elle attrape la serviette à côté de moi.

Dès que nos regards se rencontrent, elle arque un sourcil, devinant ma surprise. Je m'esclaffe.

Cette fille me plaît bien. Tout simplement.

À une trentaine de centimètres d'elle, qui tient sa serviette dans sa main, des gouttes d'eau sur sa peau, je remarque pour la première fois le voile de taches de rousseur sur ses pommettes. Charmant sur une femme qui incarne le mot sexy.

– Lennox Kincade, dit-elle.

Ce qui relance mon intérêt. Je connais ce nom ; j'ai croisé une ou deux de ses sœurs, mais jamais Lennox.

La question est, pourquoi ?

– Rush McKenzie.

– J'avais cru le comprendre.

Elle se penche, essuie ses jambes élancées d'un geste outrancier.

T'inquiète, je te mate. Il faudrait être idiot pour s'en priver.

– Je ne savais pas que vous étiez un ami de Johnny, admet-elle.

– Johnny connaît tout le monde.

– C'est pas faux.

– J'ai fait sa connaissance au Super Bowl il y a un bail. J'assistais au match depuis la loge de Stance Sports, l'entreprise des parents de Johnny, et on a bien connecté. Depuis, on se retrouve à l'occasion. Il m'a proposé de m'héberger pour m'éloigner du tumulte. J'ai accepté.

Elle tord les lèvres et, une main en visière pour s'abriter du soleil, elle me regarde une fois de plus.

– Vous avez le drapeau en berne, observe-t-elle en singeant mon accent.

Elle souligne sa plaisanterie d'un petit sourire en coin.

– Chez nous, on ne dévoile pas tous nos talents du premier coup.

– Quitte à négliger la première impression ?

– Pas croyable…

Je profite qu'elle passe devant moi pour saisir son poignet et l'orienter de sorte que nous soyons face à face. Cette fois, je peux discerner un anneau d'un bleu lumineux autour de ses iris avant que ses pupilles ne s'assombrissent. Unique.

– Je crois savoir que vous avez suffisamment d'ennuis. La dernière chose qu'il vous faut est d'en causer de nouveaux avec moi.

– Est-ce un avertissement ou une menace ?

– Peut-être une invitation. Je ne dirais pas non à un peu des trois.

Sur ces mots, Lennox Kincade regagne la maison, me laissant admirer le balancement ravageur de ses hanches, le galbe de ses fesses et l'arrondi de ses épaules, tout cela de dos.

Dire que j'appréhendais mon séjour aux États-Unis…

J'ai l'impression d'avoir trouvé de quoi passer le temps.

D'ailleurs, puisque l'on m'accuse de semer le trouble, en attendant, autant que j'en apprécie le bon côté.

CHAPITRE 6

LENNOX

– C'est tout ? Tu es venue assister à des réunions secrètes dont tu n'as pas le droit de parler ? demande Johnny par-dessus son verre.

Il est étendu sur le canapé du jardin, les flammes du feu entre nous projettent des lueurs dans ses cheveux blonds.

– Pas secrètes à proprement parler.

Et je me demande pourquoi je ne parle pas à Johnny de la proposition de Cannon, alors que Finn est manifestement au courant. Donc, ce n'est pas un vrai secret.

– Le projet est juste… en attente.

Je darde un regard vers l'intérieur de la maison, où Rush s'affaire dans la cuisine, préparant un smoothie avec un dévouement qui me fait défaut quand il s'agit de mélanger des légumes dans un mixer.

La poudre protéinée et les compléments sur le plan de travail s'expliquent à présent.

– Oui ? fait Johnny.

Un seul mot étiré jusqu'à ce que je me retourne vers lui qui lève des sourcils interrogateurs.

– Oui, quoi ?

– Cesse de le reluquer. Il est déjà dans la panade jusqu'au cou.

– C'est pourtant toi qui as omis de me prévenir qu'il était chez toi.

– Accuse plutôt le réseau téléphonique. Je te l'ai dit, mais tu ne l'as pas entendu.

– Tu aurais peut-être pu l'avertir lui aussi. Qui se balade dans le jardin d'un copain complètement à poil ?

– Apparemment, un homme qui se contrefiche de ce que les autres pensent de lui, répond-il en lançant un regard vers Rush.

Pourquoi devrait-il s'en soucier ? Pas étonnant qu'un footballeur comme lui soit doté d'un physique aussi phénoménal. Son corps fin et ferme atteste d'années de travail acharné et d'autodiscipline.

Je continue d'admirer ce corps, me remémorant précisément à quel point il était ahurissant quand, un peu plus tôt, il se tenait à un pas de moi… sans le moindre sous-vêtement.

– Cesse d'avoir cet air dans les yeux. La dernière chose dont il a besoin est de t'ajouter à l'équation.

– Moi ? Quel est le problème avec *moi* ?

– Bon sang, on lui reproche d'avoir couché avec la femme de son coéquipier, une chanteuse connue. Fatalement, l'image s'est répandue comme une traînée de poudre. Qui commet ce genre d'écarts de conduite ?

– Ne va pas croire que j'approuve l'infidélité, mais d'après les magazines à scandale, ce genre de situation se produit sans cesse à Hollywood. Pourquoi cela t'atteint-il quand il s'agit de lui, alors que tu ne bronches pas quand cela concerne n'importe qui d'autre ?

– Je bronche à tour de bras, avec tout ce que j'entends et vois à L.A., mais en ce qui concerne Rush, le moment est mal choisi. Son contrat est en cours de renouvellement et son club crie haro sur son départ de l'équipe. Que penses-tu que décideront les dirigeants ? L'échanger au nom de la paix ou le garder au risque que tous les autres joueurs angoissent qu'il leur pique leur femme ?

– C'est absurde. Ils ne feront pas transférer leur joueur vedette.

– N'oublie pas que c'est Seth leur capitaine.

– Il est en fin de carrière et nettement moins populaire ou fiable que Rush. L'attrait d'un autre championnat l'emporte sur tout le reste.

– Pour couronner le tout, la rumeur raconte que Rush endosserait le maillot de capitaine la saison prochaine. Voler la femme de Seth *et* son statut dans l'équipe.

Johnny coule un regard vers Rush et émet un sifflement révélateur.

– J’ai entendu dire que tout ça suscitait de la discorde. C’est à celui qui prendra la défense de qui, et la direction enchaîne les réunions pour chercher le meilleur moyen de désamorcer les tensions, alors que gérer la vie personnelle des joueurs ne fait pas partie de ses attributions.

– Un sacré tohu-bohu, proche du chaos, je murmure alors que me reviennent des critiques glanées à droite à gauche et la rumeur qui dit que Seth est antipathique. Rush est venu pour se faire oublier le temps que cette histoire se tasse ?

– Ou qu’un nouveau scandale l’éclipse.

– Mmm, je fais en réalisant que mon regard s’est de nouveau échappé vers Rush.

– Malgré tout, tu comptes continuer à le lorgner ?

– Tu es jaloux que je ne te regarde pas autant. (Je lui lance mon dessous de verre.) D’ailleurs, ce serait répugnant, tu es le frère que je n’ai jamais eu.

– Exact. (Malgré son petit rire, il m’examine.) Rien de tout ce que je viens de dire, de ce que Rush a fait, ne te dissuade de le dévorer des yeux ?

– Je ne le mange pas des yeux.

Ça s’appelle ronger son frein. Je ronge mon frein quand je le regarde parce que, même à cette distance, il exerce sur moi un attrait indéniable.

– Est-ce qu’il l’a fait ? je demande.

– Comment ça, *est-ce qu’il l’a fait* ?

Johnny me regarde comme si j'avais perdu la tête, mais dans les brèves recherches que j'ai menées sur mon téléphone avant son retour, je n'ai pas trouvé une seule déclaration de Rush autre que « sans commentaire ».

Pourquoi ai-je fureté ? Pourquoi ai-je cherché matière à racheter ses actes ? Pourquoi m'en soucier ?

Parce que je ne pense pas que Rush McKenzie soit ce genre d'homme. Celui qui n'en a cure de faire des vagues en trompant le capitaine de son équipe avec sa femme. J'ai côtoyé mon lot de personnes malfaisantes dans ma vie, des infidélités à tour de bras entre des athlètes que je représentais. Or, en dépit de sa suffisance, je ne le sens pas enclin à donner dans le sordide comme tous les autres.

En toute franchise, je tomberais des nues si Johnny lui laissait libre accès à son domicile s'il croyait aux ragots. C'est l'une des raisons qui soudent notre amitié.

– Eh bien, quelqu'un lui a-t-il demandé s'il l'avait fait ? j'ajoute. On ne peut nier qu'il roule des mécaniques ni son sourire arrogant qui ne laisserait aucune femme insensible, même pas les pop stars apparemment, mais…

– Désolé, je ne fais pas attention à ce genre de choses, dit-il en roulant des yeux.

– Voilà pourquoi tu es jaloux. Tu as beau rouler sur l'or, ce sont des choses qui ne se monnayent pas, dis-je pour plaisanter.

– Ce que tu es pénible !

Son sourire s'élargit.

– Sinon nous ne serions pas amis.

– C'est vrai, encore qu'on puisse tenir longtemps rien qu'avec une infime dose de toi.

Un clin d'œil.

– La question est : pourquoi j'accepte de t'héberger alors que, clairement, tes intentions sont de me malmener sans répit ?

– Parce que tu m'aimes.

J'adresse à mon plus ancien ami le plus large et le plus mielleux des sourires.

– Tu as raison. Je t'aime. C'est ma croix. (Il se ressert un verre de merlot.) Pour répondre à ta question, j'ai demandé, mais il refuse d'en parler. Quand j'aborde le sujet par des chemins détournés, il se mure dans le silence. Le club leur a défendu d'en parler. Ordonnance de non-publication pour que les problèmes internes restent entre eux.

– Futé de la part du club, mais c'est un petit peu tard, étant donné qu'une photo d'eux circule dans toute la presse.

Je ris.

– L'interdiction est sûrement tombée après la bagarre au sein de l'équipe. (Il hausse les épaules.) Je compte respecter sa volonté et le laisser en paix, contrairement au reste du monde.

Je retrousse les lèvres, sachant ce que cela fait de subir des accusations fondées sur une perception erronée.

– Je persiste à croire que quelqu'un doit se risquer à lui poser la question.

– Quelqu'un d'autre que toi, alors ? J'aimerais préserver la paix entre mes invités. (Il lève son verre.) À propos de questions personnelles, tu veux me dire pourquoi tu es ici ? Nous nous connaissons depuis suffisamment longtemps pour savoir que tu ne débarques pas sans prévenir à moins de vouloir échapper à quelque chose.

C'est le souci quand on se réfugie chez la personne qui vous connaît mieux que n'importe qui.

Alors que nos regards se retiennent au-dessus du brasier, je déroule le récit de mes dernières vingt-quatre heures : le séminaire, Finn, ma conversation avec Chase puis Dekker. Sans rien cacher.

– Tu sais que ta famille t'aime de tout son cœur, n'est-ce pas ? dit-il après un long silence, le regard pensif.

– Qu'elle m'aime autant qu'elle veut, cela ne règle pas mon problème. Plus précisément, ce qu'elle pense de moi ou ce que les autres pensent de moi.

– Tu ne me dis pas tout. Je me trompe ?

Je jure à mi-voix, un léger sourire aux lèvres. Comment le sait-il ? Qu'est-ce qui fait qu'il va m'amener à admettre la seule chose que j'ai du mal à accepter ?

Je pousse un long soupir dans le silence, je repense aux deux gros clients que j'ai laissés filer ces deux derniers mois. Des clients que je pensais sécurisés, mais avec qui j'ai de toute évidence fait une boulette, et échoué à combler les besoins. J'ai tu les raisons derrière les ruptures de contrat, de peur de me montrer sous un mauvais jour auprès de mes sœurs et de mon père alors que le départ de ces clients ternissait déjà mon image.

– Par esprit de rébellion, tu as pris l'avion pour accepter le poste qu'on t'offre, juste pour te prouver que tu n'es pas cette personne.

Je hausse les épaules.

– Grosso modo. Et pour le prouver à ma famille aussi.

– L'idée t'a effleurée que c'est ce que tu perçois, mais qu'ils ne pensent pas réellement que tu t'en sors mal ?

C'est pour cela que je me suis réfugiée chez Johnny. Il m'ouvre les yeux comme personne. Sans forcer, mais il me remet les idées en place à coup sûr, et en ce moment, j'en ai bien besoin.

– Trop de coïncidences pour que je pense différemment.

– Dit la femme la plus clairvoyante… (Je lui lance un regard noir.) Écoute, j'entends ce que tu me dis, je comprends pourquoi tu éprouves le besoin d'agir en secret pour étayer tes propos, mais sache que nous sommes nombreux à t'aimer parce que tu es l'alliance parfaite de l'intelligence et de la beauté. Ne fais pas attention aux rageux comme Sanderson qui te font douter de toi-même. Nous ne voulons pas que tu changes.

– Plus facile à dire qu'à faire, pour moi qui me réfugie chez mon ami au lieu de rentrer chez moi, et qui me demande si ma famille n'aurait pas raison et si ces derniers temps je ne me serais pas reposée sur mes lauriers.

– Reste à savoir pourquoi tu te reposerais sur tes lauriers.

J'ouvre la bouche et me ravise, cherchant la réponse. Par ennui ? Par fébrilité ? Parce que, dernièrement, j'ai l'impression qu'il manque un truc, sans savoir quoi ? Ou alors j'ai juste besoin de me sentir plus indépendante, plus en phase avec moi-même qu'uniquement un membre de la famille Kincade ?

Non pas que quelque chose cloche avec le fait d'appartenir à ma famille. Nous nous aimons sans limite (malgré nos chamailleries), mais en même temps, mon identité a toujours été rattachée à elle. À l'agence.

À la reine de beauté.

La troisième des quatre sœurs.

J'appuie ma tête contre le dossier et ferme les yeux. Comment formuler cela à l'intention de la personne qui aimerait plus que tout faire partie d'une famille comme la mienne ?

Johnny Stance a le type de parents qui abreuvent leur enfant d'argent parce qu'ils sont trop occupés à bâtir un empire et à jouir de leur fortune pour se soucier de lui.

– Tu planes sur quelle planète ? ironise Johnny.

– Toujours sur Terre. J'apprécie que tu m'accueilles chez toi.

– Tu peux rester aussi longtemps que tu veux. Tu le sais.

– Merci, je murmure en tournant la tête vers la maison.

Penché en travers du plan de travail, en appui sur ses coudes, Rush pianote sur un ordinateur portable. Un pantalon de sport gris foncé frappé du logo du club de football de Liverpool porté bas sur les hanches, le smoothie vert qu'il a préparé un peu plus tôt à moitié bu à côté de lui.

– Tu recommences à le contempler, chuchote Johnny.

– Comment me le reprocher ? Mince, regarde-le. Il est assez parfait.

– Pour qui est attiré par les têtes à claques taciturnes, telles que tout footballeur rêve d'être et que toutes les femmes fantasment d'avoir dans leur lit.

– Bien résumé.

Haussant les épaules, je ris comme si cela relevait du bon sens.

– Je le redis, il n'a pas besoin de toi, renchérit Johnny.

– Comment dois-je l'interpréter ? dis-je, appréciant de passer à un autre sujet, et le ton léger qui revient dans sa voix.

– Cela signifie qu'en ce moment, il a besoin de se poser… de s'ancrer. Tu n'aimes pas t'attacher.

Tu aimes t'éclater, et pour lui, sortir fait de lui un aimant qui fait accourir la presse. Tu aimes te rebeller quand tu es dans cet état d'esprit, alors qu'il semble avoir déjà franchi ce cap, sans quoi il ne serait pas là. Rebelle est carrément son second prénom. Et tu ne crains jamais de faire ce qu'il ne faut pas.

– Ce que je devrais faire, c'est le croquer, dis-je d'une petite voix, alors que Rush étire ses bras au-dessus de sa tête, faisant descendre un peu plus son pantalon sur sa taille.

– Nom d'un chien, Lennox. Tu me fais marcher ?

Je hausse les épaules et décoche mon sourire de l'innocente prise la main dans le sac.

– Peux pas me reprocher de manquer d'honnêteté.

CHAPITRE 7

LENNOX

– Comment ça, je dois libérer la place ?

Mal à l'aise, je me retourne vers l'entrée. Appuyé dans l'embrasure de la porte des sanitaires, Rush s'évertue à porter le même survêtement bas sur ses hanches. En plus, il embaume le savon, les agrumes et… pourquoi faut-il qu'en plus du reste, il sente divinement bon ?

– C'est ma salle de bains. Celle que j'utilise depuis que je suis arrivé. Toutes ces affaires que vous venez d'entasser dans le tiroir m'appartiennent, dit-il en indiquant les produits de toilette que je viens de remiser.

Quelque chose dans le fait qu'il se tienne là, ou par envie qu'il me remarque au terme de cette soirée qu'il a passée replié sur lui-même, m'incite à le chambrer, le titiller, n'importe quoi qui puisse dissoudre la tension sexuelle qui crépite entre nous.

– Et… ?

Devant le miroir, je décoche un sourire mielleux en resserrant la ceinture de mon peignoir.

– Cette maison dispose de plus de salle de bains que nécessaire, commente-t-il.

– Super. De cette façon, vous aurez moins de mal à en trouver une à votre convenance. Celle-ci dispose du meilleur éclairage pour me maquiller.

Bras croisés, je me retourne face à lui.

Même à présent, son physique me déconcerte : le tracé de sa mâchoire, la volupté de ses lèvres et l'épaisseur de ses cils qui encadrent ses iris vert cristallin. Il est foncièrement éblouissant dans le genre viril.

– Dommage. Vous allez devoir vous en passer étant donné que celle-ci me convient. (Il me rend le même sourire vache.) J'étais là le premier.

Puisqu'il faut en passer par là…

– Qui va à la chasse perd sa place.

– Vraiment ? rit-il en repoussant ses cheveux de son visage. Vous n'êtes pas banale.

– On me le dit souvent.

La tête inclinée sur le côté, je l'observe. Le silence qui se prolonge m'implore de poser la question qui tranche avec la légèreté du moment. Néanmoins, je me jette à l'eau.

– Pourquoi êtes-vous ici ?

– Chez Johnny ?

Sans surprise, il interprète la question à sa guise.

– Probablement pour la même raison que vous. J'avais besoin d'un endroit où l'on ne me juge pas, et Johnny est parfait pour ça. Sans compter que la vue et la piscine ne nuisent pas.

Sa franchise me surprend et m'impressionne à la fois, si bien que je ne peux que hocher la tête. Je me remémore ma conversation avec Johnny, dans la soirée. *Rien de tout ce que je viens de dire, de ce que Rush a fait, ne te dissuade de le dévorer des yeux ?*

Non.

En fait, cela ne manque pas d'attrait de désirer quelqu'un contre qui tout le monde vous met en garde. C'est stimulant et palpitant, comme toute rébellion.

D'un haussement de sourcil, il cherche à obtenir une réponse, mais je pense que la tension parle d'elle-même. Elle est indéniable, car je sais qu'il la sent aussi et qu'il n'a pas plus envie que moi de la rompre ou de la dissiper.

C'est pourquoi nous lambinons dans l'espace exigu, alors qu'une nuée de questions tournoient dans ma tête sans que j'ose les énoncer : *Combien de temps restez-vous ? Quels sont vos projets ?*

En premier lieu, celle que j'ai posée à Johnny : *L'avez-vous fait ?*

Rush ne me doit aucune réponse. De fait, il me connaît à peine. Pourtant, il se tient à peu de distance de mes questionnements et de mon corps tremblant de désir.

Je brûle de le toucher. Sa mâchoire. Ses cheveux. Son bras. N'importe quelle connexion, ce qui est une pensée si peu commune pour moi qui suis peu tactile.

Cependant je réfrène mes ardeurs, parce qu'il y a quelque chose dans le peu que je sais de lui qui me dit de garder mes distances. Même si mon instinct me souffle qu'il ravagerait mes sens, ma règle du statu quo et mon cœur, si peu coutumier des sentiments.

– Que faisons-nous, Lennox ? chuchote-t-il.

J'entrouvre les lèvres pour répliquer, et vois son regard glisser vers ma bouche avant de remonter vers mes yeux.

– Nous négocions ? je murmure, éludant à mon tour.

Pour une salle de bains secondaire, l'espace est assez vaste mais, à l'instant où il entre, il se vide de tout son oxygène. Tout ce qu'il reste à inhaler, c'est lui.

– Vous appelez ça comme ça ? *Négocier ?* demande-t-il en faisant un pas de plus.

Je le redis, Lenn, il n'a pas besoin de toi en ce moment.

– Voilà, nous avons négocié. J'ai gagné. (Je décoche un sourire victorieux et théâtral.) Et à présent, voyons quels sanitaires vous utiliserez, étant donné que je garde ceux-ci.

– J'ai l'impression que nous n'avons pas assisté à la même conversation. Il est hors de question que je vous cède ces sanitaires.

Avec un sourire de petit garçon, il reprend le terme que j'ai employé. Le sourire et son charme ont du chemin à parcourir. Surtout que côté attirance physique, je n'ai pas besoin d'un énième argument.

– Vous les avez cédés. Je l'ai entendu.

– D'une manière tacite ? rit-il.

– Ouaip. Je lis dans les pensées.

– Soit.

Son petit rire séducteur diffuse des frissons le long mon échine quand il se rapproche.

– Vos talents de négociateur ne sont pas au point, McKenzie !

– Pas plus que les vôtres.

Je pousse un petit cri en le voyant abaisser son survêtement et le retirer entièrement.

– Que faites-vous… ?

– Je crois comprendre que nous partageons la salle de bains, dit-il en croisant mon regard dans le miroir. Cela ne devrait pas vous choquer que je me douche. Vu que vous lisez dans les pensées, et tout ça ?

J'éclate de rire. Franchement, je ne vois pas quoi faire d'autre. Et cela m'évite de polariser mon attention sur son corps prodigieux.

– Contente pour vous, dis-je avec un hochement de tête résolu. Faites-vous plaisir.

– Sans faute.

– Pour votre gouverne, sachez que je ne me choque pas pour un rien.

– C’est noté. L’essentiel étant que j’ai besoin de me rafraîchir et que vous squattez ma salle de bains. (Il réprime un sourire.) Impressionnée ?

– Il en faut plus que ça pour m’impressionner.

– Je sais. La perte de vos talents de négociatrice atteste que vous restez ébahie par ce que vous avez vu près de la piscine.

– Rien que ça ? je fais en levant les yeux au ciel, alors qu’il ouvre le robinet et se glisse sous le jet.

– Ne vous tracassez pas, trésor. Je suis encore sous le charme de votre bikini.

Mes yeux se portent vers les siens à travers la vitre embuée, et je suis gratifiée d’un sourire foudroyant.

Tout ce que je peux faire, c’est secouer la tête et ne pas me laisser affecter par ses mots, alors je quitte la salle de bains, traverse le couloir jusqu’à ma chambre et m’adosse à la porte qui se referme derrière moi.

Un sourire flotte sur mon visage tandis que, les yeux fermés, je me rejoue l’échange intégral à plusieurs reprises. Il est enquiquinant et aguicheur, et si ce sont mes pensées après deux petites conversations, j’ai du souci à me faire.

Ces deux derniers jours ont porté atteinte à mon ego et à l’image que j’ai de moi. Est-ce si grave que Rush m’aide à me réconcilier avec moi-même ? Est-ce plus grave encore si j’ai travaillé sans compter depuis des mois, au point de me négliger ?

Autrement dit, j'ai négligé ce que je veux le plus. Et bon sang, je le veux, *lui*.

Je pressens que Rush n'est pas du genre à tergiverser. Il prend et exige, et si vous ne tenez pas le rythme, il passe à autre chose.

Il y a un défi là-dedans, une attirance.

Comment se fait-il que je sois attirée par les athlètes ? Les mains puissantes, les corps vigoureux, l'arrogance d'un homme conscient de son talent, son dévouement… ils sont comme ma kryptonite.

– Punaise, je marmonne en ramenant une mèche de cheveux blonds derrière mon oreille.

Rush serait une grossière erreur. Une terrible erreur, sublime et satisfaisante. Je le sais au bout d'un seul petit jour, mais le plus marrant, c'est que je sais d'avance que je vais flancher.

Et cela ne m'inspire pas le moindre regret.

Je suis une femme qui se lance à la poursuite de ce qu'elle veut, sans honte ni peur… et je veux Rush McKenzie.

CHAPITRE 8

RUSH

11 ans plus tôt

Mon estomac grogne si bruyamment que je peux l'entendre malgré les martèlements de mon pouls dans mes oreilles.

Garde l'air normal, Rush. Bouge lentement, regarde les produits, feuillette le magazine comme si tu ne sentais pas que ton ventre se consume. Ne pense pas aux biscuits stockés dans tes poches ou à la banane que tu as glissée dans le creux de tes reins, sous ta veste.

Les vertiges me reprennent. Cruels et incessants, ils obscurcissent ma vision au point que je suis forcé de me cramponner aux rayonnages pour ne pas m'évanouir.

Je crois que cela fait vingt-quatre heures, mais je ne sais plus puisque je n'ai rien mangé. Depuis le reste de la barre protéinée que mon coéquipier a partagée avec moi. Entre-temps, j'ai eu deux entraînements de trois heures, où j'ai mis toute mon énergie à livrer la performance qu'ils attendent de moi.

La même performance qui, je l'espère, me sortira de cet enfer.

Je suis tout près de remporter l'unique bourse annuelle accordée par la Liverpool Academy.

La bourse, une occasion en or qui pourrait tout changer pour moi. Non seulement cela me rapprocherait un peu de la Premier League mais elle est assortie d'un logement et couvre les frais de nourriture. Pas une grosse somme, mais ce serait le paradis, comparé à ma vie actuelle. Ensuite, je pourrais cesser de faire comme si j'habitais dans l'un des appartements de Cresftall Lane. Les gens me voient entrer dans l'immeuble, mais ne remarquent jamais le gamin en tenue de football qui ressort par la ruelle de derrière. Personne ne s'interroge sur la boîte à lettres abandonnée, qui reçoit parfois du courrier adressé à un certain monsieur McKenzie. Personne ne réalise que le verrou qui ferme le petit abri, à l'arrière, m'appartient. Que j'ai trouvé un refuge pour me protéger de la pluie, doté d'un évier où je peux laver mes vêtements et faire ma toilette.

Ainsi, je peux prétendre que je suis un adolescent de Kirby comme un autre, qui va à l'école, passe tout son temps libre sur le terrain de football, boit une pinte en douce.

Mais c'est ce que j'ai besoin de faire. C'est la vie que je dois endurer pour que mes rêves se concrétisent. Pour que j'aie une chance.

C'est devenir joueur de foot professionnel ou… *nada*.

Personne ne s'est inquiété quand le cancer a fauché Maude McKenzie.

Encore moins de personnes se demandent où son fils de quinze ans se trouve et ce qu'il devient.

– Excusez-moi, jeune homme. Je peux passer ?

Je sursaute en entendant la voix d'une vieille dame de petite taille, qui me fixe avec ses grands yeux de chouette. À côté de moi, elle tend le doigt vers le sachet de nouilles devant moi.

Je suis ramené dans le présent. Aux crampes d'estomac dues à la faim et aux courbatures de l'entraînement. À l'espoir teinté de désespoir. À la nécessité de préserver mon secret. Parce que si je ne sors pas de la boutique, je perdrai connaissance et quelqu'un remarquera la nourriture que je m'apprête à voler.

Alors tout sera terminé.

Le rêve.

Mon départ.

Tout.

Je ne suis pas dans cette épicerie sans raison. C'est la seule dans laquelle je n'ai pas encore été pris en train de voler. La seule où le personnel ne me suit pas à la trace pour s'assurer que je ne viens pas chaparder.

Je hoche prestement la tête.

– Bien sûr. Désolé, j'étais…

– En train de penser au grand match de ce soir ? demande-t-elle en désignant mon vieux survêtement du Club de Football de Liverpool. Les Manchester United n'ont pas la plus petite chance.

– C'est sûr, dis-je faiblement avant d'offrir un petit sourire et de me hâter de sortir, tête basse, les bras noués autour de moi pour me protéger contre le froid de ce début de soirée.

À peine ai-je tourné à l'angle du bâtiment que je pèle la banane et l'engouffre en moins de deux. Mon estomac douloureux gargouille. La moitié de la banane avalée, je déchire le paquet de biscuits avec une frénésie que seul un véritable affamé peut comprendre.

On veut ralentir, en garder pour plus tard, mais on est infichu de penser à autre chose qu'à apaiser la sensation de faim. Tout ce que l'on sait, c'est qu'on a besoin qu'elle passe un instant, parce qu'il est exclu de tenir un entraînement de plus le ventre creux.

Comment dépasser les autres quand on meurt de faim ?

Combien de temps peut-on résister ?

Un biscuit dans une main et la demi-banane dans l'autre, je bifurque au coin de la rue et tamponne quelqu'un.

Surpris, nous émettons tous deux un cri étranglé, mais le mien provient aussi du fait que ma nourriture m'échappe des mains. La banane s'est brisée et roule dans la saleté, tandis que les biscuits se déversent de l'emballage. Je suis tellement occupé à crier intérieurement qu'il me faut une seconde pour relever les yeux et aviser Rory, mon coéquipier, accompagné par son père.

Ou le policier qui se place à côté de moi, avec son regard noir intimidant et ses menottes scintillantes.

– Encore toi ? fait le policier, alors que des larmes d'humiliation irritent le fond de ma gorge.

C'est une chose de se faire encore attraper en train de voler, c'en est une autre d'être arrêté devant Rory et son père fortuné, Archibald Matheson.

Je me défends en bafouillant :

– Je… euh… euh… Je n'ai rien fait. C'est par terre. Vous ne pouvez pas prouver que c'est moi.

– Que lui reprochez-vous, Monsieur l'agent ? demande monsieur Matheson.

Gagné par la nervosité, j'ai oublié sa profession, mais j'ai entendu Rory mal parler de lui, de temps en temps, sur le terrain. Par contre, je sais qu'il semble suffisamment influent pour qu'en un seul mot de lui à l'académie, mes chances s'envolent.

– Ce jeune homme, dit le policier en saisissant mon bras, a été pris pour vol à l'étalage dans plusieurs magasins du quartier. (Il commence à m'entraîner avec lui.) Je t'emmène au poste. Je ne peux pas fermer les yeux, étant donné que le responsable veut porter plainte. Il a ignoré ta cleptomanie jusque-là, mais à présent, il veut te donner une bonne leçon. (Il tire encore sur mon bras.) Viens. Tu sais comment ça marche.

– Non, dis-je dans un cri de panique. Je ne peux pas. C'est la dernière semaine des épreuves de sélection. Si je vous suis, je ne pourrai pas m'exercer. Je ne pourrai pas…

– Il n'a nui à personne, Monsieur l'agent, dit monsieur Matheson d'une voix grave qui nous fait tourner instamment la tête vers lui. (Il pose les mains sur les épaules de son fils et le pousse en avant.) C'est mon fils Rory le coupable.

Je pense que l'expression qui s'affiche sur le visage de Rory reflète la mienne : choc, incrédulité, confusion. En prime, la mienne marque de l'hésitation.

Pourquoi monsieur Matheson ferait une chose pareille ? Pourquoi sacrifier son fils pour m'épargner ? Pourquoi un homme riche prend la défense de quelqu'un d'insignifiant comme moi ?

– Monsieur, dit l'agent en me ramenant près de l'endroit où les biscuits et la banane sont éparpillés sur le trottoir, vous savez aussi bien que moi que votre fils n'a rien fait.

Le petit rire de Matheson s'étire.

– Je sais. (Il avance d'un pas, sous le regard confus de Rory.) Je vois à quel point il serait aisé de les confondre. Avec la même tenue de sport, la même coupe et la même couleur de cheveux, n'importe qui aurait pu le faire, mais je vous garantis que c'était mon Rory. C'est pourquoi j'étais en train de le sermonner. Je lui disais que nos actions ont des conséquences, et voilà que vous surgissez pour renforcer mes dires.

Le regard du policier passe de monsieur Matheson à moi, puis fait le chemin inverse et ses doigts se desserrent un peu autour de mon bras.

– Mais papa…

– Cesse tes inepties, Rory. Toi et moi savons que c'est injuste que Rush paie pour tes erreurs. (Il le pousse encore.) Vas-y. Va donc affronter les conséquences de tes actes. Suis le représentant des forces de l'ordre.

– Et le voyage scolaire ? Le bus va partir. Et mes…

– Ne dis pas de bêtises. Chez les Matheson, nous assumons nos erreurs.

J'assiste à la scène avec l'impression qu'au lieu d'en faire partie, je suis un ballon de baudruche qui flotte autour. Je ne comprends rien à ce qui se passe, mais déjà à quinze ans, je sais qu'aussi longtemps que je vivrai, je n'oublierai jamais ce moment.

En partie parce que c'est pour moi le premier acte de pure gentillesse que l'on m'ait montré depuis si longtemps qu'il m'est difficile de l'accepter. Et pour l'accepter, je dois me taire et laisser Rory porter le chapeau à ma place.

Un garçon qui sera dans mon équipe si je décroche la bourse.

Je darde un regard vers la nourriture par terre, en proie à une lutte intérieure visant à trouver un moyen de la ramasser avec désinvolture et la sauver avant que tout soit fichu. Avec un soupir résigné, l'agent lâche mon bras, se rapproche de M. Matheson et baisse la voix.

– Ce n'est pas grave. Cela peut rester entre nous quatre. Pourquoi vous ne poursuivez pas votre chemin comme si de rien n'était et…

– Pourquoi faire une différence, Monsieur l'agent ? Les deux garçons ne devraient-ils pas être tenus de se plier aux mêmes lois et aux mêmes obligations ?

– Mais Monsieur…

– Monsieur l'agent, c'est Inspecteur Matheson.

Il tend la main au policier, alors que le policier se ratatine en même temps que mes lèvres.

Inspecteur ?

Les yeux écarquillés, je le fixe du regard. Pourquoi fait-il ça ?

– Partez devant, continue-t-il en les chassant de la main. Je vous rejoins sous peu au poste pour tout tirer au clair.

Rory supplie son père dans un dernier coup d'œil désespéré. Puis, les épaules affaissées, il se retourne pour suivre le policier d'un pas traînant.

– Alors, monsieur Rush McKenzie, dit l'Inspecteur Matheson alors que je regarde au-dessus de son épaule l'endroit où Rory se tenait avant de revenir auprès de son père imposant. Tu es d'ici ?

Je fais signe que non.

– Nous avons beaucoup déménagé.

Un demi-mensonge, car du vivant de ma mère, nous changions régulièrement d'adresse. Des promesses de venir vivre avec de la famille lointaine les incitaient à nous prendre des billets de train, nous baladant d'un bout à l'autre de l'Angleterre. C'est un peu par hasard que nous nous sommes établis dans cette ville, quelques années avant qu'elle ne tombe malade et décède. L'endroit où elle a promis que nous vivrions pour que je me rapproche de mon rêve.

– Mais je vis ici pour de bon maintenant.

– Je vois. (Il m'examine avec une vive intensité.) Tu as un talent rare sur le terrain, fiston. J'ai entendu ton nom circuler dans les cercles influents. Pourquoi n'as-tu jamais joué dans un club auparavant ?

Parce que la nourriture passe avant les frais d'inscription à un club.

– L'occasion ne s'est pas présentée.

– Je suis certain qu'elle ne tardera pas. Je t'ai regardé jouer ces dernières semaines, tu sais.

– Oui, Monsieur.

Mon regard s'échappe vers les biscuits, et plus particulièrement vers celui que son pied écrase en remuant sur le bitume. Je me retiens de m'insurger au prix d'un effort monstre.

– Tu passes les sélections pour intégrer l'équipe ? Ta présence fait des vagues, ce qui est tout à fait justifié. Je pense que tu es le joueur à vaincre en ce moment.

Je tempère l'espoir qui me fait vibrer.

– Merci, Monsieur.

– L'entraîneur est un ami proche. (Il commence à dire quelque chose, puis se ravise.) Est-ce que je connais tes parents ? Je ne pense pas les avoir vus sur le terrain.

– Je n'en ai pas, Monsieur.

– Tout le monde a des parents, dit-il en gloussant.

Avec un sourire crispé, par politesse, je tente de dévier la conversation.

– Je dois rentrer chez moi.

– Dans quel coin habites-tu ? Je peux te déposer. Une averse va bientôt nous tomber sur le coin du nez.

– Ça ne me dérange pas de marcher.

Il est de la police. Il m'expulserait ou me dénoncerait sans aucun doute.

– Ne dis pas de sottises. Laisse-moi te conduire.

– Vous avez déjà fait beaucoup pour moi.

Cette fois, quand je croise son regard, je crois qu'il voit clair en moi. Ma honte. Mon embarras. Le fait que je me sente inférieur à de nombreux égards. Les uniformes d'occasion, que je taxe aux objets perdus. Les bottes trouées sur le côté, aux clous usés jusqu'à la corde.

À sa façon d'ouvrir et de refermer la bouche, je sais qu'il comprend plus de choses sur moi que je n'en admettrai jamais et que, peut-être, il n'est pas impossible qu'il m'ait offert une petite planche de salut sans le savoir, jusqu'à cet instant. Quand il a livré son fils en pâture pour me protéger, pour une raison que j'ignore.

– Très bien, souffle-t-il. Comme tu voudras. Mais je ne te laisserai pas rentrer sous des trombes d'eau. La dernière chose dont nous ayons besoin, c'est se priver de tes pieds bourrés de talent parce que tu t'es enrhumé.

Il sort son portefeuille de sa poche arrière, glisse quelques billets dans ma main sans les regarder.

– Pour le taxi.

– Monsieur, je ne peux pas...

Je bredouille, ne sachant que faire de l'argent.

– *Pourquoi ?*

Son regard plonge dans le mien, des ridules soulignent la gravité de son expression. Son soupir suffit à me faire comprendre que Rory le déçoit, ce qui m'embarrasse fortement. Je n'ai pas besoin de développer pour qu'il saisisse le sens de ma question.

– Sais-tu ce que c'est d'avoir un fils qui se croit tout permis à cause de mes fonctions ? Qui pense pouvoir s'en tirer, quoi qu'il fasse, parce que d'autres appliquent des codes tacites ? L'humilité est une qualité, Rush, et Rory avait besoin qu'on le lui rappelle.

Il baisse les yeux vers ses orteils qui, dans ses mocassins luxueux, écrasent un second biscuit avant de les relever pour me regarder dans les yeux.

– Et on ne sait jamais quand on est susceptible d'avoir besoin d'un retour d'ascenseur. (Il hasarde un sourire après cette phrase énigmatique.) À demain, sur le terrain, fiston.

Fiston.

Comme il est le premier homme à m'appeler ainsi, je marque un temps d'arrêt. Ce nom me donne l'impression que quelqu'un se soucie de moi. Et avant que je ne dise quelque chose d'idiot, l'Inspecteur Matheson part en sens inverse sans se retourner vers l'endroit où je reste figé.

C'est alors que je réalise que l'argent qu'il m'a donné couvrira bien plus qu'une course en taxi. Il m'a donné assez pour manger pendant des semaines.

J'ouvre la bouche pour le remercier, dire quelque chose, mais il a disparu. Planté au coin de la rue, je regarde les billets. Sans le savoir, l'Inspecteur Matheson m'a fait don du plus fabuleux des cadeaux que l'on ne m'ait jamais offerts.

Du temps.

Je ne suis pas l'ado le plus intelligent du monde, mais je sais où j'aurais fini si le policier m'avait emmené au poste.

En foyer. Ou avec de la famille, à l'autre bout du pays, loin des rêves que je peux presque toucher du doigt.

Ta présence fait des vagues, ce qui est tout à fait justifié. Je pense que tu es le joueur à vaincre en ce moment.

J'ai renoncé à prier depuis des années, mais je prie tout de même.

Dieu, faites que je décroche cette bourse. Aidez-moi à utiliser ce que le père de Rory m'a donné pour réussir. Faites que mes rêves se réalisent.

CHAPITRE 9

RUSH

Je suis à cran.

Ma vie est sur le point de prendre un tournant radical et j'ai une peur bleue qu'il m'éloigne de tout ce que je connais. Et de ne plus pouvoir faire demi-tour.

Mon agent radote dans mon oreille, et j'exhale un profond soupir.

– Je dois te parler franchement. Tu m'as perdu depuis deux minutes. J'ai juste besoin de savoir s'il y a du neuf du côté des dirigeants.

Planté en bordure du jardin de Johnny, j'admire le panorama qui s'étale sous mes pieds. Au-delà de la multitude de propriétés hors de prix, la vallée et ses constructions en verre et béton qui obstruent la végétation s'étalent à perte de vue.

Les reflets du soleil levant dans mon dos chatoient sur les buildings au loin, et au-delà, la bande azurée scintillante du Pacifique.

Dans un cadre aussi paradisiaque, comment expliquer que le ciel bas et les pubs obscurs de l'Angleterre me manquent ? Au bout de deux petites semaines ?

Parce que le terrain de foot te manque. Le stade dressé autour de toi pendant l'entraînement. L'histoire dont tu fais désormais partie, et que tu as peur de perdre.

Ici, je me sens déconnecté… comme si ma vie me glissait entre les doigts, sans que je ne puisse la retenir.

Mais je tâche de me montrer patient, d'écouter Finn, de faire exactement ce qui m'est demandé.

– As-tu jeté un œil sur Internet ? Lu les journaux locaux ? Bon, je conçois que tu ignores ton attachée de presse en ce moment, ce que je tiens d'elle, mais tu sais mieux que personne qu'il s'agit d'une sombre mascarade, du genre qui met du temps à se tasser. Si toutefois elle se tasse, dit Finn.

Je roule mes épaules et me pince l'arête du nez.

Ai-je tout foutu en l'air ? Ai-je bousillé tout ce pour quoi j'ai bossé si dur ? Aurais-je dû faire fi de la loyauté, tout rembourser et me comporter de manière à être à la hauteur de ma réputation, comme un enfoiré ?

N'est-ce pas ironique ?

– Ce genre de chose prend du temps, Rush. Ce n'est pas tous les jours que mon client provoque des émeutes au sein de son équipe.

– Et je t'ai dit que la réponse est là, pour autant qu'on y regarde d'assez près.

– Je ne comprends pas un traître mot de ce que tu me dis. Je suis ton agent, et tu me balances des réponses cryptées, à moi qui suis supposé être de ton côté et me battre pour toi.

Alors, pourquoi suis-je aux États-Unis ?

Je n'ai de cesse de me poser la question.

– J'ai ordre de garder le silence sur quelque sujet que ce soit.

– Ce sont des foutaises, Rush, et tu le sais. Je suis contraint de me débrouiller avec le peu d'informations que j'ai en ma possession, dit-il pour ce qui semble la centième fois.

Cependant, je me souviens de sa façon de me confronter quand la nouvelle est tombée. En hurlant, il me demandait pourquoi je n'étais pas capable de calmer mes pulsions et de me plier aux règles.

Il présumait du pire, comme tout le monde.

– Je suis celui qui te soutient, qui est censé te défendre.

Je ne devrais pas avoir besoin de faire mes preuves avec lui. Il devrait croire en moi en tant qu'humain et en tant que joueur… pourtant…

– Je suis là, non ? Je fais ce que tu m'as demandé.

Cela semble le tranquilliser. Il s'éclaircit la voix et réfrène son agressivité.

– Je sais que c'est pénible, mais te faire oublier un petit moment est ta meilleure option dans l'immédiat.

– Mais tu es bien en contact avec le club ? La direction ? Je suis au top de ma forme. Au sommet de mon art. Je ne peux pas risquer de ne pas jouer cette saison.

– Tu joueras, mais pas pour…

– Pas question. Je suis chez moi à Liverpool. C'est là que je veux jouer, dis-je d'un ton sans appel.

– Alors, il fallait réfléchir avant de coucher avec la femme d'un autre joueur.

Frustré, je soupire et me passe la main sur le visage.

– Je t'ai dit que je n'avais pas…

– Oui, oui. Je sais. Tu n'as rien fait.

Son petit rire joue avec mes nerfs. Il me fait sentir qu'il n'en croit pas un mot. Il dit *ça ne prend pas avec moi.*

– De toute façon, ça n'a pas d'importance que tu l'aies fait ou non. Seul compte ce que le public pense, et à moins que tu puisses prouver ton innocence, tu es coupable.

– C'est un vrai cauchemar.

– Exact. Raison pour laquelle tu es à Los Angeles. Raison pour laquelle nous allons montrer ton visage, montrer que tu te comportes en bon sportif. Ensuite, nous remettrons les négociations à l'ordre du jour et verrons ce que nous pouvons faire. Fais-moi confiance.

– J'ai confiance mais… ça, c'est *ma* vie.

– Et elle continuera de l'être. Il faut juste du temps pour que les cendres refroidissent.

– D'accord.

– Rappelle-moi pour me dire comment ça s'est passé aujourd'hui. Je t'assure que ce ne sera pas aussi accablant que tu le penses. C'est rémunéré…

– J'ai plus d'argent que je ne pourrai jamais en dépenser. Je n'ai pas besoin d'être rémunéré, hormis par Liverpool.

– Ou assimilés, assène-t-il.

Dans le silence qui suit, ce mot me frappe plus durement que je ne l'aurais cru.

Toute ma carrière, j'ai joué au LFC. Depuis la bourse que j'ai remportée à quinze ans, je me suis battu pour gagner du galon, jusqu'à mon niveau actuel : d'avant-centre à capitaine du Liverpool Football Club l'an prochain.

Si je joue toujours l'an prochain.

– Jouer ailleurs n'est pas une option.

– Peut-être qu'il faudra l'envisager. (Il soupire et je déteste ce son qui augure d'une suite.) Le fait que tu sois ici montre, même si ce n'est pas vraiment au grand public, que tu ne te caches pas. Cela suggère que tu es aux États-Unis pour raisons professionnelles et pas pour la vérité, à savoir que tu attends que le scandale se calme. Bien que ce soit quelque peu passif-agressif, cela montre que tu n'as pas peur de te montrer, et que tu n'as pas de raison d'avoir honte.

– Je suis juste sur les nerfs.

– Je sais, mais tu peux t'entraîner n'importe où. Tu n'as pas besoin d'être à Liverpool pour te maintenir en forme.

Il n'empêche que j'ai besoin de rentrer pour retrouver ma vie.

La conversation terminée, je ne me sens pas moins en paix avec la situation actuelle. Et pour ne rien arranger, tandis que je m'apprête à fermer les applis sur mon téléphone, l'image affichée sur Instagram est précisément la raison de mon malheur.

Je me liquéfie un peu plus.

Je commence à repartir vers la maison quand je la vois. Lennox. La femme que je ne parviens pas à chasser de mes pensées depuis la piscine, hier, et la salle de bains, dans la soirée. Dans la cuisine, un torchon roulé en boule dans la main, elle rit à une plaisanterie de Johnny.

Quelle est son histoire ? Quelle est leur histoire ? À l'évidence, ils sont proches, sinon elle n'aurait pas prévenu à la dernière minute qu'elle débarquait.

Sont-ils des ex ? Est-ce qu'ils se plaisent, sans toutefois réussir à envisager cette possibilité ? Ou sont-ils ce qu'ils donnent à voir ? De bons amis ?

Toutefois, il y a de la drague dans l'air. Je le vois aussi clairement maintenant qu'hier soir, quand ils buvaient un verre sur la terrasse. Et cela embrouille tout.

La pointe de jalousie est fugace, mais réelle, parce que peu importe ce qu'ils sont ou ne sont pas. Je sais de quelle façon elle m'a regardé hier soir, et je sais reconnaître quand une femme est intéressée.

Or, je suscite son intérêt.

Il en faut plus que ça pour m'impressionner.

Du pipeau.

L'attraction était mutuelle. Le besoin bien présent et prêt à être mis à l'épreuve.

Alors que je la vois poser les fesses sur le plan de travail et balancer ses jambes, écoutant Johnny parler, je me frotte la joue en repensant à son regard hier soir. Confiance en elle et volonté. Je repense à son parfum, léger et fleuri. Je me souviens de la chair de poule qui a couru sur ses bras quand nous nous tenions tout près.

Bien sûr, elle était pétulante et sarcastique, mais bon sang, tout cela mélangé produit un cocktail enivrant qui me supplie de le goûter.

Je me suis armé de courage pour ne pas l'embrasser.

J'ai eu encore plus de mal à ne pas frapper à la porte de sa chambre pour lui demander si la culotte en dentelle riquiqui « accidentellement » oubliée dans la salle de bains fait partie de sa tenue quotidienne, car en ce cas… oh là là.

Mais quelque chose m'a empêché de le faire. Et cependant que je l'observe à travers la baie vitrée – ses cheveux blonds lâchés dans son dos, ses jambes hâlées se balançant, ses lèvres charnues souriant largement –, ce petit quelque chose se précise.

Je la veux aussi.

Mon monde me semble hors de contrôle. Chacun de mes mouvements est calculé, planifié par quelqu'un d'autre, et les conséquences de mes faits et gestes déterminées avant même que je ne les réalise.

La perception du public orientée.

Quelqu'un sait à quel point c'est difficile pour un type comme moi, qui se satisfait de suivre les instructions de tous les coachs et managers qui ont jalonné sa carrière, de vivre en dehors de la sphère du football ? Celle qui me définissait entièrement. Les gens réalisent-ils que chaque partie de moi réclame de se rebeller contre cette injonction ?

Mais alors il y a cette fille : Lennox. Un agent concurrent du mien. Une mauvaise décision. Une complication. Je ne peux pas prendre ce risque.

Une soudaine démangeaison.

J'ai un petit rire. Ne dit-on pas qu'il faut gratter là où ça démange ? Depuis quand je me soucie de l'image que je renvoie ou de ce qui est jugé nécessaire ?

N'est-ce pas ce qui m'a en partie aspiré dans ce foutoir ?

N'est-ce pas pour cela que je sais que je ne devrais pas la toucher ?

Cela dit, elle semble ouverte aux histoires sans lendemain. Le genre de femme qui accepte que nos chemins se croisent sans nourrir d'autre attente.

Voilà pourquoi une nuit à s'éclater avec une beauté fatale ne fera de mal à personne.

CHAPITRE 10

LENNOX

– Et voilà.

Je pousse le contrat de travail sur le bureau, en direction de Cannon et de son discret sourire satisfait.

– Maintenant que j'ai signé, allez-vous me dire ce que je viens de m'engager à faire d'implicite ? Je vous garantis que j'ai lu les clauses imprimées en petits caractères, et remarqué la mention de deux objectifs essentiels. Pourtant, vous n'en avez cité qu'un.

– Cachez votre enthousiasme. Il ne s'agit pas d'une peine de prison.

En gloussant, il tapote les documents sur la table pour ajuster les bords avant de les poser à l'écart.

Cependant, son commentaire fait tilt. Concernant certaines spécificités du poste qui ne sont que vaguement décrites, il a simplement expliqué qu'il s'agissait d'un jargon juridique non pertinent dans mon cas.

Mais plus je le vois assis en face de moi avec ce sourire sournois, plus je suis convaincue d'avoir commis une bévue.

Je déglutis péniblement avant de repartir à la charge.

– Cannon ? Des détails.

– Une femme pleine d'assurance. Ça me plaît bien.

J'ignore le compliment, et le clin d'œil racoleur qui l'accompagne, le rejetant d'un sourire tendu.

– Un prérequis dans mon domaine. Le contrat stipule que je dois veiller à la satisfaction des joueurs, les conquérir. J'ai mordu à l'hameçon et signé. À vous de faire votre boulot et de jouer franc jeu. C'est donnant-donnant.

Je ponctue ma diatribe d'un sourire édulcoré.

Son grognement grossier me hérisse, en plus de me rappeler l'avertissement de Dekker sur sa réputation.

– Votre rôle consiste à satisfaire les joueurs. Dans un premier temps, cela englobe tout ce que nous avons évoqué : les contrats, les primes, déterminer leurs aspirations. Concernant la seconde partie, je veux que vous preniez plus particulièrement soin d'un sportif dans l'objectif de l'amener à quitter son club actuel pour venir jouer à la MLS.

Le rideau tombe.

– Je ne vous suis pas.

Je souffle, car en vérité je le suis parfaitement, mais je choisis de faire l'idiote pour l'obliger à tout déballer. Mieux vaut savoir que présumer.

– Cela suffit à indiquer le contraire.

Je hausse les sourcils, mon esprit se concentrant immédiatement sur la partie « satisfaction du client ». Il n'est pas exclu qu'après les railleries de Finn, je sois plus sensible à tout ce qui insinue que je recours au sexe ou à mon physique pour emballer mes clients, mais c'est précisément ce que Cannon sous-entend. Je n'en démords pas.

– J'ai peur de vous demander ce que vous attendez de moi.

– Je compte sur vous pour recruter un sportif pour nous.

– Un seul ?

Il confirme d'un hochement de tête.

– J'y reviendrai, dit-il avant de m'examiner un instant, adossé dans son fauteuil. Je veux que vous utilisiez toute la palette de vos compétences, votre persuasion et votre savoir-faire pour convaincre ce joueur qu'un transfert en faveur de notre Ligue est une décision qui mérite réflexion.

– Donc je me fais passer pour une ambassadrice de la LMS sous couvert de représenter un joueur, mais vous êtes en train de me dire que ce n'est qu'une ruse parce que l'objectif final est de persuader ce sportif de s'engager à la MLS ?

Son sourire s'élargit, presque comme s'il était fier de ma facilité à lire entre les lignes.

– Exactement.

Sans complexe. Net et précis.

– C'est… sournois. Un renard dans un poulailler.

Il rejette ma pique d'un rire nasillard.

– Je préfère l'envisager comme une technique proactive un peu agressive. Ce qui ne vous empêche pas de tailler votre créneau avec la première tâche, mais la seconde, ce joueur ? Il sera votre prime.

– Pourquoi ne pas simplement passer par son agent ? Ce ne serait pas plus simple que me rémunérer pour négocier avec son agent ?

– Il n'est pas question que vous vous entreteniez avec son agent. Toute conversation restera strictement entre vous et l'athlète.

– Connaît-il la teneur de ce que vous lui réservez ?

– Pour l'instant… non.

– Donc, il m'incombe de lui annoncer franchement ou dois-je plutôt encenser la MLS à tout bout de champ jusqu'à ce qu'il se rende compte que la Ligue est la meilleure du monde, au point qu'il ne veuille plus s'en aller ?

Son rire se répercute dans la salle.

– La seconde.

– Au risque de me répéter, ce ne serait pas plus simple de s'adresser directement à son agent ? De supprimer l'intermédiaire ?

– Son agent n'a pas votre attrait ni votre influence. (Les mains jointes devant lui, il se penche en avant.) Je me suis renseigné sur vous, Lennox.

Vous êtes persuasive, ferme quand il le faut, mais amène également. Vous êtes une battante.

J'ouvre la bouche et la referme, ignorant ses louanges pour retourner tous les scénarios possibles dans ma tête. Cette mission pourrait capoter de trop de façons pour les compter.

– En résumé, vous me payez pour contourner son agent et détourner l'athlète de son club actuel.

Je serais fumasse si quelqu'un me faisait ce coup-là. Mais… finalement, l'agent empoche tout de même sa commission.

À moins, bien sûr, qu'il espère également que je vole le client.

– Épargnez-moi les rappels de bonne conduite. Les agents, vous le faites tous les jours quand vous échangez des joueurs. Alors, inutile de prendre vos grands airs. (Il ponctue d'un hochement de tête sec.) Dites-vous que je vous paie pour influencer un sportif à jouer chez nous.

– De la poudre aux yeux.

– Ce n'est pas moi qui l'ai dit.

– Par souci de clarté, concrètement, au terme de la partie « ambassadrice », qui est clairement une ruse destinée à le vendre plus facilement à la Ligue, vous lui présentez une offre de contrat. C'est moi qui suis chargée de le courtiser et le vendre. Donc, en quoi est-ce juste qu'ensuite vous présentiez l'offre à son agent ? Cet agent la présentera à son client, touchera son pourcentage, alors que j'aurai fait tout le boulot. Ne trouvez-vous pas cela alambiqué…

– Alors, volez-le pour vous-même. (Devant ma surprise, il hausse un sourcil.) Cela réglerait tout, n'est-ce pas ? Sans oublier que ce serait une corde de plus à votre arc, et non des moindres. Vous avez accepté cette mission bien que je sache de source sûre que votre père vous l'a défendu.

– C'est faux.

– Je l'ai eu au téléphone la semaine dernière, dit-il, ce qui a pour seul effet de conforter mon impression d'être manipulée. Je sais que ma proposition ne l'enthousiasmait pas. Le point positif ? Vous avez agi contre sa volonté, accepté la place, et quand vous volerez ce nouveau client, regardez ce que vous aurez finalement gagné ? Un nouveau champion que les agences tueraient pour avoir dans leur fichier de clients.

Je me lève et marche vers les fenêtres donnant sur les bureaux. Il n'a pas tort. C'est même un point crucial.

– Le fruit de votre travail serait une immense victoire pour vous et KSM (pourquoi ces arguments véreux pour me faire l'article alors que j'ai déjà signé le contrat ?), et ce faisant, vous bénéficierez de votre petite récompense personnelle.

– Une petite récompense personnelle ? Soyez plus clair.

– C'est Finn Sanderson son agent, lâche-t-il soudain. Vous le connaissez ?

L'ordure.

Le choc ne cesse de me déstabiliser.

Je tente de masquer ma surprise. Ce puzzle comporte tant de pièces à présent que j'ai des difficultés à en agencer certaines. N'empêche que j'aurais dû le voir venir.

– Bien sûr que je le connais. (Je m'éclaircis la voix.) D'ailleurs, il a assisté au séminaire de Vegas lui aussi, dis-je alors que je ressasse l'idée que Finn m'a mise au défi d'accepter ce job. Un job qui me mettrait au coude à coude avec son client.

Je me torture l'esprit pour passer en revue les clients de Finn, mais sa liste est plus fournie que celle de KSM et je ne trouverai jamais la concentration nécessaire pour y parvenir au beau milieu de cette conversation.

Quelque chose ne colle pas.

– Et ?

– Disons qu'il n'est pas ma personne préférée.

– Bien. De cette façon, lui voler son client sous son nez ne vous posera pas de problème d'éthique.

Sait-il pour l'autre soir ? À propos des attaques de Finn ? Pourquoi penserait-il que je me sentirais victorieuse ?

Cannon arbore un sourire orgueilleux. Je ne sais pas trop s'il est forcé ou authentique.

– Finn Sanderson est une ordure intégrale. J'ai eu affaire à lui, et toutes les personnes de ma connaissance qui ont traité avec lui l'exècrent en raison de ses procédés peu scrupuleux.

L'ironie ne m'échappe pas.

Je tords la bouche et, examinant Cannon, je pèse le pour et le contre. Gagner le gros lot pour KSM. Me racheter vis-à-vis de ma famille. Entuber Finn.

Le négatif ?

Alors que je commence à énumérer les mauvais côtés, quelque chose m'interpelle.

– Vous avez dit que l'athlète était assorti d'un bonus. C'est-à-dire ?

– S'il ne signe pas chez nous, vous ne percevrez pas intégralement la prime, ainsi que votre contrat le prévoit.

– Pardon ?

Je ris nerveusement pour camoufler ma surprise. Voilà qu'il sort l'artillerie lourde.

– Je ne peux pas tout de même contrôler ce que les autres font ou ne font pas.

– Bien sûr que si. (Un large sourire.) Vous le faites tous les jours.

Nous nous mesurons du regard, nous provoquant presque comme s'il testait ma velléité à me désister. Et même si toute cette histoire ressemble à une vilaine magouille, je discerne sa part de défi. Son attrait. Si je remporte une victoire bien méritée au prix d'un dur combat, tout en redorant mon blason aux yeux de ma famille… comment dire non ?

– Qui ?

Un seul mot, mais qui suffit à faire savoir à Cannon Garner que je ne me rétracte pas.

Son sourire s'étire de plus belle.

– Rush McKenzie. Son nom vous dit quelque chose ?

Je fixe Cannon, cillant plusieurs fois pendant qu'intérieurement, je peste contre moi-même.

J'aurais dû faire le rapprochement.

Mais je ne l'ai pas fait.

J'étais trop occupée à me laisser captiver par tout ce qui concerne Rush alors que j'aurais dû réfléchir en agent, pas comme une femme avide de l'embrasser.

Car j'en avais envie.

Je serais stupide de prétendre le contraire.

J'ai même rêvé de ses mains puissantes sillonnant ma poitrine, puis de mes bras pour encercler mon visage. De ses lèvres charnues et parfaites sur les miennes, d'abord tendres puis plus exigeantes.

Hier soir, étendue dans mon lit, j'ai admis que je le désirais et que j'étais déterminée à agir en conséquence.

C'est curieux comme le destin s'en mêle pour m'interdire de céder à mes envies. Je ne pourrai certainement pas succomber après les accusations de Finn.

Soit ça, soit il teste mon aptitude à me contenir.

– Difficile de passer à côté, n'est-ce pas ? reprend Cannon.

J'effectue un rapide mouvement de tête pour me ramener dans le présent.

– À côté de quoi ?

– De Rush McKenzie. Vous avez entendu parler de lui ?

Je manque m'étrangler sur la prochaine inspiration.

Super. Excellent. Dois-je signaler que, la nuit dernière, j'ai fait le serment de coucher avec lui ? Qui sait ? Cela pourrait compliquer les choses.

– Naturellement. (Soudain incrédule, je déglutis.) Premier League. La vedette sur laquelle compte Liverpool pour remporter les prochains championnats. L'an dernier, il a marqué ce but inouï durant la Coupe du monde lors du match Angleterre-France. Et actuellement, au Royaume-Uni, il trempe jusqu'au cou dans un scandale.

– Toute publicité est bonne à prendre, vous ne croyez pas ?

– Êtes-vous en train de me dire que Rush McKenzie est l'homme que vous avez engagé pour devenir le visage de la MLS ? Celui sur lequel vous centrez cette campagne ? *L'ambassadeur ?*

– C'est un footballeur époustouflant, très charismatique. L'homme que les garçons rêvent de devenir et que les filles rêvent de fréquenter. C'est le rêve de toute équipe de marketing.

Primo, pourquoi Rush aurait-il consenti à cette tâche ? Du point de vue d'un agent, c'est un mauvais choix.

Deuzio, le compter parmi nos clients donnerait un énorme coup de pouce à Kincade Sports Managements.

Tertio, sérieusement ? Je me décide enfin à rompre ma disette sexuelle, à m'éclater, et j'apprends qu'il est la personne que je dois recruter ? Je ne peux pas accomplir ce second point sans m'obliger à abandonner le troisième.

Ce n'est pas grave.

Je peux y arriver.

Je peux faire mon travail et recruter Rush, parce que les résultats professionnels à long terme l'emporteront sur la satisfaction à court terme que je trouverai fort probablement dans ses bras.

Du moins, c'est ce que je me dis pendant que je me force à cesser de cogiter pour me focaliser sur Cannon et ses machinations.

– Pourquoi Rush accepterait-il de faire une chose pareille ?

Et bien sûr, ma formulation étant trop sarcastique, j'essaie de me rattraper.

– Enfin, de faire ça…

– Considérons la question de mon point de vue. S'il est vrai que la majorité des Américains ne suivent pas la MLS, certains s'intéressent tout de même à la Premier League. Rush s'est taillé une solide réputation. Sa présence couvre les produits sponsorisés au titre de candidat au Hall of Fame le plus sexy selon le magazine *People.* Sans oublier que son club se questionne à propos du renouvellement de son contrat. Ils subissent une pression défavorable à sa reconduction, d'après ce que j'ai pu comprendre.

J'émets un ricanement tout en soufflant par le nez, indigne d'une dame !

– Depuis quand un club de football limoge son joueur numéro un sous la pression ? Les Britanniques sont les rois de la controverse, pourquoi renonceraient-ils à l'élément qui a le pouvoir d'attirer le plus de monde… comme s'ils n'avaient pas besoin de s'en soucier ?

– Écoutez, je suis d'accord. Totalement. Mais on ne peut pas reprocher à un type comme moi d'entrevoir une opportunité et de la saisir.

– C'est ce que vous vouliez dire par « je connais Finn » ? (Je pose la grande question que je cherchais à résoudre.) Manifestement, vous avez négocié un arrangement avec lui pour que Rush séjourne aux États-Unis.

– Oui. Je ne suis pas un grand fan, dit-il alors que je hoche lentement la tête. Ne serait-ce pas formidable si je pouvais me pointer et l'emmener sous mon bras pour qu'il joue à la MLS ? Le payer au-delà de ses espérances, financer son hébergement, alors qu'il prendra probablement sa retraite de l'autre côté de l'Atlantique, tout cela pour qu'il reste aux États-Unis. Il pourrait promouvoir la Ligue et la dominer en même temps. Ce serait gagnant-gagnant pour nous deux.

Et ce serait la fin de son illustre carrière.

– Les États-Unis paient des cacahuètes, comparé aux ligues étrangères. Vous n'êtes pas sans savoir que les sportifs jouent à la MLS dans l'espoir d'être sélectionné en Premier League, et pas l'inverse, n'est-ce pas ?

Le regard qu'il m'assène me dit que je l'ai insulté, lui et sa science.

– J'en ai conscience, mais je suis aussi un directeur qui essaie de faire son travail.

Son ton mordant réaffirme ma position d'employée et, qu'à ce titre, je dois garder mes opinions dans ma poche.

– C'est noté, dis-je avec un hochement de tête définitif et en silence, marquant mon refus intérieurement tellement cela me semble incroyable.

Je comprends. Vraiment. En réalité, je ne l'accuse pas d'essayer, mais il vise le meilleur alors qu'il devrait revoir ses exigences à la baisse.

– Écoutez, j'entends ce que vous dites et j'apprécie d'avoir un regard extérieur. Son contrat ne couvre que les trois prochains mois. Après cela, nous aviserons le moment venu.

Ce que Cannon ne dit pas, c'est qu'il espère que Rush ne sera pas repris à Liverpool, de sorte qu'il n'aura d'autre choix que de rester jouer ici.

Quelle sorte d'agent recommanderait cette solution à son client ?

Je m'approche de la fenêtre qui ouvre sur le terrain d'entraînement qui communique avec les bureaux de la Ligue. La pelouse est d'un vert vibrant et les deux rangées de gradins qui l'entourent, rouge foncé. Quelques sportifs parcourent l'échelle d'agilité avant de piquer un sprint pour franchir la cage sans gardien.

Je les observe un court instant en me demandant si Rush se trouve sur le terrain, mais je ne le vois pas. Et pourquoi serait-il ici si son rôle consiste à représenter la MLS ? Toujours est-il que je prends le temps de scruter le terrain à sa recherche pour rassembler mes pensées.

– Il est le ticket gagnant, Lennox.

– Rien n'est un gage de réussite, Cannon.

Je me retourne face à lui, dos à la fenêtre, et croise les bras sur ma poitrine.

– Exact.

Il hoche la tête, mais ne poursuit qu'une fois que ses yeux ont trouvé les miens.

– Mais il est ici. L'opportunité s'est présentée d'elle-même, alors je l'ai saisie. Vous savez que n'importe qui aurait fait la même chose à ma place. En outre, croisons les doigts, ce serait pour lui l'occasion de se familiariser avec la ligue, de tomber amoureux de l'Amérique et peut-être de rester.

– Peut-être, je réponds dans un murmure, tout en disant adieu à ma prime.

De toute façon, à présent, je suis plus déterminée que jamais à prendre Rush à Finn dans le seul but de lui dire de ne pas se laisser berner.

Et n'est-ce pas l'impasse que Cannon a omis de prendre en compte dans l'équation ? Que je le penserais insensé d'essayer de voler l'un des meilleurs footballeurs du club où il brille le plus de tous ses feux ?

– Rush est le pivot de cette vaste initiative.

– Et quand vous nous présenterez l'un à l'autre, il n'aura pas la moindre idée de votre plan ou de la véritable raison de ma présence ?

– Hormis que votre rôle est de veiller à son bien-être en faisant de la Ligue un meilleur endroit pour tous les footballeurs ? Pas la moindre. Et puis, je suis sûr qu'il arrivera par lui-même à la conclusion que nous aimerions qu'il reste au long cours.

– C'est tout ?

J'arque un sourcil et me demande s'il voit que son plan pourrait se retourner contre lui d'une infinité de manières.

Coucher avec Rush et non seulement envoyer bouler l'intégrité de ce recrutement et de ce poste, mais aussi donner raison à chacun de ces sales types qui me cassaient du sucre sur le dos.

Ne pas coucher avec Rush, le recruter, signer et donner à Finn exactement ce qu'il mérite.

Le destin n'accorde pas si souvent des opportunités profitables de cette envergure.

– Je crois que je suis faite pour ce poste.

– Alors commençons, voulez-vous ? propose Cannon. Demandons-lui de venir pour que vous fassiez connaissance. Nous avons du pain sur la planche.

CHAPITRE 11

RUSH

Sérieusement ?

Ma gratification, c'est elle ? Lennox va me chaperonner pendant mon séjour sur le sol américain ?

L'idée tourne en rond dans ma tête depuis que je l'ai vue en entrant dans la salle de conférences. Depuis que Cannon m'a annoncé que nous travaillerions en binôme, bien qu'au départ j'aie signé pour officier seul.

Sous le choc ? Sûrement.

Je m'en plains ? Oh que non !

Cela ne m'ennuie aucunement de partager le devant de la scène avec elle, mais je ne comprends pas pourquoi Cannon fait intervenir un agent sportif dans la campagne de promotion, alors que les fonctions d'agent relèvent d'un autre domaine. Si son rôle consiste à représenter un joueur, pourquoi m'accompagne-t-elle aux dîners, aux événements officiels et aux matchs ?

Toutefois, il ne m'entendra pas m'en plaindre. Pas une fois. Parce que sa façon de se présenter rend les trois prochains mois plus digestes.

Je dis plus digestes bien que j'enrage d'être expatrié. De ce jeu distribué par le hasard.

« *Rush, tu t'envoles pour Los Angeles dans trois jours. Je te louerai une maison ou autre chose, mais il est impératif de rester discret. Entretiens ta forme physique. Ne touche pas à la drogue. Souris de toutes tes dents en poussant la porte de la MLS, puis fais des étincelles lors des matchs amicaux. Ton attitude avenante parviendra aux oreilles du FCL*[3].

– *Los Angeles ? La MLS ? Tu dérailles, Finn. C'est du grand n'importe quoi. Ce serait comme rétrograder au stade des réserves de qualification de Liverpool. Pas question ! Tu te rends forcément compte que c'est absurde...*

– *Tu n'as pas le choix, Rush.* »

Finn n'avait pas tort. À ce stade, je n'avais pas d'autre option. Et maintenant que je m'approche de Lennox, j'avise ses cheveux élégamment entortillés sur le dessus de sa tête, son cou élancé, le bleu de ses yeux derrière la monture noire de ses lunettes, et consens de mon plein gré à mon châtiment.

J'ai dû faire une bonne action dans ma vie antérieure pour mériter ça. À moins que ce ne soit ma récompense pour avoir endossé tous les torts, en Angleterre. Avoir le privilège de l'admirer dans

3. Football Club de Liverpool.

ce tailleur à fines rayures n'est en aucun cas une contrainte, d'autant plus que je connais le corps renversant qu'il habille.

Le plus drôle ? Elle a l'air fâchée.

Et pas qu'un peu.

– Bien, conclut Cannon en se levant de son fauteuil. Je pense que toutes les informations nécessaires sont compilées dans vos dossiers. Planning des événements, voyages d'agrément, et tout ça. Rush, à l'intérieur, vous trouverez également les trois matchs amicaux que vous jouerez. Une petite mise en bouche pour appâter les supporters américains.

– Nous lirons tout ça. Et nous nous organiserons, assure Lennox, déterminée à éluder mon regard.

– Formidable. Rush, si vous avez besoin de quoi que ce soit, Lennox veillera à vous le procurer.

Je ne pense pas qu'il veuille que je le prenne au mot. Elle dispose de quantité de choses dont j'ai besoin, et pas une seule ne concerne le football.

– C'est noté, dis-je.

– Parfait. Bien. Alors je vous laisse faire le point ensemble.

D'un geste du pouce, il désigne les bureaux dans son dos, derrière les stores abaissés de la salle de réunion.

– On m'attend en réunion, mais comme vous le verrez dans le programme, nous annoncerons vos fonctions à l'équipe ce soir, lors de la soirée de lancement. Ensuite, nous partirons deux semaines en voyage d'agrément pour répandre la nouvelle.

Même s'il m'est toujours aussi difficile de m'enthousiasmer à cette perspective, au moins, il y a Lennox.

– Tout est clair.

Nous regardons Cannon rassembler ses affaires et quitter la salle. Quand il referme la porte, dans la pièce plongée dans le silence, je me tourne vers Lennox, assise en face de moi.

– Comme nous nous retrouvons, dis-je dans un murmure.

– Impossible de vous échapper.

Sans développer, elle se lève et se poste devant la fenêtre donnant sur le terrain de sport.

– Est-ce de l'amour que je sens émaner de vous ? Je crois bien que oui, dis-je.

Mais elle ne me fait pas face, ne me regarde pas et ne se fend pas d'un sourire. À défaut de savoir ce que j'ai fait pour l'agacer, son attitude me trouble. La femme qui m'a lorgné dans la salle de bains hier soir, m'implorant du regard de l'embrasser, et cette femme en face de moi visiblement en rogne ne sont pas la même personne.

– Vous avez pris une terrible décision, Rush. Votre place n'est pas ici.

Sa voix est neutre, ferme, et quand elle se retourne enfin, ses yeux en disent plus que je ne peux en saisir.

– En clair ?

Comment se permet-elle de me juger sans me connaître, sans savoir ce qui m'a motivé à venir aux États-Unis ?

Cela dit, c'est dans l'ordre des choses, ces temps-ci.

– Faites comme si je n'avais rien dit. Désolée, soupire-t-elle. C'est juste que je ne m'attendais pas à vous voir ici, ni à rien de tout cela d'ailleurs.

En dépit de l'éclaircissement qu'elle vient d'apporter, il faut un petit temps à ses épaules et à son expression pour se relâcher. Pourtant, je persiste à croire qu'elle est mécontente.

– Moi non plus, dis-je.

Nous nous regardons à travers la salle, le sport qui me passionne dans son dos et, en ce qui me concerne, un avenir rempli d'inconnus entre nous. C'est affligeant. Je ne suis pas en mesure de lui expliquer quoi que ce soit.

– Rush.

Elle prononce mon nom comme si elle me tendait un rameau d'olivier sans comprendre pourquoi. Il y a tant de choses que je déchiffre dans le ton de sa voix : confusion, déception, interrogation. Mais, bien vite, elle secoue la tête et m'offre son premier sourire de la journée.

– Nous sommes réellement coincés ensemble dans le même bateau ?

Il y a quelque chose dans ses yeux. Un truc qui me dit qu'elle se sent déstabilisée, alors que jusque-là, je l'ai toujours vue sûre d'elle-même.

– Coincés ensemble ? je fais en riant. Vous me flattez.

– Ne déformez pas mes propos.

Voilà qu'elle recommence à raidir son dos.

– Alors, éclairez-moi. Il y a quelque chose dans notre association qui devrait me tracasser ? Ce n'est pas lié à la question de la salle de bains, si ? Vous vous inquiétez que, maintenant que vous m'avez vu nu, ce soit difficile pour vous de vous concentrer sur votre travail ? C'est bien ça ?

– Rush.

Mon nom dans sa bouche est un soupir exaspéré qui renforce ma confusion.

– Ou est-ce parce que je sais que vos talents de négociatrice laissent à désirer ? (Comme elle ne sourit pas, je me rapproche d'elle.) Lennox, qu'est-ce qui ne va pas ? Dans cet arrangement, quelque chose que vous ne me dites pas vous perturbe.

– Rien d'important.

Elle m'examine en tordant la bouche, un peu comme si elle tergiversait. Elle ment si mal que je sais que quelque chose cloche.

– Vous savez, dis-je doucement, espérant qu'une pincée d'humour brisera la glace et fera reparaître son sourire sur ses lèvres sensuelles, cessons de tourner autour du pot et jouons franc jeu.

– C'est-à-dire ? demande-t-elle à voix basse comme si quelqu'un nous écoutait dans la pièce.

– Vous avez tout manigancé dans le seul objectif de m'amener dans votre lit. C'est bon, je comprends.

Sérieusement. Ce n'est pas tous les jours que l'on a la chance de rencontrer un Britannique séduisant, tatoué et talentueux.

Son soupir emplissant l'espace, elle se retourne face à moi.

– Tout juste, je suis démasquée. (Elle lève les mains en l'air.) À présent, procédons correctement, crevons l'abcès.

– Crever l'abcès ? je fais dans un rire. Mais non, ça ne sonne pas du tout comme un coup dur pour mon amour-propre !

– Selon moi, rien n'affecte votre amour-propre.

– Coupable, dis-je, une main levée, avec un sourire contrit. Mais comme Cannon a suggéré que votre rôle était de me satisfaire, le minimum serait de conserver un sourire sur vos sublimes lèvres.

Elle me gratifie d'un sourire durement gagné, lequel crispe douloureusement mon entrejambe.

– Je vous garantis qu'aucun alinéa dans mon contrat ne m'impose de tout faire pour vous rendre heureux.

– Mais si. Je l'ai vu.

Je m'approche d'elle, incapable de me retenir de replacer la mèche de cheveux échappée de son chignon derrière son oreille. Je l'entends inspirer sèchement à mon contact et je sais que, sous peu, elle s'abandonnera entre mes bras. Et je ne sais pas trop ce qui, en elle, attise l'urgence de provoquer cet instant.

– Alors, qu'avez-vous à répondre ? Devons-nous dresser la liste de tout ce que vous pourriez faire pour me combler ?

Elle hausse un seul sourcil et un sourire affleure ses lèvres.

– Je suis flattée. Sincèrement, raille-t-elle sur ce ton très comme il faut, quoiqu'agaçant, tout en s'écartant d'un pas, mais il ne se passera rien entre nous.

Mon rire nerveux résonne dans la pièce, je recule également pour m'asseoir à la table de conférence.

Quelque chose a changé dans sa façon de me regarder. Elle me désire, mais quelque chose l'a fait s'éloigner.

Que s'est-il passé ces dernières vingt-quatre heures ? Et comment faire machine arrière ?

La défier.

Lennox Kincade a la compétition dans le sang. Cela ravivera son étincelle.

J'attrape un stylo et la regarde avec un sourire malicieux.

– Cette liste, on s'y colle ?

CHAPITRE 12

LENNOX

Je suis d'une humeur de chien.

Je me tiens là, un sourire plaqué sur le visage, avec Rush à côté de moi, pendant que Cannon nous fait endurer sa présentation digne d'une foire canine, mais rien de tout cela ne me met en joie.

Vraiment pas.

En toute honnêteté, je regrette d'avoir décidé d'accepter cette mission pour Cannon, mais il n'est pas question que je l'admette, sans quoi cela conforterait les soupçons de ma sœur sur ses ambitions cachées. D'autant plus qu'elle a toujours raison.

De toute façon, c'est moi qui ai signé le contrat avant d'en connaître les détails… donc, c'est pour ma pomme.

Et cela me rend ronchonne, revêche, et je hais les événements de la journée.

Je déteste tout changement de programme et me rebelle contre quiconque me dicte mes faits et gestes, sauf si cela conforte mes choix.

Comme Rush.

Mais comment prouver aux autres qu'ils se trompent ? Comment dire que je ne couche pas avec mes clients pour les amener à signer, puis me retourne et couche avec le suivant sur ma liste ?

Pour couronner le tout… le sourire dévastateur que Rush m'adresse à travers la foule de gens qui l'acclament. Sa façon de se pencher quand il passe devant moi pour murmurer à mon oreille, avec son accent qui ramollit mes genoux, me fait sourire.

Il ne me rend pas service.

Encore moins à la promesse que je me suis faite à la seconde où il a rejoint la réunion, quand Cannon a « fait les présentations ». Après le coup bas initial, quand je l'ai revu, je me suis dit que je ferais passer ma carrière avant mes besoins physiques et me servirais de cette opportunité à la MLS pour y parvenir.

À bien des égards, être loin de ma famille me facilite la tâche. Ici, je ne suis pas la sœur ou la fille de quelqu'un. Et je convaincrai Rush de quitter Sanderson pour KSM, je gagnerai un nouveau client vedette sans l'intervention de mon père.

Je reste en coulisse, derrière le rideau, pendant que Cannon s'adresse au public, divaguant d'un ton monotone en attendant son intervention au

SportsCenter, qu'il a sûrement calculée avec précision pour optimiser son effet.

Mais s'il continue à discourir, son public risque de décrocher.

– Salut.

Le murmure suave de Rush me parvient en même temps que tout ce qui émane de lui : son parfum, ses mains sur ma taille, la chaleur de son souffle sur ma joue.

Je me contracte instantanément quand tout ce que je veux, c'est un compromis entre fondre en lui et me retourner pour l'embrasser à en perdre haleine.

Aucune de ces options n'est envisageable.

– Vous m'évitez, Kincade ?

– Bien sûr que non.

– Je pense que si. Je pense que vous boudez la liste que j'ai faite dans la salle de réunion.

Je note une pointe d'amusement dans sa voix et je dois lutter pour ne pas me prendre au jeu.

Si je commence à le taquiner, je ne m'attirerai que des ennuis.

– Votre liste est aberrante.

– Permettez-moi de ne pas être d'accord, dit-il, sa main s'attardant sur ma taille bien qu'il se glisse devant moi. M'emmener à un match pour que je connaisse le plaisir d'un barbecue bien arrosé. Me sensibiliser à la fascination des Américains pour les glaçons. Une voiture racée, il faut que j'en conduise une. Une montagne de pancakes pour le petit déj.

– Ridicule. Je ne suis pas votre guide touristique.

Avec un petit rire, je m'écarte un peu pour creuser l'espace avec lui et ses lèvres magnétiques.

– Je peux modifier ma liste, vous savez. (Son pas mange l'espace que je viens de gagner.) Inclure ce que vous pourriez faire d'autre pour me rendre encore plus heureux… mais ces points n'ont pas besoin d'être jetés sur le papier. (Il se tapote la tempe.) Ils sont mémorisés juste ici.

Il y a de l'arrogance dans sa voix et de la séduction dans ses yeux, et c'est clair que ma petite alcôve se ratatine d'un coup.

Quand je déglutis, j'émets le seul son audible en dépit de mon pouls qui bourdonne dans mes oreilles, mais je me raccroche à ma décision.

– Rush. Je ne peux pas. Nous ne pouvons pas. Ce ne serait pas professionnel…

Il presse ma taille, et mon corps s'embrase à son contact alors qu'en se penchant, il murmure, son souffle chatouillant mon oreille :

– Je raffole de cette attitude guindée. La jupe droite, les talons aiguilles et ces épaules bien droites. Vraiment, je suis fan. En fait, je ne saurais dire si je préfère ce look ou celui de l'autre soir quand vous me reluquiez et m'imploriez quasiment de vous embrasser. Mais…

– N'importe quoi… *C'est vrai.* Vous avez une haute opinion de vous-même.

Son rire, pareil à un bourdonnement, est une tentation en soi.

– Continuez à vous leurrer. Il n'empêche que nous connaissons tous deux la vérité.

Sa main descend sur ma hanche, son petit grognement guttural m'aurait paru répugnant venant de n'importe quel homme, mais lui me séduit.

– Aujourd'hui, vous êtes fermée comme une huître, comme si vous redoutiez de vous abandonner à vos envies. Et ce que vous voulez, c'est moi.

– Vous êtes…

Quand les lèvres de Rush rencontrent les miennes, je me dis que c'est de la folie. Il m'embrasse alors qu'il est sur le point de prendre le micro. Si quelqu'un nous voit, je peux dire adieu à ma réputation de professionnelle.

Je le repousse, mentalement, pendant que j'entrouvre les lèvres pour laisser nos langues se toucher. Mon corps réagit avant que ma tête n'assimile ce qui se passe.

Le premier baiser a quelque chose de spécial. Le premier indice pour savoir si ça tilte. Le premier indice pour estimer si sa façon d'embrasser me fera frémir, crisper mon centre et empoigner sa chemise. Il permet de savoir tout de suite si vous voulez recommencer ou s'il vaut mieux dire adieu.

Le hic est qu'au moment où le baiser, dans toute sa douceur et son exigence, se termine, je regarde directement ses yeux amusés et je sais que cela sera plus difficile que je ne le pensais. L'alchimie est indéniable. Mais… je dois rester forte. Résistante. Maîtresse de la situation.

Je peux toujours essayer. Oh et puis zut, je vais essayer, mais il est comme la drogue la plus puissante, addictive dès la première prise.

– Lennox, nous pouvons collaborer sans que cela nous empêche de coucher ensemble, dit-il avec un accent marqué.

– Personne n'a dit que je coucherai avec vous.

Les mots sonnent creux en franchissant mes lèvres qui se languissent d'un autre baiser.

Avec un sourire en coin, son petit rire est l'arrogance et le désir personnifiés.

– Ce n'est pas nécessaire.

À point nommé, Cannon annonce Rush aux caméras et au public qui s'impatientent.

Ce n'est qu'au moment où il grimpe les marches et s'éloigne que j'expire, réalisant que je retenais mon souffle.

Il apparaît sur l'estrade en paradant, sous les rugissements de la foule chauffée par Cannon, et s'empare du micro ; sa voix imprègne mes pensées, alors que je tente de me convaincre d'oublier ce baiser.

De renoncer à compliquer cette opportunité professionnelle en agissant sur la base de ce qu'il m'inspire.

Tant de gens affirment que les femmes ont la faiblesse de céder quand un homme les embrasse. Ils nous qualifient de faibles quand nos genoux flageolent et quand nous tombons sous le charme d'un homme. Foutaises ! Ce que j'en dis, c'est que nous sommes fortes. Que nous savons ce que nous voulons, dans un sens ou dans l'autre. Que ce soit par ce qu'il prend ou parce que nous prenons le contrôle. Il y a de la force là-dedans. Une beauté intemporelle et résolue.

On nous traite de garces si nous sommes trop agressives, puis de vulnérables et d'esprits faibles si nous tombons trop vite amoureuses. Mieux encore, nous sommes des putes si nous désirons ardemment le contact d'un homme. Si nous voulons coucher et aimons le sexe.

Si nous aimons être amenées à nous sentir bien.

Eh bien, je coche toutes les cases. Je suis forte à l'excès, faible par moments, et j'assume entièrement et, bon sang, ce que c'est bon de basculer sur le lit avec un partenaire qui vous traite en égale. À la seconde où j'ai posé les yeux sur Rush, j'ai su que nous finirions les membres emmêlés dans des draps froissés.

Son regard de prédateur, son délicieux accent aux intonations rocailleuses. Mais aussi la façon dont mon corps réagit viscéralement à tout ce qui le concerne. Autant de choses qui me disent que nous sommes voués à explorer notre attraction.

Durant les quelques secondes où il se tenait au bord de la piscine, je pense que je l'ai accepté dans mon esprit.

J'ai un petit rire parce qu'il n'y a pas moyen de le nier : nous coucherons ensemble. Cela ne se fera pas sans complications, son arrogance impétueuse continuera de m'irriter une fois que l'aventure appartiendra au passé mais, au moins, je serai satisfaite.

Dans l'immédiat, cela m'agrée. Je peux rester pro, être une femme à la libido électrique et en tirer de la fierté.

– Lennox ?

Arrachée à ma rêverie, j'émets un son ridicule quand je m'aperçois que Cannon me regarde de la scène, la main tendue vers moi.

– Montez. J'aimerais vous présenter publiquement, en tant que membre de l'équipe.

– Ce n'est pas nécessaire. Vraiment pas. Je suis une femme de l'ombre.

Cela dit, je ferais peut-être mieux d'accepter sa main et d'être projetée sous les projecteurs. Peut-être que nous montrer publiquement, Rush et moi, aurait un effet dissuasif sur ce qui est voué à se produire. Peut-être que savoir que Cannon, Finn, d'autres clients et ma famille pourront nous voir ensemble en public me vaccinerait contre l'envie de franchir cette frontière qui sépare le professionnel du privé.

Quel foutoir !

Ou pas.

Qui aurait pu prédire que nous finirions par nous rencontrer, et collaborer ? Ou qu'il serait l'examen de passage qui déterminerait si je réussirais ou pas à atteindre mes nouveaux objectifs ?

Alors qu'en coulisse, je me tracasse de la perception du public, Rush se moque éperdument de l'opinion générale.

Peut-être devrais-je en prendre de la graine ?

Peut-être que tant que je suis heureuse, tout va bien.

CHAPITRE 13

LENNOX

– Voilà un rebondissement intéressant, murmure Johnny en pénétrant dans le salon où je suis affalée sur le canapé dans une position dénuée de grâce, mes escarpins abandonnés sur le sol à côté de moi.

Il pose une bouteille de vin et un verre sur la table basse.

– Tu me racontes ?

Je lui lance un regard, me préparant à une remarque décapante. Faute de quoi, je hausse les épaules.

– Apparemment, nous sommes chez toi pour la même raison, et je l'ignorais.

– Je vais te faire confiance sur ce point, mais cela ne rime à rien. Que vient faire un agent dans cette campagne ?

– C'est une longue histoire.

– Je n'en doute pas. (Il vérifie son téléphone.) Pendant ce temps, Heidi m'attend et j'ai une réservation à vingt heures que je dois honorer.

– Heidi ?

– Parfum du mois.

Il rit et attrape ses clés pendant que je souris avec indulgence. Johnny est un homme bon, mais c'est un vrai tombeur. J'ai été aux premières loges des cœurs qu'il a brisés au fil du temps, et j'en ai même consolé quelques-unes, du temps de nos études, mais on ne le changera pas.

– Un jour ou l'autre, j'en trouverai une que j'aurai envie de déguster un peu plus longtemps que les autres, mais dans l'intervalle, je profite à fond de ma fortune obscène et de mon physique éblouissant.

– N'oublie pas ton arrogance accablante.

– Ça aussi.

– Tu sais que les cols de chemise entrouverts sont tombés en désuétude depuis les années soixante-dix, dis-je en lorgnant ses douze centimètres de torse dénudé.

Mon téléphone sonne et, quand je vérifie l'écran, ma stupéfaction doit se lire sur mon visage. Finn Sanderson cherche à me joindre.

– À plus, articule Johnny en posant un baiser sur ma tête avant de partir vers l'entrée.

– Si tu m'appelles pour t'excuser d'avoir été odieux, ne gâche pas ta salive, dis-je en introduction.

Il a un petit rire.

– Tu te délectes de jouer à fond la carte de la fille offusquée, n'est-ce pas ?

– Probablement autant que tu aimes passer pour un pauvre type qui se laisse abattre.

La curiosité me fait me redresser et me servir un verre de vin, parce que si Finn me téléphone, je vais en avoir besoin.

– Tu as déjà découvert mon secret ? dit-il avec un petit rire exaspérant.

– Un secret ? dis-je pour jouer le jeu.

– D'après la rumeur, tu trépignais d'impatience d'aller à Los Angeles pour ramper devant Cannon et accepter le poste qu'il te proposait à la MLS, mais à l'arrivée, il s'est avéré qu'il n'existait plus. Oups. Cela a certainement été mortifiant pour quelqu'un dans ton genre.

– Qu'est-ce que tu me chantes…

Le type de l'aéroport. Celui qui se tenait au guichet d'à côté quand j'ai modifié mon billet. C'est lui qui a dû informer Finn, mais que le poste n'existe pas ? De quoi parle-t-il ?

– Écoute, ne le prends pas mal. C'était juste une petite tactique sournoise entre agents. Tu sais, comme avec Maddox, l'année dernière.

– Que vient faire Hunter dans l'équation ?

Finn divague. C'est quoi, cette histoire ?

– Le retour de flamme. J'ai décidé de courtiser ces clients potentiels que tu décris si joliment dans ton classeur. (Son sourire amusé me met en rogne.) Noms, numéros de téléphone, e-mails, ce qu'ils aiment et n'aiment pas… tes dossiers sont remarquablement tenus, mais franchement, conserve ces infos dans un téléphone avec mot de passe, pas dans un classeur à la vue de tous, dans un séminaire peuplé d'agents aux dents longues. Tst-Tst. Erreur de débutant, mais bon, qu'attendre d'autre de ta part ?

Comment s'est-il procuré ces détails ?

– Espèce d'enfoiré !

Je serre les dents, gênée par ma propre stupidité. Mais j'assistais à une conférence sur l'éthique dans le sport, non sans ironie, quand j'ai reçu l'appel et que je suis sortie précipitamment dans le couloir pour prendre des notes sur les joueurs dans l'intention de les intégrer à ma base de données en rentrant à l'hôtel. Ils étaient toujours dans le classeur. Alors… il les a photographiés ? Cet homme est le dernier des fourbes. Qu'est-ce que Chase a bien pu lui trouver ?

Ma frustration et ma colère sont telles que j'ai les larmes aux yeux. Pourquoi me dit-il cela ? Nous ne sommes pas devant témoin, qu'a-t-il à y gagner ? Pourtant… il se vante.

– Tous les coups sont permis en amour et dans le métier d'agent, pas vrai ? Ces clients potentiels ont été méthodiquement rencontrés, on leur a servi du vin et un dîner alors que tu ne leur as accordé qu'une courte rencontre parce que tu pensais avoir un plus gros poisson à ferrer. Imagine que tu es encore la risée du sport. Seulement cette fois, ça se passe dans la Cité des Anges.

– Mais de quoi tu parles ?

– La mission à la MLS ? La conférence de presse aujourd'hui pour présenter Rush McKenzie ? J'ai négocié avec Cannon la semaine dernière pour que Rush soit engagé. Une partie des négociations impliquait d'expliquer à Cannon pourquoi tes services n'étaient pas indispensables. Je te garantis qu'il n'y a rien de personnel.

Fixant mon verre de vin, je cille plus d'une fois tandis que j'essaie d'assimiler ce que j'entends. Je ne me rappelle même pas quand je me suis levée pour me rapprocher de la fenêtre et promener mon regard sur la vallée.

Un panorama que je ne vois pas vraiment. Je suis trop préoccupée, réalisant à quel point j'ai été crédule. *Aurait-il délibérément proféré ces horribles mensonges à mon sujet en présumant que je l'entendrais ? Il a ébranlé ma confiance en moi, et il me connaît suffisamment pour savoir que je téléphonerais à Cannon. Que je convoiterais l'emploi que j'avais rejeté pour me sauver la face. J'ai foncé dans le panneau.*

C'est pas vrai…

– L'humiliation a mille visages, Lennox, et je présume que tu viens d'en recevoir une bonne dose. (Dans son rire, je ne perçois que de la condescendance.) J'espère qu'au moins, Cannon s'est montré gentil quand tu es arrivée. Nul doute que tu étais totalement humiliée quand il a annoncé qu'il n'avait plus besoin de tes services. (Il ignore donc que mon contrat est signé ?) Ça y est, tu saisis enfin la seule raison pour laquelle il t'a réservé spécifiquement ce job ? Il s'intéressait à tes *services complémentaires*.

L'insinuation me retourne l'estomac.

– Tu n'avais pas fait le rapprochement, n'est-ce pas ? Pauvre chou ! J'aimerais dire que je suis désolé, mais je me sens mal à l'aise avec cette notion. Le karma est en vérité une garce et nous savons tous deux de quel côté de ces deux options tu te situes.

– Tu m'as piégée.

Mes mots sont un murmure alors que l'ampleur du coup monté m'apparaît. Les hommes rassemblés précisément devant l'entrée. La voix de Finn, à plein volume, pour s'assurer que ses paroles se répandraient… juste au moment où j'essayais de quitter la salle de conférences.

– Tu as tout manigancé.

– Je savais qu'il ne te faudrait que quelques secondes pour que ça fasse tilt… maintenant, tu es à même d'accepter mes excuses *les moins sincères*.

– Fils de pute. Sale ordure. Tu…

Mais au fait…

Il ne sait pas. Son arrogance est telle qu'il ignore que Cannon m'a attribué le job, contre son avis à lui. Tout cela parce que j'ai refusé de monter sur l'estrade, au cœur du cirque médiatique. Ça vaut de l'or.

Sourire aux lèvres, je réfléchis à la suite.

– Lennox ? Tu es toujours là ? Je t'en prie, poursuis. J'aimerais entendre ce que tu as d'autre à dire.

– Hé, Finn ?

– Moui ?

– C'était quoi, ta théorie sur le karma ?

– Que c'est une garce.

– Ne l'oublie pas, dis-je et je marque un temps d'arrêt pour créer une tension dramatique. Cannon t'a manifesté un intérêt de pure forme, j'ajoute en riant. À propos, tu ne m'as pas vue dans les coulisses, ce soir, juste derrière la scène ? Dommage.

Je me tais, regrettant que Finn ne puisse pas voir mon visage.

– Profite de tes petits nouveaux à faibles salaires, pendant que je m'éclaterai à dîner et ferai du relationnel avec l'un des footballeurs les mieux payés du moment. Tu sais, ton client. Rush.

Sa façon d'aspirer l'air d'un coup me dit que j'ai mis dans le mille. Parfait.

– Tu n'oserais pas.

Sa menace sonne aussi creux que sa voix.

– Comment dis-tu ? Tous les coups sont permis en amour et dans le métier d'agent ? (J'emplis son silence d'un petit rire.) Finn ? C'est le moment où tu espères que toutes tes vacheries sur ma façon de persuader mes clients ne sont pas vraies. Sinon, tu n'as pas une seule chance de garder Rush.

Je raccroche sans prévenir, juste au moment où un chapelet de jurons retentit dans l'appareil.

CHAPITRE 14

RUSH

3 semaines plus tôt

– C'est pas vrai.

Je me redresse sur mon lit, bascule mes jambes sur le côté et, à la vue du nom qui s'inscrit sur l'écran de mon téléphone, je me frotte le visage sans en croire mes yeux.

Rory.

Il est ce qui se rapproche le plus d'un petit frère dans ma vie, avec ses bons et ses mauvais côtés.

Réintégré à mon équipe, comme remplaçant.

A fini par se tenir à carreau et ne plus toucher à la cocaïne… plutôt que laisser la drogue et le goût de la fête le dominer.

Pendant ces quelques fractions de seconde, je dois faire barrage à ces pensées. Quelques fractions de seconde durant lesquelles notre histoire commune défile dans ma tête pour me rappeler le lien qui s'est forgé ce jour fatidique. Un lien qui a bouleversé ma vie.

– Qu'est-ce qui ne va pas ?

– Désolé de te réveiller, fiston, dit Archibald Matheson.

– Un problème avec Rory ?

Son rire sonne comme une pure lassitude.

– Comme toujours.

Comme il laisse entendre qu'il n'y a pas urgence, je respire un peu mieux.

– Dites-moi tout.

– Si tu regardes par la fenêtre, il y a fort à parier qu'une horde de journalistes campe devant ta porte, m'avertit-il.

Je me lève d'un bond pour jeter un œil dehors. Sans surprise, ils sont là.

– Pourquoi ?

– C'est là que ça se complique.

– Qu'a fait Rory ? (Un silence.) Archibald ?

– Il fréquente une femme qu'il n'aurait pas dû fréquenter. Elle n'est pas heureuse en ménage, son mari n'est pas le plus gentil des hommes.

– D'accord.

J'étire les syllabes et je me masse la nuque tout en reportant mon attention sur l'extérieur, où les camionnettes et les caméras attendent que je sorte pour mes séances d'entraînement du début de matinée.

– C'est pour elle que Rory a amélioré son comportement. Il a arrêté ses… conneries, dit-il, le terme qu'il emploie pour évoquer les drogues auxquelles il prétend que son fils ne touche pas. Les drogues qui bafouent la législation qu'il a juré de respecter. Les lois édictées par le Parlement dont il espère devenir un membre élu.

– Et il fait son maximum pour améliorer sa forme physique, son jeu, ses travers. Il a vraiment mis de l'eau dans son vin…

– C'est vrai.

– Tout cela grâce à cette femme. Elle a remis de l'ordre dans sa vie.

– Je ne vois pas pourquoi…

– Ce n'est pas le moment idéal pour qu'un scandale rattaché au nom des Matheson éclate. Comme tu le sais, je me présente au Parlement et je suis au coude-à-coude avec mon rival. Ton aide ne serait pas superflue.

– Rory a une liaison avec une femme mariée. Quel est le rapport ?

Mon téléphone se met à vibrer dans ma main. Ou alors je ne le sens que maintenant, car j'étais trop absorbé par la conversation pour m'en apercevoir.

– Je déteste jusqu'à l'idée de te demander ça.

– Me demander quoi ? dis-je, essayant de cerner ce qu'il perçoit comme un problème. Je vous aiderai de toutes les manières possibles, mais je ne suis pas sûr de comprendre ce que je peux faire.

– Une photographie les montre en train de s'embrasser sur un balcon. On ne voit qu'elle. Dans tous les kiosques à journaux, sur les réseaux sociaux, et tout le reste.

– Vous disposez sûrement d'une vaste équipe pour gérer la com.

– Effectivement.

– Pourtant, c'est moi que vous appelez.

– Ils pensent que c'est toi.

Les craintes qui rampaient le long de mon dos s'abattent sur moi.

– Moi ? Hilarant, je fais dans un éclat de rire, même si je trouve cette plaisanterie absolument pas drôle.

– Rush…

Son silence prolongé lui vaut toute mon attention.

– Une minute. Vous êtes sérieux. Ils s'emballent ?

– Allume la télé. Ton ordinateur. Ton…

Avant qu'il n'ait terminé sa phrase, je saisis mon iPad et regarde l'image floue prise de loin, tâchant de comprendre ce que je vois.

– C'est… elle ressemble à…

– Esme, murmure-t-il.

– Pas ça.

Je saisis alors l'ampleur de la stupidité de Rory et ce qu'Archibald attend de moi.

Esme.

Chanteuse qui caracole en tête des ventes, qui n'a besoin que d'un prénom pour être reconnue.

En plus d'être une célébrité populaire, elle est mariée à Seth Haskins.

Joueur et capitaine de l'équipe de Liverpool.

– Ce n'est pas moi, je murmure à personne en particulier, presque comme si je devais m'en persuader, parce qu'on dirait moi.

Ou plutôt, on dirait Rory.

– Je me vois contraint de te rappeler que tu m'es redevable, Rush.

– Pardon ?

Il ne peut pas faire ça…

– Depuis le premier jour, nous n'avons eu de cesse de t'épauler. Nous t'avons accueilli chez nous et traité comme notre deuxième fils. Nous t'avons donné tout le nécessaire pour te lancer sur la voie de la réussite. Tu sais que j'avais conscience que tu étais coupable, ce fameux jour. Toi, pas Rory. Mais cette fois, eh bien, c'est à ton tour de trinquer à la place de Rory.

– Monsieur…

Je percute. Je sais ce qu'il me demande, et ma tête fait non, rejetant chaque aspect de sa requête.

J'avais à peine quinze ans, j'étais complètement seul au monde, et il brandit quelques actes de désespoir d'un gamin sans abri pour faire pression sur moi... pour son fils.

Non, pour lui-même au bout du compte.

– Si je n'avais pas laissé ce policier emmener Rory, la bourse te serait passée sous le nez. Tu aurais loupé ta chance. Raté ta vie.

Ma gorge commence à se resserrer. Il ne peut pas parler sérieusement. Pas possible autrement. Esme fera le nécessaire, déclarera que ce n'est pas moi sur la photo avec elle. Elle sait que je n'approcherais jamais d'une femme mariée.

– Mais…

– Ta réputation le supportera. Tu peux résister à la tempête, parce que tu es Rush McKenzie, un footballeur au sommet de son art. Pas Rory. Il est sur le fil du rasoir depuis trop longtemps. Si quelque chose de ce type est divulgué ? Il sera expulsé pour protéger Seth. Mais toi, tu seras sûrement promu capitaine la saison prochaine. Les équipes oublient les frasques des joueurs vedettes parce qu'elles ont trop peur de les perdre.

– Monsieur, j'essaie d'assimiler tout ce que vous me dites. Admettre une liaison n'est pas comparable au vol à l'étalage commis par un gamin affamé dans un moment de désespoir.

– Cela ne surprendra personne de la part d'un rebelle. Celui qui se bagarre dans les pubs et change de femme aussi souvent que de chaussettes, et se contrefiche qu'on le voie.

– Ce n'est pas pour autant que…

– Je perdrais l'élection. L'œuvre d'une vie serait anéantie. Tu connais cette ville et son amour pour le LFC. Tu sais que quiconque piétine ses chances de réussite est un scélérat. Je ne peux pas courir ce risque. Je ne peux pas. Tu sais que je ne te demanderais pas d'endosser la responsabilité si ce n'était pas de la plus haute importance.

– Archibald.

Je m'éclaircis la voix, la poitrine oppressée par un afflux de panique.

– Rory m'a dit que Esme quittait Seth. Ils sont profondément amoureux, mais elle ne supporte plus son comportement abusif.

Abusif ? Seth ? Un sale con sans charisme qui protège sa vie privée, d'accord, mais abusif ?

– Elle a rassemblé des preuves. Elle…

– Vous avez gardé des relations dans la police. Ne pouvez-vous rien faire pour régler cette déconvenue dans l'intervalle ?

– Je crains que non. La seule chose à faire est de t'impliquer. Pour Rory. Pour Helen. L'affaire sera oubliée aussi vite que ton petit incident d'il y a deux ans. Regarde comme cela t'a à peine affecté.

L'enfoiré en moi a envie de rétorquer que son fils a besoin de résoudre seul ses problèmes. Qu'il a passé sa vie à passer derrière, à le ménager et effacer les traces de ses mésaventures pour s'éviter à lui-même et à sa carrière politique l'embarras d'avoir un fils hors la loi.

Le garçon de quinze ans en moi qui vivait la faim au ventre, sans espoir de s'en sortir, se souvient de la promesse qu'il s'est faite à la signature de son premier contrat. Celui qui stipulait que je rembourserais la famille Matheson de toutes les manières possibles parce qu'ils m'ont donné une vie que je n'aurais pas eue sans eux.

Je me regarde dans le miroir de l'autre côté du lit. Les épis sur ma tête, l'encre noire tranche sur le blanc des draps.

Qui savait, ce jour lointain, que je signais un pacte avec le diable ? Qui savait qu'il reviendrait pour réclamer... ça ? Foutaises. Salopard de Rory !

– Rush ?

Aujourd'hui, c'est jour de paie.

Le hic ? Je suis assez arrogant pour penser que je suis plus grand que ça. Que mon étoile s'est élevée si haut et si vite que rien ne peut la toucher. Que je peux survivre à la tempête pour l'homme qui m'a donné ma chance alors que rien ne l'obligeait à m'aider.

Reste la peur, mais je la rejette.

– Si je fais ça, nous serons quittes. *Il me suffira d'ignorer les journalistes.* Il n'y aura pas de second tour. *Je ne ferai pas de commentaires à propos de la photo.* Pas de faveur. *Je vivrai normalement.* Plus de…

– Bien sûr.

– Considérez que ma dette est remboursée.

CHAPITRE 15

RUSH

– Tu sais quelle heure il est ici, mec ? demande Louie. Six heures du mat.

Je ris, sa voix est juste ce que j'ai besoin d'entendre. N'importe quoi pourvu que cela m'empêche de rentrer finir ce que j'ai commencé avec Lennox en début de soirée.

Tout est bon.

Tout… hormis une autre femme.

– Six heures ? Je n'aurais pas cru qu'il t'arrivait de voir le soleil se lever de temps à autre, dis-je en riant.

– La lune est favorable. Elle signifie que la fête bat encore son plein. Les levers du soleil, pas trop. Ils sont synonymes de gueule de bois, d'entraînement et de m'arracher au corps torride qui me fait office d'oreiller pour la nuit.

Au même instant, une femme indignée susurre son nom en bruit de fond. Tristement prévisible, ce Louie.

– As-tu une seconde ?

Le rire profond et intense de mon gardien de but et ami le plus proche suscite un petit sourire sur mes lèvres.

– Par malchance pour elle, je n'avais rien de plus à donner la nuit dernière, plaisante-t-il.

– T'es con !

– Bah ouais. Qu'est-ce que je peux faire pour toi ?

– Je suis ici et toi là-bas ? As-tu entendu quoi que ce soit ?

– Toutes sortes de choses. La question est, laquelle est vraie ?

Mon soupir est lourd.

– Tout dépend de qui elles émanent.

– Les journaleux continuent de camper devant ton portail ? Probablement. L'histoire fait-elle vendre des torchons ? Bien sûr que oui. Nous ne crachons pas sur les scandales croustillants dans ce pays. Seth est-il une tête de lard qui ne mérite pas Esme ? Pas qu'un peu.

Son soupir est lourd. Le côté peu fiable de Seth lui est familier, et il sait qui je suis incontestablement. Il n'a pas demandé le moindre éclaircissement, mais m'a défendu en jouant du poing quand Seth m'a provoqué dans les vestiaires. Merci la vie pour Louie, mon seul copain qui n'a pas éprouvé le besoin de vérifier si c'était vrai.

– Et le club ?

– Toujours « sans commentaire ». Ils continuent de resservir le prétexte qu'ils œuvrent à former la meilleure équipe possible pour l'an prochain. Ce qu'ils te réservent ? Qui peut le prédire ? Ils doivent comparer les avantages entre garder leur capitaine qui a fait ses preuves ou toi, le visage de cette nouvelle version remodelée de l'équipe. Une décision ardue.

– Carrément.

– Dis quelque chose, mec. Ce que tu veux. Donne une interview à Piers Morgan. Fais entendre ta voix. Ton silence te tue, ce n'est pas tolérable. Tu es trop talentueux pour enterrer ta carrière aussi jeune.

– Interdiction de divulgation.

– Rien à foutre de cette interdiction, ajoute-t-il. C'est comme avoir quelque chose qui te tire en arrière quand tu devrais te battre bec et ongles pour garder ta place.

– Louie, dit la voix féminine à côté de lui.

– Je t'aime, mon pote, mais…

– Mais tu dois lui accorder quelques secondes. J'ai pigé.

– Va te faire voir !

Il rit.

– À plus.

– Hé, Rush ?

– Hmm ?

– Tu es le cœur de cette équipe, et cette équipe est ton cœur. Bats-toi pour revenir. Tu as tes raisons d'avoir fait ce que tu as fait ou pas fait, dit-il tout en délicatesse, sans solliciter de réponse, mais si tu protèges quelqu'un, cela n'en vaut pas la peine.

Après les au revoir, je marque un temps d'arrêt, téléphone en main, dans ma voiture garée dans l'allée de Johnny. La maison plongée dans l'obscurité se profile devant moi, une ombre entre les collines.

Je suis perturbé. Agité. Inquiet.

Cela n'en vaut pas la peine.

Cela reflète mon ressenti après l'événement de la soirée. C'était intéressant, au bas mot. Je ne sais pas à quoi je m'attendais quand Finn m'a persuadé d'accepter cette mission pour la MLS comme un moyen de me faire oublier, mais ce n'était pas l'effet recherché. Une scène décorée sur laquelle je me suis adressé à un petit public pour vanter un sport qui est toute ma vie, mais clairement pas celle de grand monde dans ce pays.

Est-ce ce que l'on ressent quand notre carrière est sur le déclin ? Des manifestations sur des parkings avec deux cents personnes, après les stades de dizaines de milliers de supporters ?

Je me frotte le visage en me demandant si cela en vaut la peine. Certes, Archibald m'a sauvé voilà de nombreuses années, mais en dehors de ça, je me suis hissé seul à mon niveau. Grâce à mes compétences. Mes sacrifices. Ma passion pour ce sport. Est-ce que je déteste que mon nom soit calomnié, être connu comme *le briseur de couple, le sale type* ? Certes. Mais suis-je prêt à tirer un trait sur ma carrière par loyauté envers un homme dont le fils n'a pas changé depuis l'enfance ? Certainement pas.

Et si l'affaire ne se tassait pas rapidement, contrairement à ce qu'Archibald prétend ?

CHAPITRE 16

LENNOX

Je me repasse ma conversation avec Finn, et à chaque fois, ma colère s'intensifie.

Je sais que je devrais jubiler d'avoir eu le dernier mot dans cette vaste comédie des hypocrisies, mais il n'empêche que je me sens blessée qu'il ait commencé à déclencher les hostilités.

Et furieuse.

Tellement furieuse qu'à force de faire les cent pas, mes pieds nus vont finir par creuser un trou dans le tapis. La ville s'illumine derrière les fenêtres, une myriade de points scintillants dans la terre des rêves.

Je suis trop occupée à ruminer à propos de Finn et de son mauvais coup.

C'est ma faute.

Entièrement ma faute.

Et lui, qu'est-ce qu'il y gagne ? Pourquoi conseillerait-il à Rush d'aller à L.A., à moins que ce ne soit une tactique de fin de partie ?

Je suis à bloc, verte de rage et j'ai forcé sur le vin pour m'empêcher de lire entre les lignes et de trop cogiter sur mes prochains faits et gestes.

Quand j'entends la porte d'entrée claquer au rez-de-chaussée, Johnny étant sorti, il ne peut s'agir que d'une seule personne.

Je dévale les marches et déboule dans la cuisine. Je ne m'accorde pas le temps de faire attention à sa mine fatiguée. À sa cravate desserrée qui pend autour de son cou. À la bouteille de bière qu'il porte à ses lèvres, buvant sans reprendre son souffle. À ses cheveux ébouriffés par les nombreux passages de ses mains.

Ce que je vois, ce sont les manches enroulées de sa chemise qui laissent entrevoir ses tatouages noirs.

Ce dont je me souviens, c'est la saveur de son baiser et le désir d'en avoir plus.

Ce que je sais, c'est la volonté et le besoin de me servir de lui pour étancher ma douleur et ma peine.

Je suis trop égoïste pour penser à quoi que ce soit d'autre, tandis que je traverse la cuisine et le prends par surprise.

Mes mains agrippent sa chemise, mes lèvres trouvent les siennes, le tintement de la bouteille de bière sur le comptoir – verre contre marbre – est le seul autre bruit en plus de son petit cri de surprise.

Il me laisse mener la danse, approfondir le baiser, le tirer contre moi. Nos langues se touchent. Nos grognements s'amplifient. Je dois faire un effort monstre pour le repousser, rompre la connexion, mais j'ai tant de choses à dire, tout de suite.

– Ton agent est un pauvre type condescendant qui ne te rend pas service, je gronde en même temps que je tire d'un coup sec sur sa chemise pour étayer ma déclaration, et juste quand il commence à répondre, j'écrase ma bouche sur la sienne et prends ce dont j'ai besoin.

Le baiser est empreint d'avidité et de désir charnel, et je ne peux me concentrer sur rien d'autre que sur la sensation de son corps, le petit goût de bière sur sa langue et mon immense colère envers lui juste parce qu'il est lui-même.

– Nous ne pouvons pas faire ça, je murmure entre deux baisers en mordillant sa lèvre. Il ne faut pas.

Un petit cri muet quand il serre mes cheveux dans son poing.

– Contraire à l'éthique.

Sa main dans le creux de mes reins m'attire contre lui, de sorte que je peux sentir la fermeté de son beau sexe.

– Nous devons arrêter.

Ses hanches se frottent contre les miennes.

– Rush ?

Cette fois, c'est à son tour d'interrompre le baiser. Sa main se tord dans mes cheveux et tire en arrière juste assez pour que nos visages s'éloignent un peu.

– Au cas où cela t'aurait échappé, je me contrefiche des règles.

Il plonge la tête et titille ma lèvre inférieure avec ses dents, avant de s'écarter, ses yeux à hauteur des miens, ses paupières alourdies par le désir.

– Seul l'instant présent m'intéresse, et le goût de ton baiser et, je l'espère, que ton sexe se contracte si nous poursuivons. Alors… au diable les règles.

J'ai toujours eu un sang-froid défaillant.

Dans l'immédiat, je sais que j'ai atteint le point de non-retour. Je ne peux plus décliner. J'ai su, à l'instant où j'ai rencontré Rush McKenzie, que je transgresserais les règles pour lui, et le rire qui tombe de mes lèvres et se répercute dans la cuisine semble aussi dément que cette seule idée.

Les émotions sont un monde complexe et sans pitié.

Voilà pourquoi c'est la manière parfaite de procéder. Sans réfléchir, d'instinct. Si nous plongeons la tête en avant, assouvissons nos pulsions, nous ne pourrons pas nous en plaindre.

Il ne sera question que de plaisir.

Rien de plus.

– Attention, Nox, murmure-t-il. Tu joues avec le feu.

Je rapproche mes lèvres de son oreille. Son corps qui se contracte d'impatience est une séduction en soi.

– Tu es prêt à brûler avec moi, Rush ?

Je sens sa mâchoire frémir alors que nos regards s'accrochent, notre désir prenant la décision avant que la raison ne puisse intervenir. Nos respirations exaltées fouettent les lèvres de l'autre, ma poitrine se soulève contre son torse dans un combat pour l'espace étroit qui nous sépare.

Puis, durant cette fraction de seconde, nous nous percutons de nouveau comme si l'air s'enflammait entre nous et que nous devions l'étouffer. Nos corps ne font plus qu'un, alors que nous utilisons la colère, le désespoir et l'absence de contrôle pour alimenter chaque instant. Nous entreprenons d'ôter nos vêtements, les lançant négligemment, sans se soucier de l'endroit où ils retombent. Car en cet instant, il y a ce besoin de toucher sa peau, d'explorer ses tatouages avec mes lèvres, d'ajouter mes propres marques avec mes dents.

Nous ne prenons pas le temps d'admirer le corps de l'autre, moite de sueur, voilé par le parfum de l'excitation, tendu par une nécessité charnelle. Impossible. Nous sommes trop consumés par l'instant et par l'autre.

Nos lèvres enflent sous nos baisers, aussi fougueux que si notre vie dépendait de chacune de nos connexions.

Nous ne nous interrogeons pas sur l'endroit ou sur le comment. Nous bougeons en harmonie. Il soulève mes fesses sur le plan de travail, remontant mes pieds pour les poser sur les tabourets de bar.

Il plonge ses doigts en moi, son autre main tenant ma nuque, et je me laisse aller contre sa paume.

– Rush. C'est tellement…

Mes mots sont avalés par le gémissement que j'émets quand ses lèvres trouvent ce petit creux sous ma mâchoire et que ses doigts s'enfoncent aussi loin que possible, avant qu'il ne répète son geste.

Je m'abandonne dans sa main, alors son grognement emplit la pièce, m'incitant à rapprocher mes fesses du bord pour lui offrir le plein accès.

Les yeux fermés et les lèvres entrouvertes, je le laisse me préparer, de la manière la plus voluptueuse qui soit, à l'épaisseur de son érection déjà prête pour moi.

Il fait grimper l'excitation, et entre la friction de son pouce et le mouvement de ses doigts, je suis détrempée, infiniment prête à succomber au désir qu'il pousse à son comble.

Nos lèvres se retrouvent et, cette fois, ce sont mes mains qui empoignent ses cheveux, mes mains qui s'immiscent entre ses cuisses pour s'emparer de ce que je veux et lui dire que je le veux sans tarder. Et en dépit de la violence désespérée qui teinte nos baisers, Rush veille à ce que ses mains sillonnent chaque surface de mon corps, diffusant des frissons nuancés d'anticipation dans leur sillage.

C'est presque comme s'il me marquait pour s'assurer que dorénavant, chaque fois que quelqu'un me touchera, je me rappellerai ses mains, son toucher et leurs ravages sur mes sens.

C'est enivrant et épuisant parce que tout ce que je veux, c'est qu'il me pénètre, me possède et me satisfasse.

– Lennox. J'ai besoin… de toi. Tu es prête ? chuchote-t-il, ses lèvres sur mon sein en me regardant par en dessous.

– J'ai bien cru que tu ne le proposerais jamais, je le taquine pendant qu'il va chercher son portefeuille dans la poche de son pantalon suspendu de travers sur le casier à bouteilles.

En l'espace d'un instant, il se protège, ses avant-bras sexy parfaitement exposés pendant qu'il déroule le préservatif.

Mais c'est quand il relève les yeux vers moi que j'oublie de respirer. Les ombres jouent sur son corps et son visage, sa poitrine se soulève et ses yeux parcourent tous les endroits où ses mains passent, jusqu'à atterrir entre mes cuisses écartées.

Sa main caressant son sexe, il s'avance et m'observe : assise jambes écartées, le corps suppliant, l'excitation nappe l'intérieur de mes cuisses. Si je devais inventer un symbole du désir, il aurait les traits de Rush McKenzie dans cette posture.

Les muscles de son cou contractés. Son corps telle une œuvre d'art ahurissante, mais ce sont ses yeux qui m'hypnotisent. L'air *dans* ses yeux, leur façon de *me* regarder.

– Je pense que tu vas me faire du mal, Lennox. Pourtant, je suis masochiste.

Il accompagne son murmure d'un sourire entendu avant de parcourir mes petites lèvres avec son gland.

Je me contracte sous l'effet conjugué du plaisir, de l'anticipation, de la plus petite sensation, quand il introduit les premiers centimètres de son sublime sexe. Mon gémissement est simultané. De même que mon dos se cambre, alors que je m'allonge en arrière, sur le plan de travail, pour l'aider à me dévaster totalement.

– Regarde-toi. Ce que tu es fougueuse ! (Sa main libre se pose entre mes seins.) Splendide. (Elle pétrit mes seins l'un après l'autre.) Débordante d'envie. (Elle sillonne lentement mon ventre.) Impatiente.

Et sur ce dernier mot, il s'enfonce en moi. Mon miaulement rencontre son grognement guttural quand il s'immisce pleinement en moi. Son membre qui m'étire suscite une brûlure délicieuse. Cette image de lui ainsi, la tête basculée en arrière, ses doigts serrant fort l'intérieur de mes cuisses, est à graver dans ma mémoire.

– Rush, je t'en prie, je murmure en me resserrant autour de lui, désespérée qu'il remue et me donne du plaisir.

Au même instant, il exauce mes vœux. Il me prépare en quelques percées, puis avec son pouce qui masse mon clito, et l'autre main cramponnant l'arrondi reliant ma hanche au pli de ma cuisse, Rush adopte un rythme ravageur alimenté par le désir et l'avidité.

Nos corps se connectent encore et encore. Dans la cuisine, les seuls bruits sont le claquement de nos peaux, nos halètements et les sons de satisfaction quand nous gémissons, grognons et nous implorons. *Plus vite. Plus fort. Juste là. Oh mon Dieu. Oui.*

En cet instant, je sais que je l'estimerais moins s'il se montrait doux ou timide. Cela saperait la saveur de ce moment. Une soif. Un besoin. Un désir de prendre, de rassasier et d'utiliser le sexe pour se sentir entier, bien que l'on ne soit pas supposé passer par le sexe pour y parvenir.

La délicatesse est bonne pour les histoires de cœur. Il s'agit entre nous d'un pur désir sensuel dans sa forme la plus authentique. Aucune subtilité n'est requise. Pas de menus propos. Juste des mains qui pétrissent la chair et ses hanches qui frappent les miennes, pour que je sente son sexe et me concentre sur les sensations qu'il provoque sur chacun de mes points sensibles. Plaisir et douleur. Il me sauve et me révèle. C'est exactement ce qu'il faut, et son contraire à la fois.

Mais qui refuserait cela ? Qui ?

À chaque poussée, il m'attire vers lui, de sorte que je glisse sur la surface et le percute avec la même force qu'il utilise. Mes nerfs vibrent. Mon corps s'élève. Mes yeux roulent dans leurs orbites et mes jambes se contractent. Et puis, son nom surgit sur mes lèvres. Rush. Encore et encore, pendant que j'atteins l'orgasme.

Un éclair d'extase. Du genre qui inonde par vagues successives certaines parties de moi et attise la sensibilité des autres. J'essaie de rester immobile pour absorber sa vigueur, malgré le besoin de remuer tellement c'est puissant.

Il me laisse me l'approprier, le prendre, m'en délecter le temps nécessaire pour que ma jouissance ne soit pas éclipsée ou gâchée par la sienne.

C'est le plus petit geste qui me traverse l'esprit presque imperceptiblement dans le brouillard qui succède à l'orgasme, mais il est là.

Et tout aussi rapidement, quand il ne peut plus se retenir et que son grognement retentit dans la cuisine, il est oublié alors qu'il prend de moi ce dont il a besoin pour jouir.

– Lennox. Eh bien. Wouah.

Chaque mot accentué par une poussée de ses hanches et ses doigts qui serrent ma chair.

Il retombe sur moi. Son visage sur mon ventre, ses lèvres sur ma peau, ses doigts trouvent et entrelacent les miens.

Le souffle court, nous profitons de l'instant.

– Je ne pense pas que cela fasse partie du contrat, dis-je d'une petite voix, libérant ma main pour caresser ses cheveux.

Il émet un petit rire.

– Je veillerai à ce que Cannon ajoute un avenant à ton contrat pour entériner ce point, parce qu'une femme ne peut pas donner autant à un homme pour ensuite l'informer que ce n'est pas au contrat.

CHAPITRE 17

LENNOX

– Tu m'évites ces temps-ci, m'accuse mon père alors que je grimpe en courant (mollement) la colline qui mène jusque chez Johnny.

– Pas du tout.

Bien sûr que si.

– Tu es à Los Angeles ?

Il connaît déjà la réponse.

– Exact.

Je déteste me sentir comme une petite fille qui se fait réprimander, d'autant plus que mon père ne fonctionne pas de cette façon. D'ordinaire, il commence par laisser la déception ou l'inquiétude percer dans sa voix.

– Et tu as accepté la proposition de Cannon ?

– C'est vrai.

Je me rapproche du bas-côté, le garde-fou à hauteur de mes genoux. La main sur la hanche, j'attends la suite.

– Cela ne t'a pas effleurée de me demander pourquoi j'estimais que cet emploi n'était pas un cadeau ?

J'entends un clic et je visualise parfaitement mon père. Il vient de se lever de son fauteuil de bureau pour fermer sa porte et avoir de l'intimité.

Il y a une chose admirable avec lui. En père ayant élevé seul ses quatre filles, il s'est toujours assuré que nous bénéficiions de toute son attention quand cela s'imposait… et manifestement, il réalise que j'en ai besoin.

– N'as-tu pas pensé à me consulter sur la proposition de Chicago avant de la rejeter ? je riposte.

Son soupir en dit long. Il exprime sa lassitude, pourtant je me débats avec l'idée qu'il vieillit, que ce qui l'enthousiasmait autrefois l'épuise désormais.

– J'ai mes raisons.

Au ton de sa voix, je sais que ce n'est pas ouvert à la discussion et je suis renvoyée au rôle d'enfant réprimandé. Le silence pèse lourdement.

– Tu veux me dire ce qui t'arrive ?

– Rien. Tout va bien.

Son petit rire me donne les larmes aux yeux. Je le déteste. Pourquoi, même adulte, on continue d'avoir besoin que nos parents nous rassurent ou valident nos choix ?

– Très bien. Tu n'es pas obligée de tout me dire. Tu es grande, c'est ta prérogative. Mais j'ai quatre filles, je sais que « tout va bien » signifie que rien ne va. Sache juste que si tu veux parler, je suis là pour toi.

– Papa, pourquoi tu ne m'as confié aucun client à chasser ? Pourquoi avons-nous eu cette longue réunion il y a plusieurs mois sur la nécessité d'approcher les clients de Finn pour donner du poids à l'agence et que tu ne m'as pas fait assez confiance pour m'en attribuer un seul ?

– Ce n'est pas une question de confiance, ma chérie, seulement de moment.

– Pourtant, Dekk, Chase et Brex sont envoyées à droite à gauche pendant que tu rejettes toutes les invitations que je reçois pour intervenir dans des conférences. L'excuse du timing me laisse dubitative.

– J'ai mes raisons pour la conférence. Chase m'a dit que cela te faisait suer.

– Quelle est la raison ?

– Je me fais du souci pour toi.

Ce n'est pas une raison. Il botte en touche, d'une manière signée Kenyon Kincade.

– Je suis une grande fille. Je sais me débrouiller.

– Tu as toujours su, mais cela ne change pas mon besoin de père de te faire part de mon inquiétude.

Je suis partagée entre lui en vouloir de tergiverser et sa sollicitude envers moi. Pour absurde que soit ce combat intérieur, je le mène néanmoins.

– Pourquoi ?

– Quelquefois, je me demande si je ne t'ai pas forcée à devenir agent et que tu as consenti par obligation, pas par passion, dit-il.

J'ai l'impression d'un coup de poignard en plein cœur. Ses mots illustrent parfaitement ce que je ressens dernièrement, même s'il n'empêche que j'adore mon métier.

– Autrefois, tu étais tout feu tout flamme, tu aimais mettre les points sur « i », et maintenant tu brûles les étapes et prends des risques inutiles. Tu es ce gamin qui fait l'école buissonnière pendant que ses sœurs rendent scrupuleusement leurs devoirs.

Il m'accorde le temps d'assimiler son explication, de me mettre sur pause avant de me placer sur la défensive au regard de la comparaison avec mes sœurs. Je déteste ça et bien que chaque partie de moi hurle de se rebeller, en vérité, il a raison.

J'ai pris des raccourcis et je me suis fait passer avant mon métier. J'ai redouté mes jours de travail et la flamme a fini par s'éteindre.

Pourtant, je n'ai pas cessé d'aimer mon métier.

– Tu ne m'as jamais obligée à faire quoi que ce soit contre ma volonté. C'est juste que… je ne tiens pas en place, je crois. J'ai peut-être besoin d'un défi, d'un changement de rythme, mais je ne veux pas raccrocher pour autant.

– Ta mère avait des fourmis dans les jambes elle aussi.

Son sourire tendre, nostalgique, m'emplit à parts égales de tristesse et de joie. Ce que j'aimerais être comme elle ou avoir quelque connexion avec la femme que je sens s'estomper dans ma mémoire, un peu plus chaque jour !

– Parfois, j'oublie à quel point vous êtes semblables. De temps en temps, elle me faisait son magnifique sourire plein de douceur et me disait : « J'ai besoin de changement, Kenyon. » Je n'ai jamais pu lui dire non. Avant votre naissance, ce changement impliquait une maison près d'une plage isolée ou un long séjour dans une station touristique bondée. Plus tard, après votre naissance, en rentrant à la maison, je découvrais qu'elle avait déplacé les meubles ou repeint une pièce d'une couleur totalement différente. Son agitation me rendait fou parfois, mais cela fait partie des raisons pour lesquelles je l'aimais infiniment.

– Je l'ignorais, dis-je d'un filet de voix.

– Au début, j'avais peur que ce travers se retourne contre moi. Que son besoin de changement s'applique y compris à moi. Je lui ai posé la question un jour et elle s'est contentée d'éclater de rire, de m'embrasser et de répliquer : « Tu es ce qui apaise mon agitation. C'est comme ça que j'ai su que tu étais l'homme de ma vie. »

Je me tiens au bord d'une route dans Hollywood Hills, le visage baigné de larmes, détestant que ce précieux extrait du passé soit tout ce dont j'ai besoin pour me reconnecter à ma famille.

Bien sûr, je suis contrariée pour Chicago et tout ce qui a alimenté mon sentiment d'insécurité depuis une semaine, mais c'est ma famille. Ils sont tout ce que j'ai.

– Tu te sens bien ? demande-t-il alors que je renifle.

– Je démarche un client ici, papa.

– Ah.

Il y a de la surprise dans sa voix, et je l'imagine aisément redresser le dos dans son imposant fauteuil, ses cheveux argentés brillant sous les lumières fluorescentes.

– Ce n'est pas ce qui m'a motivée. C'était plutôt du genre « j'ai besoin de changement, Kenyon », dis-je en souriant. Mais une opportunité s'est présentée d'elle-même et si j'arrive à convaincre ce client, cela rachètera toutes les erreurs que j'ai commises dernièrement.

– Tu sais que je n'attends pas…

– Il s'agit de Rush McKenzie.

Je sais que ce nom seul l'aurait réduit au silence.

– Ton binôme à la MLS ?

– Binôme, c'est vite dit.

Je lui explique ce que Cannon attendait de moi en m'engageant. À la fin, le silence s'étire jusqu'à ce qu'une voiture me dépasse à vive allure.

– Papa ?

– Tu penses être à la hauteur ? C'est un grand nom au cœur d'un scandale encore plus vaste. Très souvent, ce genre de client s'accompagne d'autant de bénéfices que de complications.

Il ne connaît même pas la moitié de l'histoire.

Je remue les pieds et ressens une exquise douleur qui me rappelle la nuit. Après quoi, je frémis en songeant aux détails que je cache à mon père.

– Je comprends.

– Avec lui, on n'a pas droit à l'erreur. Il occupe le devant de la scène, et tout le milieu du sport le surveille. Il a enfreint le code fondamental des athlètes : ne pas trahir ses coéquipiers.

– Je ne pense pas qu'il l'ait fait, dis-je à haute voix pour la première fois.

– Tu ne le connais que depuis quelques jours et tu arrives déjà à cette conclusion ?

– Oui, je pense qu'il se crée un personnage public. C'est peut-être un rebelle, mais quelque chose me dit qu'il est assez avisé pour ne pas compromettre la dynamique d'une équipe gagnante.

– Tu sais que cela ne va pas dans le sens de l'opinion générale ?

– Depuis quand te soucies-tu de l'opinion générale ?

– C'est une situation délicate pour un agent. Un faux pas de plus, quand bien même il survivrait aux répercussions, et c'est tout son entourage qui trinque.

– À ta façon d'essayer de me dissuader, je commence à penser que tu ne me crois pas capable de me débrouiller toute seule.

– Tu déformes mes propos.

– Mais il est représenté par Finn. N'est-ce pas notre objectif ?

– Notre objectif est de développer KSM sur la base de nos acquis. De récupérer ce qu'il nous a pris avec ses tactiques sournoises et de nous reconstruire.

– En d'autres termes, de voler.

Je ris.

– Je sais que tu ne me vois pas, mais je suis en train de secouer la tête.

– M'en doutais.

– Ce n'est pas tout, n'est-ce pas ? Se serait-il passé quelque chose au séminaire ?

Les larmes aux yeux, je déteste chaque aspect du sentiment dégradant que je ressens et le fait qu'il affleure dans sa voix pleine de compassion.

– Non.

Si.

Je laisse passer un silence, reconnaissante qu'il n'insiste pas. Sinon, que lui dirais-je ? Que j'ai besoin de faire cela pour moi ? Que j'ai besoin de vérifier que mes compétences incluent plus de force de caractère et de résilience que de beauté éphémère ? Tout le contraire de ce que les concours ont jamais vendu aux concurrentes. À moi.

Et mieux vaut ne pas me lancer sur les autres accusations, surtout depuis que j'ai couché avec Rush.

– Non ? C'est tout, Lenn ? Parce que ce non laisse présager que tout n'est pas dit.

– J'ai besoin de faire ça, tu comprends ? Changer de décor. Le défi. Qui sait ce que je trouverai ?

Je le vois presque hocher la tête alors qu'il intègre mon argument.

– Qui sait ?

– Merci de m'avoir appelée.

– La prochaine fois, ne m'évite pas.

– Bien, Monsieur, dis-je en riant. Salut, papa.

– Lennox ?

– Oui ?

– Si tu m'avais dit que tu partais pour Los Angeles pour souffler un peu, sans même mentionner un client à recruter, je n'aurais rien eu à redire.

Une boule se forme dans ma gorge, et je retiens difficilement mes larmes. Parce que cet homme, cet homme incroyable quoiqu'imparfait, vient de me livrer les mots que j'ai terriblement besoin d'entendre. Notre famille n'est pas parfaite. Nous nous chamaillons plus souvent que nous ne rions. Mais ici et maintenant, mon père m'a montré pourquoi je suis comme je suis.

Son amour et sa confiance en moi sont inconditionnels.

Mais je veux davantage. Je veux qu'il me voue une confiance inébranlable.

– Je t'aime, papa.

Et quand je raccroche, je sais une chose sans l'ombre d'un doute : je ne peux pas et je ne raterai pas mon coup.

CHAPITRE 18

LENNOX

Essoufflée, je termine mon footing et décide une fois à la maison que je dois faire mieux, être meilleure. J'ai franchi cette ligne, apaisé une sorte d'irritation hier soir.

Une irritation pour le moins sublime.

Mais le hic avec les irritations est que si on gratte trop souvent ou trop longtemps, elles enflent et tiraillent plus que cela ne soulage. Elles évoluent en une plaie que l'on essaie d'ignorer.

Elles laissent une cicatrice irréversible, impossible à effacer, et pour commencer, je suis déjà suffisamment marquée.

C'est ma conception des hommes, des relations et du sexe. Au début, tout va bien mais, très vite, j'ai besoin de prendre mes distances.

Et après ma conversation avec mon père, je sais que j'ai besoin de ça : creuser une distance nette.

Pas seulement pour moi, mais pour les promesses que je dois tenir pour ma famille et à moi-même.

Du moins, c'est ce que je me dis quand je pars en quête de Rush. Le problème est que je le trouve sans tarder.

Il est assis à la table du coin repas, en short de gym, les cheveux en bataille, un festin de plats à emporter étalé sur le plan de travail. Une assiette de pancakes pharaonique et du sirop disposés devant lui, un quart déjà englouti, et un air extatique qui illumine ses traits.

La nuit dernière me revient par flashs. Le sexe sur le plan de travail de la cuisine. Sa voix cassée criant mon nom quand il jouit. Le silence, après coup, pendant que nous réfléchissons à la suite. Déguster la glace de Johnny directement dans le pot, tranquillement assis devant des rediffusions sans intérêt. S'endormir sur le canapé, parce que j'avais peur d'annoncer que j'allais me coucher et me demander si cela signifiait que je me coucherais seule ou avec lui.

Ensuite, me réveiller seule.

Mais quand j'entre dans la cuisine et le vois attablé, le désir me frappe rudement. Du genre qui fait tituber et s'arrêter, embrouillant ce que l'on s'apprête à dire.

Or, je sais que je dois le dire.

– C'est… le paradis, le fin du fin, murmure-t-il en me voyant, détachant les yeux de sa fourchette. Les pancakes sont le fleuron de la gastronomie.

– Dit l'homme qui se fait tous les jours des toasts aux haricots rouges au petit déjeuner.

Je grimace.

– Les pancakes sont pour toi l'équivalent de nos toasts aux haricots rouges. Ah, trop de glucides, dit-il la bouche pleine, avant de me faire un clin d'œil quand je montre son assiette bourrée de glucides d'un air perplexe. Tu en veux ? J'ai fait livrer une tonne de produits pour notre petit déjeuner.

– Cela ne m'a pas échappé.

Je lance un regard vers l'amas de nourriture et me demande s'il attend une armada d'invités, parce qu'il est impossible que nous puissions avaler tout cela à trois.

– À la réflexion, ne mange pas. Laisse-moi les pancakes.

Avec un petit rire, il s'adosse dans sa chaise, laissant son regard me parcourir de haut en bas quand je m'arrête près de lui, les mains sur les hanches, fermement déterminée.

– Il faut qu'on parle.

– Ce n'est pas ce que nous faisons ?

– Nous ne pouvons pas refaire *ça*.

Voilà, c'est dit. J'ai dit ce que j'avais besoin de dire, mais je ne peux pas nier que mon corps se rebelle contre ma décision.

– Ça ? Le sexe ahurissant, ce *ça*-là ? Parce que si c'est bien de cette absurdité dont il est question, autant que tu ressortes et oublies que tu n'es jamais entrée.

Il agite sa fourchette, affichant un grand sourire, mais sitôt qu'il croise mon regard et constate que je ne plaisante pas, son sourire retombe.

– Tu ne plaisantes pas, n'est-ce pas ?

Je hausse les épaules.

– Ce n'est pas professionnel de ma part de travailler main dans la main avec toi, de te représenter et de représenter la Ligue en un sens, et de… coucher avec toi le soir venu.

– De l'avis de qui ?

Il pose ses couverts et croise les bras sur son torse.

– Selon l'éthique. Selon tous ceux qui pensent que j'utilise mon physique pour appâter les clients. Selon…

– Une minute. Qui a dit que tu attirais tes clients avec ton physique ?

– C'est une longue histoire, je soupire, et je remue les pieds. Peu importe. Ce qui compte, c'est ça, toi et moi. Nous ne pouvons pas recommencer. Nous en avions envie, nous avons assouvi notre désir et, maintenant, nous sommes tous deux satisfaits.

– Satisfaits ? ricane-t-il. Parle pour toi.

– Je suis sérieuse. Je représente l'agence de ma famille, en parallèle de ce contrat. Si quelqu'un l'apprenait, ce serait néfaste pour ma réputation, mais aussi pour Kincade Sports Management.

– Alors, nous ferons en sorte que personne ne l'apprenne.

– Plus facile à dire qu'à…

– Qu'à quoi ? Que se dire que ta vie privée ne regarde personne ?

Il se lève et s'avance vers moi. Chaque partie de mon corps réagit à sa proximité, et je m'en veux pour cela. Il poursuit à voix basse.

– Essaies-tu de me dire que ça t'a déplu ? Que les griffures sur mon bras ne sont pas réelles ? Nous savons l'un et l'autre que c'était bon. Et que ça sera encore meilleur la prochaine fois. S'amuser un peu n'a jamais nui à personne.

– Précisément. Nous nous sommes un peu amusés. Après, ça ne peut que se compliquer. Or, je fuis les complications. Et je pense que tu as eu ton lot de complications ces dernières semaines, assez pour toute une vie. (Je recule d'un pas, mais il avance d'autant ; donc je ne gagne pas un millimètre d'espace.) Je suis désolée, mais ma décision est prise.

– Pourquoi ? Tu n'es pas mon agent et tu n'ambitionnes pas de me recruter, alors…

– On a de l'appétit ce matin, fait un Johnny débraillé qui entre à grands pas, ses lunettes de soleil sur le nez, décoiffé, dans des vêtements mal assortis.

Rush lance un coup d'œil à Johnny pendant que, plantée là, je l'observe en me demandant si j'ai été sauvée par le gong.

Mais je sais que non. Cette conversation avec Rush est nécessaire.

– Sers-toi, dit Rush. J'avais une folle envie de pancakes.

– Merci, mec, dit Johnny avant de lancer un regard vers nous, un morceau de bacon suspendu entre sa bouche et l'assiette, comme s'il devait nous examiner de plus près.

– C'est pas vrai. Sans rire ?

Il émet un soupir spectaculaire, ôte ses lunettes de soleil, puis se dérobe à la lumière vive du soleil.

– Je savais que ça sentait le sexe, hier soir, quand je suis rentré.

– Pardon ? je fais dans un rire, le feu aux joues.

Johnny regarde Rush, moi, et reprend.

– Tous les deux, vous êtes une explosion de phéromones ou je ne m'y connais pas. Vous n'auriez pas pu patienter un petit peu ?

Il grogne, puis se laisse retomber sur le tabouret haut, devant l'îlot, et commence à empiler de la nourriture sur une assiette en carton.

– Maintenant que vous allez vous sauter dessus dans toute la maison, je vais avoir l'impression de vivre dans un terrier. Je n'ai jamais signé pour ça.

Je réprime un rire. Pas Rush.

– C'est toi qui t'es porté garant de nous deux, alors au moins nous avons choisi sagement.

– Je ne me porte garant de personne.

Il va chercher une bière dans le réfrigérateur, le craquement de la capsule se répercute dans la cuisine quand il se rassied.

– En revanche, je me porte garant du sourire béat que vous arborez tous les deux.

– Tu as remarqué, je murmure.

– Tu n'as pas honte ? me demande-t-il.

– Dit celui qui a la gueule de bois et cache probablement quelqu'un dans ses draps chiffonnés à l'étage.

– Elle s'appelle Heidi, dit-il en prenant une bouchée de nourriture, et non, elle ne se trouve pas dans mon lit. Je savais que si elle voyait Rush au réveil, elle me larguerait sitôt qu'elle aurait réalisé qu'il est largement plus séduisant que moi. Pour parer à tout embarras, je l'ai renvoyée chez elle avant que vous soyez levés.

– Eh bien, je ne peux pas dire que je lui aurais reproché de penser ça, dit Rush.

Cela lui vaut un regard noir de la part de Johnny et de moi.

– Merci de nous avoir épargné l'ego surdimensionné de Rush, je renchéris.

– C'est succulent. (Il examine le sac du restaurant.) Il faudra que je commande chez eux. (Une bouchée, une gorgée de bière.) Tout ce que je vous demande, les deux primates, c'est de ne pas salir toutes les surfaces de la maison.

Rush et moi nous regardons à la dérobée. Johnny s'immobilise.

– Oh non.

Rush coule un regard vers l'îlot. Johnny s'en écarte brusquement, son tabouret tape contre un autre.

– Vraiment ? Mon plan de travail ? hurle-t-il.

Rush ricane.

– Mais non. Cela dit, ton lit est assez confortable.

Johnny me fusille du regard, et je ne peux plus m'abstenir de rire.

– Nous n'avons pas couché dans ton lit. Sinon, qui sait ce que tu aurais chopé.

– Bande de sagouins, bougonne Johnny en se rasseyant devant son assiette. Tachez juste de ne pas… (il fait un geste large) vous savez. Débrouillez-vous pour que je ne vous surprenne pas. Ce n'est pas le genre de scène que j'ai envie de voir.

– Dois-je me sentir offensée ? dis-je en plaisantant.

– Non, la dernière chose que j'ai envie de voir, c'est le membre de ce salopard. J'en garderais un complexe d'infériorité pour le restant de mes jours.

– Pas d'inquiétude, dit Rush en appuyant sa hanche contre l'îlot, bras croisés, comme si on lui disait tous les jours que les hommes se sentent inférieurs à lui. De toute façon, quand tu es arrivé, Lennox était en train de m'expliquer pourquoi nous ne coucherions plus ensemble.

Je regarde Rush, fâchée qu'il mêle Johnny au débat, sans doute pour obtenir son soutien.

– Elle est futée, dit Johnny en tendant sa fourchette vers moi. Elle fait le nécessaire pour préserver ma santé mentale.

– J'étais en train de lui dire que je pense cela improbable, dit Rush, son sourire plus dévastateur que jamais. Pourquoi refuser les bonnes choses ?

Il étire son bras sur mon épaule, mais je m'écarte. Me tenir près de lui n'est pas ce qu'il me faut pour le moment.

– Cela ne se reproduira pas, dis-je en piquant un morceau de bacon.

– Tu en es sûre ? demande Rush.

– Certaine. Sur ce, je dois me doucher et me préparer pour aller travailler.

– Dans ma salle de bains ? demande Rush.

– Non, dans la mienne.

Après un dernier regard dans sa direction, je quitte la cuisine, laissant les deux hommes avec leur testostérone.

Le plus drôle, c'est que malgré notre petite soirée, le magnétisme ne s'est pas amenuisé.

Il s'atténue en temps normal. Il perd invariablement son éclat.

Alors pourquoi, en montant lentement l'escalier, j'en viens à m'avouer que ce sera plus ardu avec lui ?

Que travailler avec Rush sans le toucher s'annonce comme un défi de taille.

CHAPITRE 19

RUSH

Elle m'évite ces derniers temps.

Elle a beau nier. Elle a beau faire semblant d'être occupée par les innombrables appels qu'elle reçoit quotidiennement. Une minute, elle remonte le moral à un athlète qui doute, et la suivante, elle négocie comme une enragée avec une équipe.

C'est impressionnant.

Excitant.

Quiconque prétend ne pas aimer une femme sûre d'elle-même n'a pas beaucoup de virilité et encore moins de bon sens. Parce que Lennox… bon sang, elle a la peau dure.

Ce qui est ultra-sexy.

C'est également mon fardeau, vu que sa personnalité comme son corps ont laissé leur marque sur moi. Pas tant une marque – excepté les griffures – qu'une faim.

Mais n'est-ce pas ce qui complique tout ? Maintenant que j'ai conclu avec elle, je sais que c'est le pied. Contrairement à tous ces imbéciles qui se demandent si elle est aussi sensationnelle qu'elle en a l'air.

Je lève la main, car je suis en mesure d'attester qu'elle l'est.

Je l'ai eue. Et je la veux encore.

Peut-être que la qualifier de fruit défendu a alimenté la flamme.

Ou bien, j'ai juste envie d'elle.

Toujours est-il que j'ai beau admirer sa retenue, je ne valide pas ses raisons. Et je le lui dirai à la première occasion, dès que Cannon ou les autres enquiquineurs cesseront de réclamer son attention.

– Elle n'est pas désagréable à regarder en tout cas, n'est-ce- pas ? demande-t-il.

Quand on parle du loup… Je lance un regard vers Cannon et constate que nous avons le même point d'attention.

Lennox se tient en tailleur – pantalon bleu marine, veste assortie sur un débardeur soyeux – perchée sur des escarpins beige pâle. Ses cheveux épais tressés, quelques mèches encadrant son visage. Ses lunettes de soleil sur le nez, le téléphone à l'oreille, elle fait les cent pas dans le tunnel menant au stade. Elle gesticule en parlant, et son rire retentit sur le terrain.

– Non, vraiment pas, je murmure alors que chaque partie de moi se révolte qu'il la lorgne ainsi.

– Vous pouvez me remercier de l'avoir intégrée au projet. Finn a tenté de m'en dissuader, vous savez, mais peut-on me le reprocher ?

Pourquoi Sanderson ferait-il une chose pareille ? Vraisemblablement, Cannon l'a engagée pour ses compétences et son mérite, pas pour son physique...

– J'ai dîné avec elle hier soir. Elle est un défi pour tout homme. Par chance, les défis me stimulent.

Je serre les poings par réflexe. *Ne t'avise pas de la toucher, salopard.*

– J'ignorais qu'il y avait quelque chose entre vous.

– Il n'y a rien entre nous. (Il hausse les épaules et émet un rire salace.) Du moins pas à ce jour.

– Bonne chance avec elle. On raconte qu'elle est amoureuse.

– Monsieur McKenzie ? C'est bientôt à vous, m'annonce une chargée des relations publiques.

– Très bien. J'arrive tout de suite.

Mon regard passe de l'employée à Cannon avant de parcourir la courte distance qui me sépare de l'endroit où Lennox marche de long en large.

Elle raccroche juste avant que je la rejoigne, mais quand nos regards se rencontrent, je vois, au soudain affaissement de ses épaules et à son air choqué, que j'ai raison : elle m'évite.

– Tu es là, dis-je alors qu'elle franchit le peu de distance qui nous sépare encore.

Elle embaume le soleil et l'huile de noix de coco. Le sexe et le désir. Exactement ce dont j'ai besoin et ce que je veux.

– C'est mon boulot, dit-elle en posant son regard partout, sauf sur moi.

– Comptes-tu rester ici au téléphone et m'ignorer comme tu le fais ces jours derniers, ou m'accorder un minimum d'attention ?

– Je ne t'évite pas. Je suis débordée, je jongle entre plusieurs responsabilités.

– Tu m'évites. C'est à cause des tatouages, n'est-ce pas ? Soit ils effraient les femmes, soit ils les font accourir en nombre.

– En nombre ? (Elle se fend d'un sourire.) Je doute que cela vienne des tatouages, murmure-t-elle, mais à travers ses lunettes de soleil, je la vois darder un regard vers les entrelacs qui sillonnent mon bras.

– Alors, ce doit être la taille de mon membre. Même si je n'ai pas reçu tellement de plaintes à ce sujet.

– Si tu cherches à me faire avouer que je t'apprécie, ce n'est pas la meilleure approche. En tout cas, pas celle de me dire que je ne suis qu'un numéro parmi tant d'autres.

– Je fais ça, moi ? À t'entendre, tu penses à nous au présent, pas au passé.

Je hausse les sourcils.

– Tu as compris ce que je voulais dire, se défend-elle en levant les yeux au ciel.

– J'ai pigé, mais non, tu n'es pas un numéro. Loin de là, mais mission accomplie : j'ai réussi à te délier la langue. Avoue que je te manque. Bien que tu prétendes que c'est impossible, je commence à croire que l'envie demeure. (Je me penche pour chuchoter.) Ne te tracasse pas. Je sais que quand tu me vois, chaque partie de toi acquiesce mais, comme tu es sensée, tu suis la voie de la raison. Tu respectes les règles. Je comprends. Vraiment. Mais bon, ça fait un bien fou de s'encanailler parfois.

Son brusque soupir me dit qu'il reste beaucoup à explorer entre nous. Comme le lit. La piscine. Une infinité de surfaces. Tant et plus.

– J'admire ta persévérance. Vraiment. Et je n'ai jamais dit que je ne voulais plus jamais coucher avec toi, objecte-t-elle en jetant des regards alentour pour vérifier que personne ne l'entende. J'ai dit que je ne pouvais pas, que ce n'était pas professionnel.

Je fredonne, l'air détaché, et pose la main dans sa nuque, mes lèvres trouvent les siennes. C'est bref, mais je profite du choc momentané pour prendre un peu plus de ce que je veux à tout prix.

Je romps aussitôt le baiser et m'écarte, mon sourire s'étalant lentement parce que je veux lui donner la satisfaction de savoir que je la courtise. Une partie de mon être se languit de lui montrer que sa tactique ne fonctionne pas : je continue de la convoiter. Quant à la partie jalouse, qu'elle aille au diable, elle tient à s'assurer que Cannon nous voit et se pose des questions.

– Que… que fais-tu ?

– Le devoir m'appelle, dis-je et, sans rien de plus qu'un clin d'œil et un rire, je quitte son splendide visage troublé.

Et je vais bosser. La rangée de gamins et d'adultes se prolonge tout autour du stade. Des accessoires de Liverpool à la main, ils me les tendent pour recueillir mon autographe quand vient leur tour.

– Merci, p'tit gars, dis-je au garçon devant moi.

– Je veux être comme vous un jour, dit-il. Footballeur. Pas le reste. Ma mère dit qu'elle vous couperait les couilles pour vous donner une bonne leçon.

– Hank ! gronde son père, mortifié par la remarque de son fils, mais en ravalant un sourire.

De mon côté, j'ai du mal à me retenir de sourire car, devant ce gamin de dix ou onze ans, je me souviens du petit morveux que j'étais à son âge.

– Toutes mes excuses, dit le père. Je ne sais pas…

– Il n'y a pas de mal.

Ce n'est pas pire que les implications suscitées par toutes les questions que la presse me pose à longueur de temps.

– Hank, tu sais ce qui est le plus difficile quand on est footballeur ? Tu deviens un personnage public, alors que tout ce qui t'intéresse, c'est de laisser ton empreinte sur le terrain. Plus grave encore, on raconte des choses sur toi, des mensonges, et peu importe ce que tu déclares, les gens croiront ce qu'ils veulent. Tu comprends ce que je veux dire ?

– Oui, Monsieur.

– Tu dois t'entraîner tous les jours. Ton jeu de jambes, les passes, tes tirs. Tu dois aussi t'endurcir parce qu'on n'échappe pas aux critiques ni aux rumeurs infondées, pas plus qu'aux gens qui essaient de te démolir. Tout ce que tu peux contrôler, c'est toi. Alors, exerce-toi longuement, reste concentré et blinde-toi contre la négativité. Entendu ?

Je tends le bras en travers de la table et entrechoque mon poing avec le sien, mais quand mon regard s'échappe sur le côté, Lennox m'observe, la tête inclinée. Quelque chose dans son regard me dit qu'elle m'a entendu et qu'elle comprend.

C'est un curieux sentiment parce que, dans ce tourbillon de mensonges autour de Rory et d'Esme, je ne m'attendais pas à ce que quelqu'un qui ne me connaît pas me considère innocent. Personne ne m'avait regardé de cette façon jusque-là. Jusqu'au sourire de Lennox.

– Oui, Monsieur. Je m'entraînerai dur. Promis.

– Très bien. J'ai hâte de jouer avec ou contre toi un jour. Salut, Hank. Profite du match.

Son père hoche la tête, semblant apprécier ma décontraction après ce qui a été dit. C'est vrai, ce gamin n'est pas fautif. Il ne fait que répéter les médisances de ses parents.

Je les regarde s'éloigner, puis je me tourne vers le prochain dans la file d'attente, et avant que le gamin n'ait prononcé un mot, je connais son histoire… ou une version de celle-ci.

Je sais, parce que j'ai l'impression de regarder dans le miroir une version jeune de moi. Des cheveux trop longs, les joues creuses, les yeux écarquillés par l'excitation de me rencontrer, mais qui recèlent un puits de tristesse insondable. Je sais, c'est tout. C'est la lassitude de se sentir tout le temps inférieur. Une fatigue à force de s'inquiéter que si l'on mange trop au petit déjeuner ce matin, parce qu'on a les crocs, il n'en reste plus assez pour sa mère, vu qu'il n'y a qu'une part. C'est l'épuisement né de la peur que quelqu'un découvre que la crasse sous vos ongles est due au fait que l'eau a été coupée. Ou que vos vêtements sont un peu trop amples parce qu'ils proviennent de la distribution aux sans-abri de l'Armée du salut.

C'est aussi sur le visage de sa mère. Le désespoir d'être perçue comme une mère à bout de forces.

Je n'en peux plus de cumuler deux emplois, mais je suis ici pour qu'il puisse voir son héros.

J'essaie d'être à la fois le père et la mère, pour lui donner une meilleure chance dans la vie.

J'espère qu'en vous rencontrant, il trouvera l'opiniâtreté et l'espoir de vouloir plus que je ne pourrai jamais lui donner.

Exactement comme ma mère l'a fait pour moi un nombre incalculable de fois, comme se faire porter pâle pour m'emmener faire la queue pendant des heures pour rencontrer Ian Rush, la légende du football. Mon idole. D'ailleurs, je mentais à mes copains de l'équipe en prétendant que ma mère m'avait donné son nom.

Le terrain était le seul endroit où nous étions tous égaux. Le vert de la pelouse était l'endroit où j'étais Rush McKenzie, dont tous les camarades enviaient le jeu de jambes et la détermination. C'était l'endroit où ils oubliaient que j'étais le gamin que personne ne connaissait vraiment.

Mère et fils me renvoient à chaque bribe de mon passé, à ce qui m'a mené dans cet avenir, si bien que je lutte pour trouver mes mots.

– Salut. À qui ai-je l'honneur ? dis-je en les regardant dans les yeux, l'enfant puis la mère.

– Scottie, dit-il timidement en se tordant les mains devant lui.

– Salut, Scottie. Comment va maman aujourd'hui ?

– Très bien, merci.

Elle jette un regard vers la foule derrière elle, puis se retourne vers moi.

– Nous n'avons rien à vous faire signer. Nous ne pouvons pas…

Sa voix flanche quand elle indique d'un geste vague le stand des produits dérivés, sur notre gauche. Je sais qu'elle veut dire qu'elle n'a pas les moyens d'acheter un article pour recueillir mon autographe.

– Mais vous êtes son joueur préféré, j'ai fait tout mon possible pour qu'il vous rencontre, étant donné qu'il y a peu de chances pour que nous allions vous voir jouer en Angleterre.

Un sourire plaqué sur le visage, je déglutis pour ravaler la boule d'émotions logée dans ma gorge.

J'ai vu quelques mères comme elle au fil du temps, et essentiellement en raison de l'animation qui règne lors des événements, je n'ai pas pris le temps de réfléchir à la vie extrêmement pénible que ma mère a endurée. Je reconnais cet air dans ses yeux pour l'avoir vu des années durant dans ceux de ma mère. Mais à présent, quelque chose d'autre m'apparaît avec une clarté stupéfiante.

Cette mère a environ l'âge qu'avait la mienne au moment de sa mort. Quand elle a versé sa dernière larme parce qu'elle ne serait plus là pour moi. Cette mère est semblable à la mienne.

Elle ne cessera jamais de se battre pour son fils. Elle s'accrochera, persistera par amour pour son petit garçon.

C'est dans des moments comme celui-ci que j'ai envie de faire la différence.

– Tu joues ? dis-je à Scottie, sitôt que je retrouve la parole. (Il hoche la tête.) Quel âge as-tu et à quel poste joues-tu ?

– J'ai treize ans et je suis milieu de terrain.

Sa voix est si fluette.

– Une place déterminante. Cela signifie que tu es solide, fiable au besoin et agressif quand c'est nécessaire.

– Oui.

– Attends, dis-je en enlevant mon maillot. Je pense qu'il t'ira mieux qu'à moi.

CHAPITRE 20

LENNOX

Qui est cet homme ?

Je suis interpellée par le conseil qu'il adresse au petit roux au visage moucheté de taches de rousseur : ne pas croire tout ce que l'on entend. À quoi s'ajoute le regard qu'il m'a lancé.

C'est pourquoi je reste à l'observer alors que je devrais réfléchir au baiser qu'il m'a donné en public – *en public !* – à la vue de tous.

Et c'est ainsi que je saisis le changement dans son expression, la douceur avec laquelle il passe son maillot par-dessus sa tête et le signe pour le petit garçon qui le fixe comme s'il était son héros, sa mère au regard embué de larmes à côté de lui.

Bien que je me rapproche instinctivement de quelques pas, je n'arrive pas à entendre ce qu'il chuchote, comme s'ils étaient seuls dans le monde de Rush à cet instant précis. Le petit garçon le regarde avec une incrédulité manifeste.

Rush se met à regarder autour de lui comme pour appeler à l'aide, et m'apercevant, il me fait signe d'approcher.

– As-tu besoin de quelque chose ?

– Oui. Hum… Mon ami Scottie sera mon invité pour le match amical de ce soir.

La mâchoire de Scottie lui en tombe. Il coule un regard vers sa mère, qui semble tout aussi surprise.

– Peux-tu m'aider à trouver quelqu'un qui lui procure des accessoires de l'équipe et accompagne Scottie et sa mère à trouver leur place ? Je pense qu'ils seraient bien au bout du banc de touche, avec le reste de l'équipe.

– J'y crois pas.

Scottie parvient à articuler, les bras à moitié glissés dans le maillot qu'il se hâte d'enfiler.

Rush se tourne vers lui et, avec un sourire sincère, hoche la tête.

– Mais si. Si c'est d'accord pour toi et ta maman ?

– Oui. Bien entendu. Vous êtes sûr ? s'enquiert la mère de Scottie, sûrement peu habituée à bénéficier de faveurs.

– Vraiment, ça me fait plaisir, certifie Rush.

Il me regarde pendant que Scottie saute littéralement sur place.

– Tu peux me rendre ce service, Lennox ?

– Absolument.

Je hoche la tête, et nos regards se rencontrent un court instant. Je ne connais pas assez bien Rush pour déchiffrer toutes les émotions qui naviguent dans ses yeux – compassion, compréhension, une gentillesse que je n'attendais pas –, mais elles sont assurément là.

– Scottie et Madame… ?

– Daphné, répond-elle avec un sourire fugace.

– Scottie et Daphné, dis-je. Et si vous veniez avec moi ? Nous allons trouver quelqu'un qui vous aidera à vous installer.

– Tout de suite, dit Scottie.

– Je peux prendre la relève, mademoiselle Kincade.

Je suis surprise par l'intervention de la chargée des relations publiques de la MLS qui fait signe à Scottie et Daphné de la suivre.

– Merci, dit Rush en souriant. Je vais également avoir besoin d'un autre maillot.

– Je m'en occupe immédiatement, dit-elle en guidant les invités, la main dans le dos de Scottie.

Je regarde le trio marcher vers le ventre du stade. Scottie sautille et parle avec animation, pendant que Daphné regarde en arrière une dernière fois vers Rush qui s'entretient avec le supporter suivant. Elle arbore un sourire d'une douceur infinie, et je suis certaine de voir une larme sur sa joue.

Quiconque regarderait la scène penserait qu'il s'agit d'un coup de pub. Un événement organisé par la com pour soigner la réputation de l'enfant terrible du football.

Mais faisant partie de cette machine bien huilée, je sais qu'il ne s'agit pas d'une ruse pour s'attirer une presse élogieuse. C'est Rush McKenzie qui montre sa facette la plus tendre, que peu connaissent.

Une facette qu'il n'est pas supposé avoir. Pas parce que je ne veux pas qu'il soit un type bien, pensez-vous, mais parce que je sais que je perds la bataille avec ma résolution.

Je sais que si je me familiarise davantage avec ce Rush gentil et prévenant, je succomberai.

Comment ne pas vouloir être avec un homme qui traite un enfant comme un trésor ?

Et comment repousser un homme alors que personne d'autre n'a réussi à le cerner, et que l'idée de découvrir pourquoi il n'essaie pas de prouver le contraire me tarabuste ?

Peut-être est-ce pour cela que je m'attarde pour observer la suite de sa séance de dédicaces, alors que je croule sous le travail, car je dois relancer deux athlètes que j'ai commencé à prospecter ou encore finaliser des négociations.

Il n'est pas exclu que si je reste ici assez longtemps, une autre scène noircira mon opinion de lui. Plus souvent qu'à mon tour, j'ai vu des sportifs s'échapper de ces événements publics au bout d'une heure parce que ce tralala est indigne d'eux, ou devenir désagréables avec leurs fans quand la file d'attente est interminable.

Mais pas Rush. Je suis vivement impressionnée qu'il accorde du temps à chaque enfant, comme s'il était le premier de la journée. Il n'est pas avare en sourires ou en paroles d'encouragement.

Et mon incapacité à partir se retourne contre moi. Le temps qu'il termine et vienne vers moi, avant d'aller s'échauffer pour le match, mon attirance pour lui est à son comble. Pas seulement parce qu'il est excessivement séduisant mais parce qu'on apprend énormément sur quelqu'un à travers sa façon de traiter les autres. Or, il s'est comporté avec tout le monde avec grâce et gratitude.

– Tiens, tu es toujours là, dit-il.

– Toi aussi, dis-je, la tête penchée sur le côté, me demandant s'il n'est pas fatigué d'avoir officié pendant des heures. D'autant plus que quatre-vingt-dix minutes de football l'attendent encore.

– Tu restes pour le match ?

– Non. Le football, ce n'est pas mon truc.

– C'est pourquoi tu dois me regarder jouer.

Il me fait un clin d'œil. Je lève les yeux au ciel.

– N'insiste pas, je n'aime pas ce sport.

– Que dois-je faire pour te convaincre ?

Bras croisés, je l'observe, m'agaçant de fondre pour son sourire de petit garçon.

– Je ne suis pas facile à convaincre, tu sais.

– Tu jettes le gant ? Parce que je suis sûr que tu viens de me défier de te persuader que le football est un sport exaltant. J'ai l'esprit de compétition… une fois que je t'aurai convaincue, tu sais que je réussirai à te convaincre dans un autre registre de la plus haute importance.

Nos grands sourires semblables, nos regards se soutiennent alors que les gens s'affairent autour de nous pour remballer le matériel avant que la foule n'afflue par les portes pour le match amical. La connexion que nous partageons est plus forte que jamais. N'étais-je pas ridicule de croire que l'éviter suffirait à la saper ?

Ça ne marche pas.

Pas alors qu'il se tient devant moi, le visage baigné de soleil, et que ses yeux identifient chacune des émotions qui se reflètent dans les miens : confusion, désir, bravade, envie.

– C'est la partie où tu me dis ce que tu veux, Lennox. C'est là que tu m'expliques pourquoi ta bouche dit une chose mais tes yeux me disent autre chose à propos de nous.

– Tu dois te préparer pour le match.

– Seulement si tu y assistes.

Je ris.

– Cannon serait ravi que tu le plantes sur un événement onéreux à cause de moi.

– Je n'en ai rien à carrer de Cannon, dit-il sur un ton sans appel. Donc, tu restes parce que tu es consciencieuse et raisonnable, et que tu ne voudrais pas faire de remous. Je reste parce que je vais faire un coup du chapeau[4], et t'éblouir avec mes jeux de jambes hors du commun. Une fois que je t'en aurai mis plein la vue, nous parlerons du reste.

---

4. Triplé gagnant, association de trois actions déterminantes au cours d'un même match.

– Je crois que tu souffres d'un sérieux manque de confiance en toi, dis-je pour plaisanter, bien que je sois totalement sous son charme.

– N'empêche que je vais te rallier à ma cause, Nox, décrète-t-il en s'écartant d'un pas. C'est comme avec moi, on prend goût au football. Une fois qu'on sait l'apprécier, on ne peut plus résister au plaisir d'en chiper un bout à la première occasion.

– Un tout petit ego…

Je ne peux m'empêcher de sourire.

– Assure-toi de trouver une place au milieu et devant. Ça m'ennuierait que tu en loupes une seule miette.

Sur ce, il s'enfonce en trottinant sous le stade, deux assistants de Cannon lui emboîtant le pas pour veiller à combler ses moindres caprices.

Je le suis du regard jusqu'à ce qu'il sorte de mon champ de vision, et la seule chose que je puisse faire, c'est rigoler. Ce type est d'une arrogance…

C'est le moment où je devrais me dire qu'il faudrait me passer sur le corps pour que je reste, parce qu'il n'est pas question que je lui donne la satisfaction de l'emporter.

Mais si je me faisais piétiner, je n'aurais plus le loisir d'explorer tous les recoins de sa personnalité, et j'ai beau me répéter que je garde mes distances… il semble avoir trouvé l'une de mes faiblesses.

Lui.

La question est, comment y remédier ?

La réponse ? *Reste pour le match.*

Fatalement, je reste. J'observe toutes les passes du ballon, les arrêts, les tirs, et m'émerveille secrètement de son talent naturel.

Cependant, pendant tout le match, son commentaire se rejoue dans ma tête, presque comme pour m'aider à justifier que ma détermination se fragilise.

Cela ne regarde personne avec qui on couche.

Et il a raison. Ça ne regarde que nous. Mais je connais aussi la perception du public et les partis pris professionnels qui en découlent. Cette pensée me conduit à Rush et à ce qu'il endure à Liverpool. Après quelques recherches, j'ai appris que les rumeurs allaient bon train à propos du capitaine de son équipe. Aucune ne le dépeint sous un jour flatteur.

Donc, si Rush a eu une aventure avec Esme, c'est peut-être parce que les rumeurs sur Seth et son tempérament autoritaire, et peut-être abusif, sont fondées.

Toutefois, si tel est le cas, pourquoi Rush garde-t-il le silence ? Pourquoi tout porte à croire que Rush encaisse tout comme si c'était son devoir plutôt que parce qu'il est coupable ? *Et s'il est avec elle, pourquoi me draguer ?*

– Buuuuuuuuutttttt !! clame le présentateur, un millième de seconde avant que les rugissements de la foule ne secouent le stade.

Je bondis à l'unisson avec eux, les mains en l'air, la voix éraillée.

– Le numéro treize, Rush McKenzie, a réussi un tir ahurissant, Mesdames et Messieurs. C'est le second de la soirée.

Rush distribue des tapes dans les mains des joueurs de ce pseudo-match All Star qui réunit les meilleurs joueurs de la Ligue, avant de s'orienter vers moi et de me montrer du doigt, avec un sourire enjoué comme pour le premier but.

Aussitôt après, il se précipite vers Scottie, assis sur le banc avec sa mère, et lui tape également dans la main avant que tous les sportifs se relaient pour ébouriffer les cheveux du garçon.

J'ai l'impression de ne pas me départir de mon sourire. Je passe sincèrement un bon moment.

Ce n'est pas que je doutais de ses capacités. Ce n'est pas sans raison que, dans le milieu, on le compare souvent à Messi, Maradona, Ronaldo et même Beckenbauer.

Je pensais détester ce sport – les longues mi-temps, les petits scores, les séries interminables de passes. Après un moment d'immersion absolue, je commence à croire qu'il me déplaisait parce que je n'avais personne à soutenir.

Mais à présent que je regarde Rush dominer le terrain dès qu'il touche le ballon, je vois les choses différemment.

Son talent est phénoménal. Son jeu de jambes, quand il slalome entre les autres. L'impudence qui dit qu'il en a conscience. Une grâce qui s'apparente à celle d'un danseur, mais avec la pugnacité d'un boxeur.

Si, ici, les acclamations de la foule sont stimulantes, je n'ose pas imaginer ce qu'il en est dans un stade en Angleterre, où la capacité d'accueil est trois fois supérieure à celui-ci et où chaque action de Rush est soit révérée soit vilipendée.

Quand il marque son troisième but à la fin de la seconde période, et qu'il accomplit son coup du chapeau, il se place face à moi, bras écartés, et fait une révérence.

Je rejette la tête en arrière et m'esclaffe.

C'est tout ce que je peux faire, vu que Rush McKenzie a réussi à me convaincre que le football est un sport excitant.

À tel point que je ne peux pas me rappeler la dernière fois que quelque chose – ou quelqu'un – m'a tellement captivée que j'en ai oublié de répondre au téléphone.

Pourtant, il a sonné.

Mais je n'étais pas disponible.

J'étais en train de tomber un peu plus sous le charme du nouveau venu tatoué qui parade pour moi. Parce que cet homme a le cœur sur la main, avec ceux qui le méritent à ses yeux. *Et ça, j'adore.*

CHAPITRE 21

RUSH

11 ans plus tôt

– Allez, quoi mon pote ! Tu dois fêter ça. T'as réussi un coup du chapeau, quand même, dit Rory, la main sur la porte, le téléphone dans l'autre et une paire de magnifiques chaussures de football nouées par les lacets, pendues à ses épaules.

Cela semble stupide parce que j'ai des chaussures à crampons. Un modèle pratique qui convient aux entraînements… mais celles de Rory sont splendides, noir et rouge avec une pointe de blanc, une paire haut de gamme comme celles des pros. Du luxe pour les pieds, ce qui est ridicule, mais vrai. Punaise, moi qui dois fouiller les poubelles pour dégoter une paire à ma taille, je donnerais tout pour avoir les moyens de mettre trois cents livres dans une paire.

Un jour, quand je signerai à Liverpool, j'aurai une paire comme la sienne. Je le sais.

– Merci, mais ça ne me dit rien. Sortez sans moi.

Surtout, je n'ai pas un rond pour faire la fête. Bien sûr, il m'avancerait l'argent, mais ma fierté est plus forte que mon besoin de suivre le mouvement. Et puis, ils ne m'apprécient pas tous.

Je les vois s'échanger des coups d'œil et lever les yeux au ciel quand l'entraîneur me complimente. Je sens les tacles un peu trop virulents pendant les entraînements, donnés par frustration parce que le nouveau – moi – menace de leur piquer leur place.

– Nous ne sortons pas. Nous allons chez mes parents. Ils te demandent de rentrer avec moi pour fêter cela dignement.

– Oh.

Je pense à Archibald Matheson, constamment présent sur le terrain. Son rire qui fuse et les remarques succinctes qu'il lance à l'entraîneur, et aux autres parents. Et je pense que voilà deux mois, il se tenait sur ce trottoir devant l'épicerie et me secourait sans savoir à quel point.

– La cuisine de ma mère est franchement meilleure que ce qu'ils servent ici, dit-il alors que ma bouche salive.

Je ne me plaindrai jamais de la nourriture que l'on me sert parce que les crampes d'estomac sont trop récentes, mais de la nourriture maison ? Je ne me souviens même pas du goût que ça a.

– Et puis, elle ne se contentera pas d'un non comme réponse. On dirait que mes parents t'aiment plus que moi.

Son rire se répercute dans le couloir déserté, et je ne saurais dire si c'est de l'agacement que j'entends ou de la peine, mais une chose est sûre, il exprime sa fragilité. Il semble de plus en plus vulnérable dernièrement.

– Ne dis pas de sottises.

– Peu importe. Ça m'est égal. Allons-y.

Restant assis, je fixe Rory – mon seul ami – et je me demande pourquoi j'hésite.

– Les autres. Ils vont croire…

– Au diable ce que pensent ces crétins. C'est vrai que tu les écrases sur le terrain et que tu les fais passer pour des nuls. Sans oublier que je leur ai dit que tu étais mon pote. Je veille sur toi, Rush. Cela signifie qu'ils ne diront pas un mot vu qu'ils savent que mon père ferme les yeux et que lorsqu'ils s'attirent des ennuis, tout se résout au poste.

Il hoche la tête, nos regards se croisent et je me demande ce qu'il voit en moi, parce que ce n'est sans doute pas la même chose que tous les autres.

Comme je ne me lève pas, il se rapproche et donne un coup de pied dans ma chaussure.

– Tu auras bientôt la belle vie. Bon sang, ce soir, un coup du chapeau t'en a rapproché, vu que tout le monde aime gagner.

– Et les courbatures, vu que j'ai joué du début à la fin, dis-je.

– Et alors ? fait-il en haussant les sourcils, et je hausse les épaules. Magne-toi. Elle s'impatiente et j'ai la dalle.

***

Je déplie ma serviette sur mes genoux et, levant les yeux, je réalise qu'Helen Matheson me considère avec des yeux ronds.

– Alors ? Tu as aimé ?

Mes yeux sortent presque de leurs orbites.

– Beaucoup. Je suis désolé. Je ne l'ai pas dit. C'était (extraordinaire, mémorable, fait maison) mon nouveau plat préféré.

Elle tape dans ses mains alors qu'Archibald émet un rire.

– Je suis si contente, dit-elle comme si elle appréhendait ma réaction. Après le match aujourd'hui, tu méritais quelque chose de spécial.

Je glisse un coup d'œil vers Rory de l'autre côté de la table, et me sens mal à l'aise.

– Rory a déchiré… il a très bien joué aussi. Je pense que s'ils le gardent, il sera un excellent défenseur.

– Rory sera excellent où qu'il joue, si tant est qu'il ne lâche pas l'entraînement, répond Archibald avec dédain, avalant un peu de brandy. Mais toi, Rush. Tu étais éblouissant aujourd'hui.

Remuant sur ma chaise, je suis gêné par ses louanges, mais pour le restant du repas, j'offre un sourire ou un commentaire au moment opportun. À un moment donné, Rory me fait une grimace et nous nous gondolons de rire.

Mais ce n'est qu'à la fin du repas, quand madame Matheson apparaît en tenant un gâteau parsemé de bougies, que je reste interdit. Et quand tout le monde se met à chanter, je me joins à eux. Égayée, elle le place devant moi. À la fin de la chanson, ils me regardent avec l'air d'attendre quelque chose.

– Nous savons que ce n'est pas avant deux semaines, mais nous tenions à célébrer ton anniversaire convenablement, dit Helen. Joyeux anniversaire, Rush.

Je la regarde en cillant… et ravale mes larmes. Cela me rappelle la dernière fois que j'ai fêté mon anniversaire. C'était pour mes douze ans, ma mère était en bonne santé et joyeuse. Elle faisait des extras comme serveuse, en plus de son travail, et je ne cessais de lui dire que c'était superflu, mais en déballant mon cadeau, j'ai compris. Elle m'avait acheté un maillot de Liverpool. Nous avons pleuré ensemble quand je l'ai déballé.

C'est le dernier bon souvenir que j'ai d'elle – avant les traitements, la chute des cheveux et les souffrances. Avant qu'elle perde ses emplois, pour absentéisme en raison de sa maladie. Quand nous nous étreignions dans notre minuscule logement, pour la réchauffer et essayer de lui faire oublier la douleur en la faisant rire.

– Rush ? Fiston ? Désolée, je n'avais pas pensé que cela t'attristerait. Je te promets que je n'essaie pas de remplacer ta mère.

Je suis tellement embarrassé par mes larmes que je repousse le plus vite possible celle que j'ai laissée s'échapper sur ma joue d'un revers de main.

– Non, c'est… gentil. Ça va. (Je me sens idiot.) C'est juste que… je ne me rappelle pas… je n'ai jamais fêté mon anniversaire que seul avec ma mère.

– C'est du passé. Les amis de Rory font partie de la famille, déclare Archibald de sa voix caverneuse.

– Allez, fais un vœu, dit Helen.

Je ferme les yeux et formule le seul vœu qui me soit jamais venu, hormis sauver ma mère : jouer pour le Football Club de Liverpool.

Et ce n'est qu'après avoir soufflé les bougies et que Rory a grogné qu'il a le ventre plein, qu'Helen me tend un paquet enrubanné.

– On ne fête pas un anniversaire sans cadeau, affirme Archibald, alors qu'assis en face de moi, Rory affiche un sourire narquois.

– Vous avez déjà fait beaucoup. Je ne peux rien accepter de plus.

– Ouvre-le, mec. Je te promets que tu vas adorer, dit Rory.

J'ouvre le paquet et me retrouve devant la même paire de chaussures de football qui me faisait fantasmer dans la journée. Mince. Que dire ?

– Je ne peux pas… c'est trop. Je vous remercie, mais…

– Ne dis pas de bêtises, fiston. L'un des meilleurs joueurs que j'ai vus jouer depuis un certain temps mérite le meilleur pour ses pieds, assène Archibald.

– Elles coûtent cher. Merci, mais je le redis, je ne peux pas les accepter.

– Mais si. D'ailleurs, tu vas les prendre, déclare Archibald d'un ton sans appel qui fait régner le silence. Dis-lui, Helen. Dis-lui ce que tu m'as demandé cette semaine.

Rory et moi regardons ses parents, avant qu'Helen ne réponde enfin.

– Nous voudrions que tu considères cet endroit, cette maison, notre famille comme ton foyer. Rory n'a pas de frère, et Archibald dit que tu es orphelin. Tu as besoin d'une famille stable pour te soutenir jusque sur le terrain… et nous voulons que tu saches, nous avons énormément apprécié de t'avoir à la maison, les quelques fois où Rory t'a invité et… (elle frotte ses mains sur ses cuisses, comme si elle était nerveuse) je divague. Je ne voudrais pas paraître intrusive, mais nous serions heureux que tu passes les vacances chez nous, quand l'académie ferme, ou chaque fois que tu ne te sens pas bien là où tu es.

Son offre me donne le vertige. Ainsi que le sens de la normalité, d'un foyer et la chaleur que je ressens quand je me trouve sous ce toit. D'avoir quelqu'un comme Rory dans ma vie, qui assure mes arrières.

– Je ne sais pas quoi dire.

– Dis oui, répond-elle, sourcils arqués et de l'espoir dans les yeux. J'ai toujours voulu avoir deux garçons. C'était mon rêve, mais après Rory, je n'ai pas pu avoir d'autre enfant… Je ne sais pas, mais quand Archibald a suggéré cela, j'ai pensé que Dieu m'envoyait un second fils en quelque sorte.

Son sourire, quelque chose dans sa chaleur, me rappelle ma mère. Je ferais n'importe quoi pour le retenir, afin de me souvenir d'elle encore un peu.

Ce qu'elle me manque !

De même que le sentiment d'appartenance. De ne pas être seul.

Je m'éclaircis la voix. Je ne sais pas trop quoi dire.

– Je suis OK avec ça, si tu l'es, certifie Rory avec un hochement de tête.

– Bien sûr, ouais. Je ne sais pas quoi dire d'autre mais merci… je ne peux quand même pas garder les chaussures.

Quand je pars avec Rory deux heures plus tard, la boîte à chaussures sous le bras, mes pensées s'entrechoquent dans ma tête.

– Viens avec moi ? propose Rory au carrefour, quand je prends la direction des dortoirs.

– Où ?

– Fumer.

– Tu sais que je ne fume pas.

– Pas une clope, Rush. La fumette qui remue tout et fait se sentir bien.

Il agite ses pieds, enfonce ses mains dans ses poches et hausse les sourcils pendant que, sous le choc, je le dévisage. Il est fils de policier. Je ne sais pas pourquoi je croyais cela impensable de la part d'un fils de policier.

– Va poser tes chaussures. Je t'attends ici.

– Nan. Merci, mais non. (J'émerge enfin de ma stupeur.) J'ai des trucs à faire.

– Viens, sois pas couillon. Si nous devons être frères, dit-il avec un clin d'œil, il est temps que tu connaisses tous mes secrets.

Son rire flotte dans la nuit.

– Loin de moi l'idée de te juger, dis-je.

– Quelquefois, j'ai juste besoin de relâcher la pression pour les supporter. Être parfait peut s'avérer usant. (Il me presse l'épaule.) Par chance, tu peux l'être pour nous deux maintenant. (Un rire, et il s'éloigne à reculons.) Sûr ?

– Sûr.

Avec un sourire forcé, je regarde Rory s'élancer dans la direction opposée, en me demandant comment il pourra se donner à fond sur le terrain demain s'il se défonce ce soir.

Comment peut-il manquer de respect à ses parents après tout ce qu'ils font pour lui ?

Tout ce que j'aurais aimé avoir, quel qu'en soit le prix.

CHAPITRE 22

LENNOX

– Mademoiselle Kincade ?

Je tourne la tête vers l'assistante de Cannon qui, les mains serrées devant elle, arbore un sourire bienveillant.

– Oh, bonjour Maggie. Je ne vous avais pas vue. Que se passe-t-il ?

– Monsieur Garner vous cherche. La présentation débute dans peu de temps et il souhaite s'assurer que vous serez à ses côtés.

– Ah oui. Bien sûr. (Je reporte mon regard vers les dirigeants de deux équipes de la MLS avec qui j'étais en train de m'entretenir.) Si vous voulez bien m'excuser. Je tiens absolument à terminer cette conversation après le dîner.

– Parfait. Je suis curieux de connaître votre opinion sur l'état de la Ligue, dit l'un d'eux.

– Il vous retrouve sous peu dans les coulisses, dit Maggie en montrant du doigt un couloir qui mène à l'arrière du petit espace de réunion.

– Super. Je fais un saut aux toilettes et je le retrouve là-bas.

Ce soir, la réception est organisée par Cannon pour réunir autour d'un dîner les potentiels annonceurs et sponsors avec les entraîneurs et les dirigeants de chaque équipe de la Ligue. Bien sûr, Rush est le gros argument, même s'ils sont également attirés par l'envie de savoir s'il est ici pour jouer à l'année. À cette occasion, il révélera le nouveau plan marketing de la saison à venir.

Par chance pour moi, je n'ai pas eu beaucoup de contacts avec Rush, même s'il est époustouflant en smoking noir. Du genre que l'on ne peut que s'arrêter pour admirer, mâchoire tombante.

Je me faufile dans le fond de la salle de réception et sursaute en découvrant Finn.

– Regardez-moi ça, sur son trente-et-un et pas d'endroit où aller, dit-il avec son célèbre sourire condescendant.

– Va te faire foutre, Sanderson !

Je fais un effort surhumain pour ne pas lui rentrer dans le lard car il est la dernière personne que j'ai envie de voir, mais je sais que je dois la jouer décontractée. Son arrivée fortuite me dit qu'il s'inquiète que je lui prenne Rush.

Bien. Il a du souci à se faire.

– Je perçois de l'hostilité, Lennox.

– Et je perçois un agent qui flippe que son plan pour m'évincer échoue, et qui se tracasse maintenant que je lui pique son précieux client.

– Je n'ai pas de précieux client.

– Aïe.

Je tords les lèvres et le scrute. Je sais à quoi il joue. Rabaisser l'athlète pour amoindrir la tentation de le voler.

– Si Rush t'entendait…

– Il est question de lui, je suppose ?

– Je préfère perdre mon temps de mille façons plutôt que parler avec toi. (Je lui fais mon sourire qui tue.) Maintenant, si tu veux bien m'excuser, j'ai une tâche à accomplir.

– Je présume que je devrais te demander si tu as déjà couché avec Rush ?

Sa phrase m'arrête dans mon élan au moment où je le dépasse.

Je suis choquée qu'il soit à ce point cynique, mais quand je me tourne vers lui, mon expression ne laisse rien paraître.

– Pardon ?

– Eh bien, tu couches avec les clients pour mieux te les approprier. Peut-être pour parvenir à tes fins, vu que tu n'as rien d'autre à leur offrir ? Donc, si tu n'as pas encore couché avec Rush, je n'ai pas matière à me tracasser.

Il me toise avec tellement de dédain qu'il m'en coûte de ne pas le frapper.

– Quand es-tu devenu aussi imbuvable ?

Les yeux plissés, j'essaie de comprendre. Il hausse les épaules.

– Comment reprocher à un agent de vérifier si tu prépares ta panoplie habituelle ?

– Tu sais, je t'appréciais autrefois. L'argent et le pouvoir que tu as accumulés avec les années ne réussissent pas à compenser la petite taille de ton pénis ?

Il rit bruyamment, alors que je fais un pas vers la porte, et je sais que s'il ne répond pas par une vacherie, c'est parce qu'il craint que ma sœur Chase m'ait révélé des détails intimes sur lui. Ou sur ce qui lui manque.

Parfait.

Il ne l'a pas volé.

Mais cela ne contribue pas à rassembler mes pensées éparpillées pendant que je longe le couloir en direction des toilettes. Il a vraiment dit ça ?

Je hurle quand quelqu'un attrape mon bras par-derrière et me tire dans une petite pièce à côté du hall principal. Mais ma peur est de courte durée, car aussitôt les lèvres de Rush étouffent mon petit cri pendant qu'il me pousse contre la porte qu'il vient de fermer.

Pour conjurer la peur que j'ai ressentie, mes mains martèlent sa poitrine tandis que mes lèvres réagissent et prennent le baiser qui revendique mes lèvres. Le baiser dont j'ai rêvé et auquel je n'ai eu de cesse de penser, même si je sais que c'est mal.

Il recèle un désespoir avide. Du désir charnel. Quand sa langue touche la mienne, je le ressens jusqu'aux orteils.

Et ses mains. Leur contact m'a manqué. Leur façon de me toucher avec autant de respect que d'urgence.

Malgré ma volonté de le supplier de ne pas s'arrêter, je prends une respiration tremblante quand il s'écarte. Séparés par quelques centimètres, le besoin, le désir et la convoitise réciproques sont manifestes dans nos souffles entrecoupés qui remplissent la petite pièce sombre.

– Rush. *Ressaisis-toi, Lennox.* Nous ne pouvons… je ne peux pas faire ça. *Il se peut que Finn soit derrière la porte.*

– Nous venons de le faire. Et rien ne nous interdit de recommencer.

Il rit, alors que la confusion voile son visage.

– Non, c'est impossible.

Je le contourne et fais quelques pas pour mettre de la distance et, je l'espère, retrouver mon sang-froid.

– Pourquoi ?

– À cause de Cannon. De Finn. Et… nous ne pouvons pas, voilà tout.

– En quoi Cannon et Finn influencent-ils le fait que l'on couche ensemble ou pas ?

Comme si tout s'éclairait subitement, il recule d'un pas en titubant.

– C'est Cannon ? Tu préfères Cannon à moi ?

– Oh mon Dieu, non, dis-je en riant, déconcertée par sa supposition. Cannon ne m'attire pas du tout. C'est… compliqué, et je dois filer parce que bien sûr, je dois faire une apparition aux côtés de

Cannon et te présenter aux invités. Par-dessus tout, je ne veux pas que Finn nous voie sortir de cette pièce et…

– Finn est ici ? demande-t-il, clairement surpris quand je confirme d'un mouvement de tête. Alors, dépêche-toi de tout me dire.

– Rush.

Son nom est un soupir de résignation.

– Dis-moi pourquoi, Lennox. Explique-moi pourquoi une alchimie aussi forte que la nôtre, du genre qui nous électrise chaque fois que nous nous tenons à proximité l'un de l'autre, devrait être ignorée ?

– Nous n'avons pas le temps de creuser le sujet…

Il fait barrage devant la porte.

– Mais si.

Je le regarde, les mains sur les hanches, et je sais qu'il ne renoncera pas à obtenir des explications.

– Tout l'ensemble, que tu promeuves la Ligue pour une courte durée, pendant l'arrêt des matchs de Premier League, pour soi-disant te faire oublier le temps que les choses se tassent, c'est une vaste machination. Il essaie de t'amadouer et de t'impressionner pour que tu restes.

– Toute personne un tant soit peu intelligente l'aurait deviné. C'est malin de sa part. (Il marque une pause comme s'il allait dire quelque chose mais se ravisait.) Mais ce n'est pas cela que tu me caches.

– Cannon m'a fait miroiter que je serais sa consultante à la Ligue, pour optimiser son offre aux joueurs. Il prétendait vouloir augmenter la grille des salaires et les compensations pour inciter les joueurs à préférer jouer ici plutôt qu'à l'étranger.

– Tu parles ! raille-t-il.

– Exactement, mais une fois le contrat signé, il m'a informée que ma prime était subordonnée à un objectif caché, te recruter à l'année.

– D'accord, dit-il lentement, l'air pensif. Donc nous ne pouvons pas coucher ensemble… à cause de quoi ?

– Parce que Cannon s'est mis en tête que je devais devenir ton agent. Que je devais te prendre à Finn et te représenter. Il a l'impression que si tu es avec moi, il obtiendra ce qu'il veut : une vedette déterminante pour le succès de la Ligue. (Je pousse un soupir de frustration.) Il me prend pour sa marionnette, pour ainsi dire.

Rush éclate de rire.

– Il te connaît mal ! La femme que je connais ne laisse personne décider à sa place.

J'aimerais m'accorder le temps d'absorber le compliment, parce qu'il me procure de la joie. Il croit en moi, mais je ne peux pas occulter le fait que coucher avec lui pose un problème.

– Merci. Mais tu commences à comprendre pourquoi c'est compliqué ? dis-je pendant qu'il m'observe. C'est un mauvais calcul, d'après moi.

– Tu peux être plus claire ? demande-t-il.

Il émane de lui une intensité qui me trouble. Je ne sais pas trop s'il va s'énerver contre moi ou… Mes pensées commencent à s'emmêler.

– Cannon m'embauche à la Ligue. Tu es là. J'ai ordre de te piquer à ton agent. Tout cela se complique encore, sachant que j'ai déjà couché avec toi.

– Rectification : tu couches avec moi.

– Cela ne s'est produit qu'une seule fois. Maintenant, c'est du passé.

Son petit rire me dit qu'il sait que je mens.

– Hilarant. Pour ma part, l'envie est toujours présente et pour tout te dire (il referme la distance entre nous et passe la main sur ma joue), vu comme tu viens de m'embrasser, je ne suis pas encore sorti de ta tête.

– Finn est dans le bâtiment. Ce qui pourrait me nuire encore plus et compliquer davantage les choses, c'est qu'il nous voie sortir d'ici ensemble. C'est un agent malin. Je m'inquiéterais également si mon client travaillait côte à côte avec un autre agent.

– J'espère m'être bien fait comprendre quand j'ai dit que personne ne déterminait ou me dissuadait de coucher avec qui je veux.

Ses mots sont un rappel saisissant du chaos qu'il a semé dans son pays.

– Rush, ce sont des paroles de ce genre qui donnent du grain à moudre à la presse. C'est comme ça que tu as atterri aux États-Unis.

Il me regarde, un éclair de colère ne traversant que brièvement ses yeux plissés car il constate que je ne crois pas aux ragots.

– Si je pensais que tu avais une liaison dans ton pays, je n'aurais pas couché avec toi, je chuchote.

Je vois alors un petit sourire – *soulagé ?* – effleurer ses sublimes lèvres. Du genre qui ne m'aide pas à atténuer l'envie de l'embrasser. Il se penche et ses lèvres s'attardent sur mon front. Et je sais qu'il a perçu ma foi en lui.

Donc je continue.

– Rush, c'est ici que je vis. C'est mon métier. Mon professionnalisme est en jeu. Ma réputation. Et…

– Faisons en sorte que notre vie privée ne s'ébruite pas. Nous avons été engagés pour accomplir une mission et nous y travaillons. Fin de l'histoire. Tout le reste ne les concerne pas.

– Ce n'est pas aussi simple. Tu imagines pour quoi je passerais aux yeux des athlètes ? Ils penseraient que je couche avec de potentiels clients dans l'espoir de les faire signer ? Il y a tellement plus d'éléments dans la balance.

Je repense aux récentes accusations de Finn et je sais que la seule façon de me faire comprendre est de le lui dire, mais je veux aussi la jouer grand seigneur. Le monter contre son agent à cause de mes problèmes personnels avec ce sale type me serait non seulement inutile mais carrément néfaste.

– Peut-être que tu t'en sors bien, quoi que tu fasses d'ennuyeux, mais tu continues à être payé. Tu continues à bénéficier du soutien du public en raison de ton talent exceptionnel. Mais moi ? Je passe pour une poule qui couche pour réussir.

Je donnerais cher pour savoir ce qui se passe derrière ses yeux.

– Ma poule, dit-il avec un petit rire.

Puis ses traits se relâchent et son expression devient grave quand la deuxième partie de ma phrase fait tilt.

– Tu trouves que j'ai un talent exceptionnel ?

Je suis frappée que cet homme, revêche à bien des égards, s'interrompe brusquement pour un simple compliment. Un peu comme si le reste n'était qu'un bruit de fond.

– Tu le sais sûrement, dis-je en riant.

– Ce n'est pas quelque chose que me disent les gens qui comptent pour moi.

Nos regards se rencontrent, se retiennent ; j'ouvre la bouche et la referme, ne sachant pas quoi répondre. Il n'a réellement pas l'habitude d'entendre ce genre de propos.

– Et Finn ? demande-t-il, changeant de sujet avant que je puisse poser les questions qui naviguent sans doute dans mes yeux.

– Eh bien ?

– Est-ce qu'il sait que Cannon a élaboré un vaste plan pour que je reste ici définitivement ?

Cette fois il sourit, même si je vois qu'il continue de gamberger.

– J'ignore ce qu'il sait. Il a essayé d'empêcher Cannon de m'engager. Donc, je présume qu'il a des soupçons sur ce qui l'a poussé à m'enrôler.

– Connais-tu bien Finn ?

Je pouffe.

– D'une certaine façon… pas ce que tu peux croire, dis-je en le voyant soucieux. C'est clair qu'il a une image bien arrêtée de moi. Ce que je pense de lui n'entre pas en ligne de compte.

– Je peux respecter cela.

– Je ferais bien d'y aller. Cannon doit se demander où je suis passée, dis-je.

Rush ne s'écarte pas de la porte.

– Le raisonnement de Cannon est-il juste ?

– Lequel ?

– Si tu étais mon agent, m'inciterais-tu à renoncer à la Premier League pour rester ici ?

– Mais je ne suis pas ton agent, dis-je en m'imposant de garder mon opinion pour moi.

– Essaie quand même.

– Rush, je grogne en vérifiant l'heure sur mon téléphone.

C'est clair que Cannon doit me chercher partout.

– Que me conseillerais-tu ?

Je redresse les épaules et regarde Rush, l'athlète plutôt que l'homme que j'ai encore envie d'explorer, et je réponds sans détour.

– Je te dirais que ne serait-ce que l'envisager serait de la folie pure. Tu es au sommet de ton art, à l'apogée de ta carrière, et ce serait te sous-estimer, toi, le sport et tes supporters. Je te dirais aussi que, pour commencer, tu n'aurais même pas dû venir.

– Vraiment ? Mais pourquoi ? demande-t-il comme si mon avis l'étonnait.

– Parce que ton séjour laisse penser que tu fuis. En ne restant pas pour affronter les médias et tes coéquipiers, tu donnes l'impression que tu es coupable d'avoir couché avec la femme de Seth à son insu.

La dureté de mes mots le fait tressaillir, réaction qui me surprend.

– Comme tu n'as pas cherché à nier, tout le monde y va de sa supposition. Suppositions qui sont à mon avis absurdes. Tu sais que je ne te pense pas coupable mais j'ai beau chercher, je ne comprends pas pourquoi tu ne démens pas ces allégations.

Il me regarde et, le temps d'un instant, je pense qu'il va sortir de son silence. Il y a un air dans ses yeux qui me laisse entrevoir que l'histoire est complexe, mais comme toujours, il se contente d'un petit hochement de tête.

– Finn recommande le silence, parce que les dirigeants ont prescrit une ordonnance de non-divulgation après une bagarre dans les vestiaires.

– C'est pour cela que tu gardes le silence ? (Je souffle, tant cela semble difficile à croire.) Je n'y crois pas. Depuis quand gère-t-on une carrière sur la base de présomptions ? Voilà ce qui me chiffonne dans cette histoire. Ça me travaille. Pourquoi est-ce qu'on t'a envoyé ici ? Pour sauver la face en vue de négociations qui n'ont pas l'air à l'ordre du jour ou pour rendre service, ou dans quel but ?

– Tu es la première à me dire ce genre de choses.

Oh, cet homme me tue. Comment quelqu'un d'aussi difficile, fort, aux idées arrêtées, peut-il être apaisé par quelques paroles honnêtes ? *Comment peut-il me regarder avec tant d'affection, comme s'il n'attendait que ça ? Comme s'il en avait besoin ?*

– La vraie question est : que veux-tu ? Rien que toi. Tant que tu n'auras pas répondu à cette question, le reste sonnera faux.

Et cette fois, quand je le contourne pour aller retrouver Cannon, il me laisse sortir sans piper mot.

CHAPITRE 23

RUSH

« La vraie question, Rush, est : que veux-tu, toi ? »

Je considère Finn assis en face de moi. Enfoncé dans son siège, un cigare qui brûle dans son cendrier, une pinte à moitié vide à côté de lui. Bien que vaguement éméché, cela ne l'empêche pas de prodiguer des conseils que je n'écoute qu'à moitié parce que, depuis hier soir, les mots de Lennox se répètent dans ma tête.

– Dans la Ligue, tout le monde s'accorde à dire que tu assures. Tu charmes les investisseurs, rameutes les supporters au point que la vente de billets pour la saison prochaine explose.

– Je me sens comme un imposteur.

Ses yeux remontent vers les miens. Voilà qui a assurément capté son attention.

– Comment ça, un imposteur ?

– Les gens achètent ces billets parce qu'ils pensent que je jouerai ici l'an prochain alors que je ne resterai pas. Je n'ai pas donné d'indication en ce sens, ils n'ont déduit cette conclusion que de ma simple présence ici.

– Et pourquoi est-ce un problème ?

– Ils se souviennent qu'au début, la MLS et la Galaxy de Los Angeles ont signé avec David Beckham pour qu'il joue aux États-Unis. Cannon donne la même impression aux fans, me concernant, mais ce sont des salades.

– Allons, dit-il en agitant la main avec indifférence. Tu leur vends l'idée. Ce n'est pas un gage que ce sera la réalité.

Je pense à toutes les familles qui dépensent leur argent durement gagné en places au stade. Je pense à Scottie et Daphné, au fait qu'elle lui a promis à la fin du match qu'il me reverrait. Je n'ai pas eu le cœur de nier, de l'attrister après une journée exceptionnelle, alors qu'elle m'a dit qu'elle ne l'avait jamais vu aussi insouciant, comme tout enfant devrait l'être. Alors oui, je suis le méchant qui lui laisse le soin de le décevoir le moment venu.

Plus grave encore, je sais qu'elle cherche déjà un moyen de remanier son budget – payer une facture en retard, les courses, que sais-je – pour que son fils assiste à un de mes matchs. Je suis passé par là. J'ai vu le visage soucieux de ma mère pendant qu'elle calculait, prenait à Pierre pour donner à Paul, parce qu'enfant, les jours de bonheur étaient si rares qu'elle faisait tout son possible pour me revoir heureux.

Comme moi, comme Scottie, il y a tant d'enfants dans le monde dont les parents dépenseraient l'argent qu'ils n'ont pas pour perpétuer un rêve. Pour donner à leur enfant la meilleure chance dans la vie.

– Cannon les berne, dis-je.

– Cela fait partie du jeu. Nous le jouons tous.

– Pas moi. (Je me penche, les avant-bras sur la table, et attends qu'il me regarde dans les yeux.) Quand je suis en tenue de Liverpool, je ne joue pas à un autre jeu qu'à celui qui m'oppose sur le terrain à mon adversaire.

– Tu te leurres si tu penses ça.

Il avale une gorgée de bière et tend le menton vers une table occupée par des femmes qui ne cessent de nous lancer des regards.

– Tu joues constamment. Avec le public, pour renforcer ton image. Avec les sponsors, et ce qu'ils veulent que tu vendes. Avec tes coéquipiers, et celui que tu veux qu'ils voient en toi, l'athlète motivé et agressif ou le gars qui les poignardera dans le dos en couchant avec leur femme.

Je me fige, mon verre à mi-chemin de mes lèvres, et dévisage mon agent. N'est-ce pas curieux que Lennox, que je connais depuis à peine deux semaines, s'énerve pratiquement sur moi parce qu'elle sait que je n'ai pas touché Esme mais que mon propre agent, qui me connaît depuis des années, profère ce genre d'ineptie ?

Lorsque mon premier agent a pris sa retraite il y a quatre ans, il m'a assuré que Finn était le meilleur. Il m'a promis que si je cherchais quelqu'un qui développe à la fois ma carrière et mes contrats de parrainage, Finn Sanderson était l'agent idéal.

Mais en regardant Finn, je me demande s'il a vraiment pris le temps d'essayer de me connaître autrement qu'en vue de préparer une négociation importante qui lui remplirait les poches. En vérité, je ne ressens ni amour ni confiance avec lui comme avec son prédécesseur. Je ne vois pas sa foi en moi ni même la nécessité de m'écouter. J'attends d'un agent qu'il trouve des solutions, car c'est son boulot, mais je ne vois pas mon agent se battre pour moi comme la femme que je connais depuis deux petites semaines serait disposée à le faire… et c'est un problème.

– Content de voir que tu t'intéresses à mes difficultés, dis-je avec ironie.

– Allons, tu sais que je plaisantais. (Il souffle, agacé, quand il constate que cela ne m'apaise pas.) On te paie à faire acte de présence. Tu as quelque chose à redire ?

– Oui. Je préférerais être chez moi, avec mes entraîneurs, et me préparer pour la saison prochaine. Ce n'est pas l'argent, le problème. C'est le postulat sur lequel tu m'as poussé à venir ici, loin de tout ce qui me tient à cœur.

– Je ne t'ai poussé à rien. Tu délires. Je t'ai guidé. Tu as suivi mon conseil. Fin de l'histoire.

Je lève les mains au ciel.

– Ça me paraît louche.

– Et plus de cent millions de dollars, ça te paraît louche ?

Il plante les yeux dans les miens, sourcils froncés, son doigt longeant le bord du verre.

– Parce que c'est ce qui t'attend ici. Un contrat à long terme. Des primes. Des sponsors. Ils te veulent, coûte que coûte.

Voilà enfin l'argument de vente. Sa promesse. La raison pour laquelle il se trouve à Los Angeles alors que je ne le vois jamais. À moins que Lennox n'ait raison, il est ici parce qu'il a peur que je change d'agent pour signer avec elle.

Et m'annoncer qu'il négocie un contrat à cent millions de dollars est assurément une tactique qu'emploierait un agent pour me faire marcher droit.

– Tu n'as rien à répondre ? dit-il.

– C'est beaucoup d'argent. (Je hoche la tête.) Tu tâtes le terrain ou es-tu en train de me dire quelque chose que je devrais déjà savoir ?

– Tu as dit que tu aimais le soleil de la Californie.

– Ils m'ont fait une offre ou tu me fais de la lèche ?

Je ne suis pas sûr de vouloir le savoir. C'est une fortune colossale. Égale à ce que j'ai déjà mis de côté, plus qu'une personne ne peut en dépenser au cours d'une vie. Pourtant… je regimbe devant cette idée.

Ce serait comme vendre chaque partie de moi à une cause à laquelle je ne crois pas au fond de mon cœur.

– Des chiffres sont murmurés, des commentaires échangés. De mon côté, je veux simplement que tu saches de quoi il retourne, pour que tu aies le temps de décider si c'est ce que tu veux ou non.

Non.

– C'était ce qui était prévu depuis le début, Finn ? As-tu tout manigancé avec Cannon puis attendu mon prochain faux pas pour m'orienter dans ce sens ?

– Tu es un footballeur très demandé. Avec ou sans ce merdier, l'essentiel est qu'on parle de toi. Mais, étant donné ta carrière, n'est-ce pas une raison suffisante pour que la MLS te veuille ?

Pas vraiment. La tête me tourne. Je me sens manipulé. Toute cette histoire ne serait qu'un piège ? Rory et Esme ? Le photographe ? Tout ? Était-ce une ruse pour me forcer la main ? Je ne fais absolument pas confiance à Cannon, mais j'avais tout de même confiance en Finn.

Serait-il capable de faire une chose pareille ?

Je suis paumé.

– Tu tires des conclusions hâtives, dit Finn en levant les mains. Je le vois déjà dans ta posture. Détends-toi. Rien n'était planifié. Personne n'est à l'abri d'un dérapage et il n'est pas exclu que ta bévue débouche sur une nouvelle opportunité de faire avancer ta carrière.

– Remporter la Coupe du monde pour l'Angleterre, voilà qui couronnerait ma carrière. Ou le Soulier d'Or européen. Avoir une série de championnats de Premier League à mon actif. Pas venir ici, où le football a du mal à décoller depuis une dizaine d'années.

– Ce serait un moyen de te faire un nom par toi-même dans un tout autre contexte.

– J'aime que mon nom soit attaché au Liverpool FC, merci bien. (Une pause, puis je le regarde.) C'est le seul endroit où j'ai jamais joué et je suis parfaitement heureux que ce soit le seul où je joue. Je ne suis pas encore fini.

– Rush, soupire-t-il avec agacement. Personne ne prétend le contraire.

Il n'empêche que si je jouais aux États-Unis, c'est ce que cela impliquerait.

– Ne te ferme pas la porte. C'est une formidable opportunité.

– Évidemment. Dans mon intérêt ou dans le tien ? Parce que je pense que n'importe quelle opportunité où tu empocherais dix pour cent de cent millions est sans doute dans ton meilleur intérêt.

– Tu commences à devenir vache.

Je hausse les épaules nonchalamment, parce qu'il a raison. Je suis en train de devenir sarcastique et exigeant, et je mérite le droit de l'être car c'est de ma vie dont il est question.

– Des nouvelles du club ?

C'est tout ce qui m'intéresse. Hormis Lennox et ses jambes filiformes au réveil. Parce que plus je passe de temps ici, plus l'Angleterre me manque. Le ciel gris et les rues pavées. La pelouse du terrain d'Anfield et les gars qui s'asticotent dans les vestiaires. Mon lit et le goût de mon thé plutôt que ce jus dilué à l'américaine. De vraies bières dans les pubs où on traîne avec des potes, plutôt que les bars huppés de Los Angeles où l'on va pour être vu.

– La période des transferts se clôture le mois prochain, j'ai besoin de ne pas être transféré.

– C'est toujours en discussion à la direction.

– Et tu le sais parce que tu t'entretiens directement avec eux ou tu le tiens de Millie la réceptionniste qui t'a lancé « nous vous appellerons quand nous saurons quelque chose » ?

– Pourquoi es-tu d'une humeur de chien ? Je t'ai arraché au battage médiatique et aux tragédies internes au club, et maintenant nous sommes ici.

Il montre le ciel ensoleillé, la vue sur la plage à notre gauche.

– Tu te plains vraiment de séjourner à Los Angeles ?

– Pas du tout, je me plains que mon agent essaie de me vendre de la pacotille en me faisant croire que c'est de l'or.

– Pour info, j'ai parlé avec Patrick. Plusieurs fois même. Satisfait ?

– Et ?

– Et ils se demandent comment faire pour que le capitaine de leur équipe joue avec celui qui était supposé être le futur vice-capitaine (il tend le doigt vers moi) sans que vous vous tabassiez en plein match.

– Finn, je t'ai dit que ce n'était pas moi.

– Et je t'ai répondu que le type de la photo te ressemble curieusement. À moins que tu n'aies un élément probant à apporter à l'équipe, c'est toi le méchant.

– C'est pas possible…

– Tu as fait une ânerie, une grosse, aucun manager ne souhaite qu'un enfant terrible compromette l'alchimie de l'équipe.

Encore ça.

– Tu es mon agent. N'es-tu pas censé te battre de toutes tes forces pour exaucer mon souhait parce que tu connais la vérité ?

– Je me bats.

– On ne dirait pas. Tu m'as dit que ça se tasserait.

Comme Archibald. Malgré son attitude blasée, quand il m'a demandé d'endosser la responsabilité, Archibald continue de prendre des nouvelles régulièrement pour s'assurer que je maintiens le cap. Pour me rappeler qu'il m'a traité comme son deuxième fils, m'a accueilli, éduqué, nourri, emmené en vacances en famille…

Mais il est une figure paternelle qui laisse un autre fils assombrir son avenir en se droguant et qui y remédie en exigeant d'être remboursé…

Il m'envoie des SMS pour me dire que l'intérêt médiatique retombe et s'éteint lentement.

Bien.

Génial.

Mais cela ne signifie pas que le scandale est oublié par mon club et mon équipe. Ou par Seth.

C'est la partie que j'ai sous-estimée quand j'ai accepté d'endosser cette version.

L'unique élément que je ne peux modifier.

Une rencontre fortuite. Mon repas chapardé écrasé sous les bottes du policier qui m'interpelle. L'homme qui a envoyé son fils avec le policier pour lui enseigner le sens de *la réalité et des responsabilités*... pour ensuite procurer à ce même fils une carte « libéré de prison » onze ans plus tard. Fichu compromis. *Tout cela pour qu'Archibald Matheson puisse monter sur son propre trône.* Facile, vu que ça ne lui a rien coûté.

Est-ce que ça en valait la peine ?

C'est ce qui m'a conduit à cet instant. À ce compromis.

Est-ce que ça en valait la peine ? Face à Finn, je ressasse la question de Lennox.

J'ai de nombreuses preuves pour en attester : la fortune, une place dans l'histoire du sport, la chance de pratiquer le sport que j'aime et gagner plus d'argent que je n'aurais jamais rêvé d'en gagner. Je n'aurai plus jamais à me soucier d'avoir faim ou froid ou besoin d'une douche. Je ne suis pas allé en prison ce jour-là. Je n'ai pas raté ma bourse et je n'ai pas passé le reste de ma jeunesse à grandir seul grâce à eux. Les Matheson sont devenus un foyer où j'avais toujours une assiette à table.

Et puis il y a Archibald. Un homme que j'ai probablement adulé comme un héros jusqu'à ce que je réalise que sa carrière passait avant sa famille. Qu'il grimpait les échelons au détriment de son fils, la chair de sa chair qui n'a toujours pas atteint sa maturité. D'ailleurs, soutenir ma carrière satisfaisait son besoin de se sentir important à tout prix. Mais son fils…

Rory. Mon frère. Quelqu'un que je considère souvent comme mon meilleur ami.

Et Helen. Elle m'a fait une place dans son cœur, sans remplacer ma mère bien sûr, mais comblant certainement l'énorme trou laissé par son décès.

Elle a passé tellement de temps à tenter de réparer les fautes et à compenser les défauts d'Archibald. Elle s'est battue si âprement pour que Rory réussisse – pas professionnellement mais émotionnellement – autant qu'avec moi.

Comment pourrais-je la laisser tomber maintenant ?

En dépit de leurs faiblesses, ils ne m'ont jamais tourné le dos, contrairement au reste de la population. Bien sûr, je sais qu'Archibald l'a fait pour lier son nom à ce qu'il a trouvé de plus approchant d'une étoile montante… mais elle, elle a agi par amour. Parce que ça lui tenait à cœur. Et cela m'a en partie aidé à devenir l'homme que je suis désormais.

Voilà pourquoi je ne peux pas.

Il a été le premier à me repérer.

C'est ce qui m'a conduit ici.

Elle a été la première à m'aimer.

C'est pour cela que je tiendrai bon.

Il est devenu mon frère. Je ne l'abandonnerai pas.

Mais après, ma dette sera payée. Fin de l'histoire.

– Et si tu mettais enceinte une tête couronnée ? Tout le monde serait tellement excité que ce serait vite oublié.

Il rit.

– Comique, dis-je sèchement, avant de redevenir grave. Finn, je ne veux pas quitter l'équipe. Je ne veux pas être transféré. Là-bas, c'est chez moi et je suis suffisamment bon et recherché pour que mon agent ait le droit de le dire à mon équipe. Seth est bon, mais il est en fin de carrière alors que je suis dans la fleur de l'âge. (Je bois une gorgée de ma bière de marque, et comme il ne répond pas, je continue.) Mon téléphone sonne sans arrêt. Les médias réclament des interviews, entre autres. Je commence à croire que je devrais faire une déclaration publique.

Possible que je le provoque pour qu'il lève l'interdiction de m'exprimer. Ou que je compare ses propos aux suggestions de Lennox. Je sais que je n'ai pas l'intention de m'adresser à la presse, mais peut-être que je cherche à savoir où réside sa loyauté. Sa commission ou son joueur ?

Et quand il répond, il échoue lamentablement.

– Ce ne serait pas futé d'aller à l'encontre de l'obligation au silence. Nous devrions maintenir le cap.

Maintenir le cap. La même expression qu'Archibald. Il fait signe au serveur de nous apporter une seconde tournée, que je n'ai pas envie de partager avec lui.

– En attendant, essaie d'en profiter. Le soleil, le surf, les femmes qui lécheraient tes tatouages et boiraient ton accent.

– Ouaip, dis-je, totalement déconnecté.

Je suis tenté de l'envoyer bouler, mais je suis vanné et j'ai la flemme.

– Rappelle-moi où tu loges ?

La question que j'esquive chaque fois qu'il me la pose.

Je ne pense pas que ce soit le meilleur moment pour mentionner que je cohabite avec Johnny… et Lennox. Ça passerait mal.

– Je te l'ai déjà dit, chez un ami.

– Chouette. Un conseil, Rush, dit-il en se penchant comme s'il allait me confier le grand secret de l'Univers. Savoure tout ce que cette ville a à t'offrir. On verra ensuite si tu serais malheureux ici.

CHAPITRE 24

LENNOX

– Putain, j'ai pourtant de l'endurance, râle Rush en déboulant dans le salon.

Je me suis installée au bout du canapé. Mon ordinateur sur les jambes, quelques contrats sur le coussin près de moi, une bouteille de vin à moitié vide sur la table basse.

Il me fait un clin d'œil, ajoutant ce grand sourire que j'ai tant de mal à ignorer.

– Tu le sais naturellement, mais la partie médiatique, c'est n'importe quoi.

– Mais encore ?

– À combien de rendez-vous, de points presse et de spectacles de cirque suis-je tenu d'assister avec un sourire de guignol, planté à côté de Cannon sans décrocher un mot sinon pour faire l'éloge de la MLS ? Ces gens n'aiment pas le football. Pas comme chez moi. Ils pensent que si, mais ils n'ont aucun désir d'injecter les fonds et le marketing nécessaires pour le développer aux États-Unis.

Je me tourne vers lui, debout, en pantalon décontracté, torse nu, et apprécie la distraction, alors que je commençais à loucher à force de décrypter les alinéas.

Mais maintenant que je le vois, et que mon ventre se noue comme à chaque fois, je retrouve toute ma vigilance. C'est presque comme si mon corps savait à quel point il est exquis et infligeait un électrochoc à ma tête pour qu'elle oublie.

– C'est plus ou moins dans tes attributions. (Son regard irrité me fait rire.) Pauvre chou ! Dure journée au boulot ?

Il presse ses paupières avant de se passer la main dans les cheveux.

– Ses questions n'en finiront-elles jamais ? Rush, que devient Esme ? Allez-vous être son chevalier blanc ? Hé, Rush, qui gardera l'équipe d'après vous : vous ou Seth ? La période des transferts touche à sa fin, alors à votre avis ? Un ramassis de conneries, râle-t-il en s'approchant de moi, entreprenant de rassembler les documents étalés sur le canapé.

– Attends, qu'est-ce que tu…

Avant que j'aie terminé ma phrase, il s'affale sur le canapé, la tête sur mes genoux sitôt que j'écarte mon ordinateur, ses pieds croisés sur l'accoudoir.

– Rush !

Baissant les yeux, je réalise qu'il me regarde avec un sourire interdit, ses cils épais soulignent ses yeux pâles incorrigibles.

– Je ne te dérange pas ? dis-je, faussement exaspérée, sentiment auquel j'ai renoncé le concernant.

– J'avais juste besoin d'être avec quelqu'un d'agréable qui ne me bombarde pas de questions, dit-il d'une voix endormie et, en fermant les yeux, il s'installe confortablement. Quelqu'un qui ne juge pas, ne m'interroge pas et ne se questionne pas pendant que je parade avec un sourire artificiel, prétendant que cela ne m'affecte pas, étant donné que j'incarne une Ligue entière.

C'est la première trace de frustration que je sens chez lui, et j'en suis contente. Une partie de moi se demande si elle découle de ce que je lui ai dit lors de l'événement. Quand j'ai déballé tout ce que je pensais, même si je m'étais juré de me taire. C'était plus fort que moi. Surtout après être tombée sur Finn. Et puis, quiconque n'est pas touché d'une façon ou d'une autre par l'événement qu'il a créé a besoin d'une révision émotionnelle.

Et, bien sûr, il vient de me cataloguer avec l'ensemble de son discours. Parce que pendant que nous nous évitions, toute la semaine où Finn se trouvait à L.A., je n'ai pu m'abstenir de me rappeler l'expression de Rush quand je lui ai dit que je ne pensais pas qu'il avait couché avec Esme. Ses yeux qui s'écarquillent. Ses lèvres qui s'entrouvrent de stupéfaction.

La question est, qui couvre-t-il et pourquoi ?

– Tu sais, ils sont curieux par nature. Comme tout le monde. (J'y mets les formes, et comme il ne bronche pas, je continue.) Tu n'as pas fait une seule déclaration. À personne. Cela aurait clarifié les choses pour certains.

– Je te l'ai dit, l'équipe est sous le coup d'une obligation au silence, murmure-t-il.

– Et je te l'ai dit, il y a des moyens de contourner ces ordres. Mais le fait que tu t'invites de la sorte après avoir semé la pagaille derrière toi suscite la curiosité des gens.

Et probablement leur déception. Les commentaires postés sur son compte suivi en masse sur les réseaux sociaux en attestent.

– Sujet suivant.

Sans masquer mon soupir de frustration, je scrute son visage. Ses cils qui s'abaissent sur ses pommettes, l'ombre de ses joues qu'il n'a pas rasées depuis ce matin. J'ai affreusement envie de me pencher pour embrasser ses lèvres. Le voir, le sentir me toucher provoque un tiraillement, un besoin. Qui ne faiblit pas depuis notre premier baiser.

Change de disque.

Préserve ta santé mentale.

Je passe la main dans ses cheveux.

– J'étais en train de travailler, tu sais.

– Je sais, mais tu travailles aussi avec moi. Comme, dernièrement, je dois me contenter du peu d'attention que tu m'accordes, j'ai pensé me glisser juste là, pour que tu ne puisses plus m'ignorer.

Il ouvre les yeux et me regarde franchement.

– Je ne t'ignore pas vraiment.

– Alors, pourquoi suis-je le seul à l'horizontale ?

Son sourire s'élargit, ce qui fait plaisir après avoir vu ses traits froissés par l'inquiétude un peu plus tôt.

Bien que ce soit appréciable, j'émets un soupir. C'est tout ce que je peux faire. Il remporte au moins un A pour les efforts infatigables qu'il déploie depuis une semaine.

Que ce soit quand il traîne vêtu de son pantalon du LFC qu'il porte bas sur les hanches ou s'assure d'occuper chaque recoin de la pièce où je me trouve, il fait tout pour m'avoir à l'usure.

Si j'arpente la pièce, au téléphone avec un client, il s'assoit lourdement et relève les pieds de façon à me barrer le passage comme si je n'étais pas là, et commence à naviguer sur son téléphone.

Si je suis concentrée sur l'ordinateur, à la table du salon, il allume la chaîne sportive sur n'importe quelle rencontre, et les commentaires m'exaspèrent.

Si je suis dans la cuisine, il s'assoit sur le plan de travail juste là où je cuisine, picorant les aliments que je prépare.

J'ai résisté, non sans fierté, mais plus il est dans les parages, moins je fréquente les influences extérieures qui me faisaient me sentir inadéquate, plus je suis d'accord avec lui sur le fait que ma vie privée ne regarde personne.

– Il faut que tu arrêtes de faire ça, dis-je d'une voix fâchée.

– Faire quoi ?

– Faire comme si mon temps t'appartenait.

– N'est-ce pas ton devoir de veiller à mon bien-être ? Ce qui revient à dire que ton temps m'appartient.

Son grand sourire resurgit et, quand je détourne les yeux, ils tombent sur son torse. Les tatouages sophistiqués qui recouvrent son épaule gauche et descendent jusqu'à son poignet. Une mosaïque d'images et de mots, le plus substantiel étant une sorte de compas autour duquel les autres s'ordonnent, et je les examine les uns après les autres sous son regard attentif.

– As-tu un problème avec le fait de porter un tee-shirt ? je murmure.

– Pour tout te dire, oui. C'est une honte de se couvrir quand il fait aussi beau. Tu devrais essayer un jour.

– Les femmes se sentent moins libres de se balader seins nus aux États-Unis.

– Essaie. Je ne le dirai à personne si tu ne le dis à personne.

– Amusant.

– Lennox, dis-moi quelque chose.

– Hmm ?

– Pourquoi es-tu ici ? Ce n'est pas seulement pour la MLS. Je t'ai entendue au téléphone avec tes sœurs et ton père. Ils te manquent.

Je souris doucement, submergée par un flot d'émotions et frappée qu'il ait à ce point raison.

– C'est vrai.

– Tu veux m'en parler ?

– Seulement si tu le veux.

Nos regards s'accrochent un instant, un défi tacite souligné par la tension sexuelle qui transparaît et que nous ne pouvons pas plus nier l'un que l'autre. Son cœur bat sous ma main posée sur son torse et, en cet instant, je sais que mes défenses sont quasiment nulles.

– Tu es contrariée.

– La famille peut avoir cet effet même quand ce n'est pas intentionnel.

– Que s'est-il pa…

Je pose mon index sur ses lèvres, puis me décale pour le remplacer par ma bouche. Il s'immobilise une fraction de seconde, quand nos lèvres se rencontrent, et ma langue s'aventure dans sa bouche.

Il y a de l'hésitation.

– Que faisons-nous, Nox ? murmure-t-il au bord de mes lèvres.

Une tendresse qui reste à explorer, mais qui est tellement bienvenue, en particulier quand il emploie ce surnom que je n'entends que lorsque nous sommes seuls.

– Je t'embrasse.

Ma langue darde entre ses lèvres.

– Et les règles, alors ?

J'effleure ses lèvres. Un petit gémissement, quand je les mordille doucement avant de m'écarter pour lui répondre.

– Elles existent toujours.

– Tu les transgresses.

Son regard s'assombrit à mesure que nous nous regardons, nos respirations entremêlées.

– J'apprends de toi.

Cette fois, quand je l'embrasse, je n'arrête pas. Je me délecte de l'instant. De lui. Du besoin de cette connexion avec un homme qui, je le sais, me fera me sentir bien. Un homme qui ne pourra plus me blesser.

Nous savons tous deux que c'est sans avenir.

Nous avons nos vies vers lesquelles retourner dans les semaines à venir. Malgré mes avertissements, les promesses que je me suis faites, j'agis en fonction de ce tiraillement intime – à la fois physique et émotionnel – qui me pousse à me connecter à quelqu'un alors je me sens tellement détachée de tout.

Il rompt le baiser et, quand il me scrute, je me demande ce qu'il voit. L'agente inadéquate qui essaie de s'amender auprès de sa famille ou l'agente entêtée qui tente de se faire un nom dans un monde où tout n'est que faux-semblants ? Ou la femme qui s'évertue à faire les deux, bien qu'elle brûle de vivre un bout de vie rien que pour elle, au milieu de tout le reste ?

– Tu ne m'as pas encore demandé de me représenter, murmure-t-il.

– Tu sais, j'ai autre chose en tête que savoir qui négocie tes contrats.

– Par exemple ?

– T'embrasser.

Je me penche pour taquiner ses lèvres.

– Oh, fait-il alors que j'étouffe le son avec mes lèvres.

Sa main remonte dans ma nuque et m'attire à lui, bien qu'il me laisse prendre les commandes. Mes actions engendrent ses réactions. Mon soupir n'est accentué que par son petit gémissement.

Alors, nous nous embrassons. Nos langues se rencontrent et virevoltent. Avec nos mains, nous nous explorons doucement malgré notre étrange position.

Mais il y a de l'intimité dans ce baiser, un désir assouvi. L'avidité est toujours présente entre nous, le désir charnel, mais l'urgence que nous manifestons habituellement est contenue pendant que nous nous relions de la plus simple des manières.

Mon corps se réchauffe sous sa main. Je fais le vide dans mon esprit, pour apprécier et savourer ce rare moment de tendresse de la part d'un homme qui n'est qu'action et distraction.

La meilleure partie est qu'il n'essaie même pas de prendre davantage. Il m'autorise à prendre ce que je veux, sans précipiter les choses.

Bien sûr, ce n'est pas notre première fois, mais il y a quelque chose dans cet instant, dans chaque rencontre de nos lèvres et chaque soupir de consentement, qui remplit des parcelles de mon être dont j'ignorais qu'elles me manquaient jusqu'à maintenant.

J'aime sacrément embrasser cet homme.

La porte d'entrée claque et, alors que je me redresse d'un bond, Rush reste dans la même position, grogne exagérément, son érection tendant manifestement son pantalon.

– Sérieux, Johnny ? dit-il alors que des clés cliquettent et que des pas résonnent sur le sol. Un homme ne peut donc pas câliner une femme sans être interrompu par un autre homme, qui est propriétaire de la maison dans laquelle il les héberge ?

Je m'esclaffe, recule sur le canapé si bien que la tête de Rush retombe sur le coussin. Ce faisant, je ramasse mes contrats et mes documents qui sont tombés pendant nos baisers.

– Quand j'ai accepté de vous accueillir tous les deux, je ne pensais pas devoir stériliser toute la maison parce que votre libido sème des miasmes un peu partout, dit-il en entrant dans le salon. Wouah, un match de football à la télé et une trique d'enfer dans ton pantalon. Espérons que son érection est pour toi, Lenn, pas pour le match.

Je lui adresse un doigt d'honneur, consciente que pour la première fois de ma vie, je suis embarrassée d'avoir été surprise dans cette situation. Considérant que Johnny et moi étions colocataires à l'université, nous nous sommes déjà surpris dans des situations compromettantes mais, cette fois, il y a quelque chose de différent.

Quelque chose qui me déconcerte. Et ce n'est qu'une fois mes affaires réunies, en montant l'escalier, enveloppée par les plaisanteries de Rush et de Johnny, que je réalise de quoi il retourne.

Ce que Rush m'a fait ressentir. Sur le moment, notre baiser était fabuleux, mais avec le recul, je comprends qu'il était trop tendre et trop respectueux. En temps normal, je fuis tout ce qui se rapproche de cette gamme d'émotions.

Le plaisir, l'envie et le désir charnel sont ce que je préfère. C'est là-dessous que j'enterre mon cœur. C'est ce que je jure que je veux, mais pour une raison que j'ignore, j'ai laissé Rush creuser.

Bon, heureusement que Johnny a débarqué.

Par chance pour moi, j'ai été sauvée par le gong.

CHAPITRE 25

RUSH

Le vent frais du soir frémit en remontant le canyon et dans les arbres qui entourent la maison.

Tous les soirs, la vue est inoubliable mais, aujourd'hui, elle me subjugue comme jamais. Lennox se tient debout au bord de la terrasse, les mains sur la rambarde, le visage tendu vers le ciel.

Et presque comme si elle testait ma force de volonté – déjà mise à rude épreuve par la séance câline –, elle est en bikini blanc, une chaîne aguichante autour de la taille où se reflète le clair de lune. Les cheveux mouillés, des gouttes d'eau sillonnent chaque partie de son corps.

J'admire le galbe de ses fesses, la longueur de ses jambes, la transparence du tissu moite qui laisse entrevoir sa peau… et je dois réprimer un grognement, près du sauna que je viens de quitter.

Qui est cette femme et pourquoi accapare-t-elle mes pensées ? C'est plus que son corps. Cela, en soi, est dévastateur, mais ajouté à son pragmatisme quand elle discute et négocie au téléphone, il est indéniable que le mot sexy est un euphémisme avec Lennox.

Mais partant de là, que faire ?

Je comprends son point de vue, pourquoi elle refuse et ce qui la bloque. Je dois également avoir conscience du fait que j'aimerais peut-être qu'elle soit mon agent. Quelqu'un qui croie en moi et fasse preuve de franchise, au lieu de faire comme s'il était à court d'argent.

Mes doigts picotent de la toucher. De la revendiquer. De l'avoir.

Pourtant, je ne garde pas longtemps les femmes dans ma vie. Depuis toujours. Alors, où en suis-je, puisque j'ai couché et rejeté une femme que j'aimerais engager pour qu'elle me représente ? N'est-ce pas un peu compliqué ?

– Je sais que tu es là, Rush, dit-elle de sa voix éraillée, avant de me regarder par-dessus son épaule. Tu apprécies la vue ?

– C'est une belle soirée, je murmure en émergeant de l'ombre. Les étoiles. Le panorama. Et…

– Moi, dit-elle en pivotant vers moi.

Je siffle. Elle n'a pas son pareil pour faire tomber un homme à genoux. Je l'examine attentivement. La profondeur de son regard. L'arrondi délicat de son épaule. Cette chaîne qui passe pile sous son nombril.

Et j'avais raison. Ce maillot de bain mouillé lui colle à la peau de telle façon que, même avec l'éclairage de la piscine, je discerne ses aréoles rose foncé à travers le tissu.

Pleine d'assurance, ce qui la rend encore plus séduisante, elle est la maîtresse de tout ce que je suis.

– Oui, toi, Nox, dis-je alors que, réduisant la distance, elle s'invite dans mon espace personnel.

Sans hésiter, je promène la main le long de son ventre, puis enroule la chaîne autour de mes doigts et l'entraîne doucement dans l'ombre.

– Tu es splendide.

Sa respiration a un raté, et il y a quelque chose de différent en elle. Cet après-midi, elle était tendre et… semblait vulnérable, dirons-nous, mais à présent, c'est en tout point une sirène. Ses yeux me disent la même chose que son corps, et je ne peux pas me plaindre qu'ils s'alignent enfin.

Je caresse sa joue avec le dos de mes doigts, nos regards se retenant sous le clair de lune.

– Nous esquivons ce je-ne-sais-quoi qu'il y a entre nous depuis bien trop longtemps.

– Ce je-ne-sais-quoi ? souffle-t-elle.

– Cela. (Mon pouce sillonne sa lèvre inférieure.) Nous.

Elle se tient si près. Ses lèvres. Ce corps.

– Tu veux parler de notre collaboration ?

Elle sourit, un sourcil arqué.

– Le travail n'est pas ce qui nous a réunis. Pas à la première rencontre. Pas la première fois que nous avons couché ensemble. Et sûrement pas ce baiser, tout à l'heure.

Je crois la sentir tressaillir à la mention du baiser. Intéressant. La princesse de fer a baissé la garde un peu plus tôt, m'a laissé entrevoir un autre aspect de sa personnalité, mais plus maintenant.

Je ne peux pas prétendre que cela m'ennuie.

Ce n'est pas déplaisant d'affronter sa confiance en elle, son audace.

– Tu peux développer ? dit-elle en imitant mon geste pour nous désigner.

– Tu as autant envie de moi que j'ai envie de toi.

– C'est un peu présomptueux, tu ne crois pas ? demande-t-elle, ses ongles sillonnant le centre de mon torse.

Mes muscles se contractent en réaction. Mon sexe durcit. Et quand sa main plonge, je saisis son poignet et l'immobilise.

Elle veut jouer à ça ? M'aguicher et me tenter ?

Je suis plus que disposé à la suivre.

– Nous savons tous les deux que c'est faux, dis-je dans un murmure, embrassant l'intérieur de son poignet, mon petit rire s'évanouissant dans la nuit. Tu sais aussi bien que moi que tu as toujours envie de moi, Lennox. Que quand tu me vois, m'observes, ton corps se languit, tu te trempes et tu ne peux plus penser qu'à ma saveur. À mon contact.

En me penchant, je tire doucement sur le lobe de son oreille et elle arque le dos.

– Tranquillise-toi, c'est réciproque.

Quand je m'écarte, ses yeux s'ouvrent en cillant pour rencontrer les miens.

– Comment comptes-tu y remédier ?

– Tu sais que tu es une complication ? dit-elle, mais ses yeux glissent brièvement vers mes lèvres.

– Tu as raison. Et le drame fait partie du package, mais c'est une autre histoire. Pour l'instant, il est question de plaisir. De libération. De me confier ce que tu veux et de le prendre sans que ce soit un souci.

– Vraiment ?

– Vraiment.

Un sourire remonte le coin de ma bouche.

– Hé, Rush ?

Elle se lèche la lèvre.

– Hmm ?

– Je croyais que tu étais du genre à te servir.

Punaise. Cette femme. Ce moment. Sa hardiesse.

– C'est pas faux. Mais, trésor, pour une femme qui n'a de cesse de me repousser, ce n'est que justice que j'attende ton feu vert.

Lennox s'avance, la chaleur de son haleine effleure mon oreille, et tout le sang qui ne concourt pas à mon érection afflue là.

– Oui.

Un seul mot murmuré, mais qui annonce que je perds le contrôle.

Je grogne. C'est tout ce que je peux faire, alors la tirant par le poignet, je l'entraîne dans le sauna.

L'espace n'est éclairé que par une guirlande lumineuse, qui court sous le bord des bancs qui longent chaque mur ainsi que sur l'angle de celui du plafond. Les bancs sont en bois de pruche, et la façade est un vitrage sans tain.

– Rush, que fais-tu…

– Retourne-toi face au mur, dis-je avec autorité, alors qu'elle s'apprête à pivoter vers moi.

Comme je sais qu'elle aime être aux commandes, elle sera soit agacée soit excitée que je mène la danse.

– Appuie-toi au mur.

– Et si je te disais…

– Fais ce que je te dis.

Mes mots sont un avertissement, et j'attends de voir ce qu'elle fait. Comment elle réagira.

La tête orientée de façon à soutenir mon regard, elle marche lentement vers le banc avant de poser une main sur le lambris, puis l'autre.

– Écarte les pieds.

Elle ne répond pas. Ses lèvres s'entrouvrent, je vois la chair de poule qui parcourt sa peau nue.

– Regarde devant toi, trésor. Je t'ai suffisamment laissée jouer avec moi. C'est moi qui dirige maintenant.

Elle obtempère, et c'est excitant au plus haut point. Je l'examine dans la pénombre sans trop savoir quelle partie toucher ou goûter en premier. Quelle partie j'ai envie de savourer, et celles auxquelles je devrai renoncer car j'aurai perdu la raison.

Le temps s'étire pour laisser l'anticipation s'accroître pendant que j'enlève mon short.

Chaque seconde qui s'étire, chaque minute comme une heure. Nos respirations sont les seuls sons perceptibles dans le sauna.

– Tu n'auras pas besoin de ça, je chuchote en tirant sur les liens, de part et d'autre de ses fesses.

Sa culotte tombée sur le sol, je recommence avec le haut.

Elle retient son souffle quand mon doigt longe son échine, avant que je me place derrière elle, mon corps est comme l'ombre du sien, mais qui l'effleure à peine.

En réaction, elle tente de se retourner.

– Oh non, Lennox. Les mains sur le mur. Laisse-les là.

Je sème des baisers à pleine bouche de son épaule à son oreille.

– Ça te tue, hein ? De ne pas avoir le dessus ? De ne pas avoir ton mot à dire ?

Je mordille délicatement le creux sous son oreille, mon sexe pressé entre ses fesses.

– Tst, tst, je fais, alors qu'elle tente de se frotter contre moi. Si tu la veux, fais ce que je dis.

Son grognement est un aphrodisiaque.

Mes mains parcourent son corps jusqu'à se frayer un chemin entre ses cuisses. Elle est déjà trempée, prête, comme si elle tentait de me battre à mon propre jeu pour perdre le contrôle avant même de commencer.

Mais je ne la laisserai pas faire.

Je ne peux pas.

Elle bascule la tête en arrière, un gémissement s'échappe de ses lèvres quand mon doigt tâte son humidité, puis s'introduit. Elle plaque alors son sexe dans ma main.

– Petite coquine. Tu aimes ça, n'est-ce pas ?

Un autre gémissement. Ses fesses caressent mon érection.

Tandis que je fais grimper son excitation, ses gémissements résonnent dans mes oreilles et ses muscles se crispent à chacun de mes mouvements en elle. Et quand je la sens près de chavirer, je la fais se pencher d'une pression dans sa nuque.

– Ne bouge pas, je murmure en reculant pour contempler cette sublime image d'elle penchée en avant, exposant ses fesses et son sexe, l'intérieur de ses cuisses brillant d'excitation.

Ma main pétrit mon sexe, alors que je m'agenouille et découvre enfin la saveur de Lennox Kincade. Son cri remplit le petit espace dès que ma langue longe ses lèvres, puis redescend avant de s'enfouir en elle. Avant de prendre possession de chaque centimètre de son corps. Avant de la lécher et de lui donner du plaisir avec mes doigts jusqu'à ce que ses jambes flanchent et que mon nom tombe de ses lèvres, encore et encore, jusqu'au moment où je la fais jouir.

Je la sens se contracter autour de moi. Je me perds dans la sensation de son souffle entrecoupé, en harmonie avec le mien.

Chaque partie de moi supplie que ce soit mon tour, alors je me relève.

– Encore, murmure-t-elle sitôt que je ne la touche plus, et sa main quitte le mur pour la première fois pour se tendre vers moi.

Mon petit rire se réverbère dans l'espace, le besoin dominant mes pensées et l'avidité alimentant mes actions.

– Les mains sur le mur.

– Seulement si tu me baises, dit-elle d'une voix cassée.

– Pas tout de suite.

Je ris mais grogne bien vite, alors qu'elle a un soubresaut quand je frotte mon gland à l'orée de son sexe.

Chaque partie de moi se contracte. J'essaie de lutter contre le désespoir violent de la prendre sans plus de retenue. De la pilonner. De pourchasser mon propre plaisir maintenant qu'elle a trouvé le sien.

Mes hanches vont doucement à sa rencontre. Sa chaleur humide s'empare peu à peu de mon membre, jusqu'à l'orgasme. Je vois des étoiles.

Le paradis.

L'enfer.

Mes mains cramponnent ses hanches, elle crispe ses muscles autour de moi. Une fois. Deux fois.

– Lennox, je l'avertis alors que son petit rire flotte dans l'air.

Elle a repris les commandes. Elle me domine à présent. Avec son sexe. Avec sa confiance en elle. Avec tout le bien-être qu'elle me procure.

Je bascule.

Perds le contrôle. Je la martèle au rythme d'un châtiment stimulé par ses mots. *Oh mon Dieu.* Plus fort. *Oui.* Juste là. *Plus vite.* N'arrête pas. *Je jouis encore.* Rush. *Rush.*

Et quand elle se resserre autour de moi, cette fois, je perds la bataille mais remporte la guerre. Je me déverse en elle, mes hanches agitées, ma vision obscurcie, son nom comme un gémissement d'extase sur mes lèvres.

Je noue mes mains autour de sa taille et la serre contre moi, ma joue posée juste au-dessus de son omoplate, pendant que nous attendons que nos cœurs se calment. Puis, nous nous allongeons sur le banc pour laisser se dissiper le brouillard qui suit l'orgasme, avant de décider de ce qui adviendra.

Du moins, c'est ce que nous devrions faire, mais je me rejoue chaque instant de ce que nous venons de partager.

– C'était… incroyable, murmure-t-elle.

– Vraiment. Je ne…

Je ne verrai plus jamais du même œil une chaîne de ventre sans penser à toi.

Sans penser à elle et à ce qui vient de se dérouler. Sans avoir envie de recommencer.

Mais les mots s'éteignent sur mes lèvres, parce que c'est trop dans l'immédiat. Trop pour y réfléchir. Trop pour se questionner.

– Nous ne pouvons pas recommencer, dit-elle le souffle court, et je m'efforce de rire. C'était une erreur.

Mais elle ne bouge pas. À la place, ses doigts trouvent les miens et les entrelacent.

– C'est bien vrai ?

– Mm-hmm.

Elle n'a plus l'énergie de former des mots.

– Était-ce catastrophique à ce point ?

– Atroce. Terrible, dit-elle avec de l'amusement dans la voix.

– Alors, on recommence quand ? je fais sur un ton léger.

– Donne-moi trente minutes pour reprendre des forces.

Cette fois, mon rire est si bruyant qu'il éclate contre les murs. Soudain, je rouvre les yeux et vois Johnny se diriger vers le sauna.

– Mince, Johnny arrive.

Je n'en ai cure d'être nu, mais il n'est pas question qu'il voie Lennox en tenue d'Ève. Elle s'empresse de ramasser son bikini pendant que j'enfile mon short et vais à sa rencontre avant qu'il n'ouvre la porte.

– Pas l'endroit où tu as envie d'aller pour l'instant, dis-je avec un sourire contrit.

– Oh non, geint-il avec une moue d'enfant sur le point de taper du pied.

Il m'observe d'un air sceptique.

– Sérieux, prenez un lit.

– Tu es juste jaloux que nous soyons deux alors que, ce soir, tu n'as que ta main.

Il émet un son inintelligible qui me fait rire.

– Ce n'est pas drôle. (Il appuie son index sur mon torse.) Vraiment pas. Je rentre.

– Excellente décision, dis-je en hochant la tête tandis que j'apprécie l'odeur de Lennox qui s'attarde sur mon visage.

– Je t'enverrai la facture de désinfection du sauna. Tu me rembourseras jusqu'au dernier centime.

– C'était de l'argent bien dépensé.

Mon rire se répercute dans la nuit, en particulier quand il me tend son majeur juste avant de disparaître dans la maison.

CHAPITRE 26

LENNOX

Comment une femme peut-elle se remettre d'un moment comme celui-ci ? Un homme dominant. Du sexe époustouflant. Le tout se terminant par un fou rire.

Pelotonnée sous ma couverture, le rire de Rush me parvient de loin, de l'endroit dans la maison où il joue au billard avec Johnny.

Je suis au lit, seule.

J'avais besoin d'espace. De prendre du recul. De temps pour me rappeler que c'est ce dont j'avais besoin.

Du sexe à en perdre la tête pour effacer les émotions troublantes que j'ai ressenties après l'avoir embrassé.

Pas Rush et le tendre baiser du début de soirée.

Juste Rush qui ordonnait que je me tienne au mur, pendant qu'il s'emparait de mes pensées autant que de mon corps. Celui qui m'a procuré la réalité physique nécessaire pour me remettre les idées en place.

Parce que je ne m'attache pas aux hommes. Nous nous éclatons, nous nous adonnons au sexe, et je passe à autre chose.

C'est pourquoi je suis allée me coucher sans un regard pour Rush. Sans l'inviter dans mon lit ni semer des indices que j'en veux encore.

Pourtant, j'en veux encore.

Juste une sortie en catimini, pour que ce soit clair que je ne suis pas le genre de fille qui a besoin qu'on l'enlace et la câline après coup. Le sexe est une chose. L'amour en est une autre.

Et je n'ai signé que pour l'une de ces deux choses.

Alors, pourquoi suis-je en train de fixer le plafond en déplorant que Rush ne réchauffe pas la place à côté de moi ?

CHAPITRE 27

RUSH

5 semaines plus tôt

La porte s'ouvre et le regard choqué de Rory rencontre le mien. Il recule immédiatement, en se cachant derrière la porte au cas où des paparazzis m'auraient suivi.

– T'es barjot ? demande-t-il en me tirant quasiment à l'intérieur et en claquant la porte dans mon dos.

Je fais quelques pas et me retourne vers lui.

– Je pourrais te renvoyer la question.

La tension s'épaissit autour de nous, alors qu'il se demande sûrement quoi faire pour arranger les choses.

Rien.

Il n'y a rien qu'il puisse dire après avoir semé le chaos… ou compliqué ma vie de la sorte. Je pense aux ruses que j'ai déployées pour appâter les journalistes loin de ma maison.

J'ai envie de le démolir.

Je veux la vérité.

Je veux haïr le rappel de ma dette, un coup compliqué que je n'étais pas préparé à encaisser. Furieux. Je vois rouge.

– Rush. (Un haussement d'épaules. Un soupir.) Je ne sais même pas quoi…

– Est-ce que tu l'aimes ?

Le seul point à éclaircir. La seule chose qui compte.

– Ah, Rush McKenzie, qui aurait pu dire que tu étais un romantique ?

– Épargne-moi tes blagues nulles, Ror. Tu n'es pas drôle. Tu joues avec ma vie. Je me moque que toi ou ton père pensiez que ma carrière résistera aux conséquences, c'est du vent. Et si tu te figures que tu pourras parader à la façon du prince charmant pendant que je…

– C'est l'amour de ma vie, mec.

Rory me regarde avec ses grands yeux. Sa posture, son expression, tout en lui montre à quel point il est désolé.

– Elle m'a redonné goût à la vie. Elle…

– Comment ça, elle t'a redonné goût à la vie ? (Incrédule, je ris.) Tu as tout. (J'indique la demeure imposante dans laquelle nous sommes.) Une carrière de footballeur…

– À peine.

– Une famille qui t'aime…

– Le devoir et l'amour sont deux choses différentes, dit-il. Je t'assure que le fils parfait est un leurre, je peux également en attester.

– Rory, je soupire. Je suis complètement largué. J'encaisse les retombées pour toi, alors ne m'en veux pas d'avoir besoin d'éclaircissement.

– Tu ne comprends donc pas ?

Avec un grognement frustré, il fait les cent pas jusqu'à la pièce adjacente. Je le suis.

– Mon père. Je vis constamment avec le poids de sa grande question : pourquoi n'es-tu pas comme Rush ? Je ne suis jamais à la hauteur de ses attentes.

– C'est absurde.

Un petit verre serait le bienvenu.

Je sens un martèlement sourd derrière mes yeux, et je ne pense pas qu'il s'évaporera de sitôt.

– Quel est le rapport avec Esme ? Que vient faire la femme de Seth dans tout ça…

– Quand je dis qu'elle m'a redonné goût à la vie, ce ne sont pas des paroles en l'air, s'écrie-t-il.

– Tu es mon plus vieil ami. Faire ça…

Et c'est alors que je percute. C'est maintenant que j'entends réellement ses mots.

– Rory ?

Ma voix flanche quand je saisis la portée de ses propos. En le regardant, je me demande comment j'ai pu ignorer qu'il se liquéfiait au point de songer à s'ôter la vie.

– Tu peux être plus clair ?

– Comment un gars de ta trempe pourrait comprendre ? dit-il en se massant les tempes.

– Je ne suis pas d'humeur à ce que tu me balades, d'accord ? Ne glisse pas des sous-entendus dans la conversation si tu ne le penses pas.

Le visage tout près du sien, j'examine ce garçon qui a été pour moi ce qui ressemble le plus à un frère, et je sais que c'est la vérité. Je sais…

– Pourquoi ?

Il hausse les épaules, la honte assombrit son visage.

– Tu ne sais pas ce que c'est d'être comme moi.

Sa voix est à peine un chuchotement, et je l'attrape par la nuque pour le forcer à affronter mon regard.

– Peu m'importe ce qui se passe à l'extérieur, dis-je. Je suis et serai toujours là pour toi, frangin.

Je ne bouge pas, je ne peux pas. Je ne pense qu'à une chose : *et si ?* La seule question que je dois me poser, c'est comment il a pu se croire seul une seule seconde.

Parce que lorsque j'affirme qu'il est comme un frère pour moi, je le pense. Il aurait pu me dénigrer quantité de fois, quand nous étions jeunes. Quand je préparais l'entrée à l'académie, il aurait pu révéler aux autres que je ne ramassais pas leurs déchets pour rendre service, mais que je gardais ce qui restait de leurs barres protéinées dans l'emballage pour avoir quelque chose à grignoter au dîner. Il aurait pu révéler que j'étais celui qui s'était « malencontreusement » trompé de blouson après l'entraînement et l'avait emmené chez moi pour me procurer un peu de chaleur dans l'abri gelé, même si je l'avais rapporté le lendemain en m'excusant pour le malentendu. Il m'avait surpris dans les deux situations et n'avait pas cafté.

Il aurait pu enrager, s'opposer à ce que ses parents m'incluent dans leur vie, car pour quelle raison m'acceptait-il ?

Mais bizarrement, il m'a laissé faire partie de sa famille.

Nous nous racontions tout et n'importe quoi.

Nous parlions des filles, souvent.

Football, par-dessus tout.

Alors, comment en est-il arrivé là ?

Et, plus important que tout, comment est-ce arrivé à mon insu ?

– Je suis toujours là pour toi, dis-je de nouveau.

– Je sais, dit-il d'une voix rauque.

Je l'attrape et l'étreins. Mon esprit mouline. Comment ai-je pu être centré sur ma propre vie au point de ne pas remarquer qu'il s'effondrait ? Comment ai-je pu ne pas le voir sur le terrain ou dans les vestiaires ? Bien sûr, je savais qu'il consommait de la drogue de temps à autre, parce qu'Archibald m'avait confié qu'il le savait. Mais pas ça. Pas le suicide.

Je m'écarte d'un pas et me racle la gorge pour contrôler mes émotions.

– Aide-moi à comprendre. J'ai besoin de comprendre.

– Je ne peux pas. Je ne peux pas te faire vivre ma vie ni penser avec ma tête. Je ne peux pas expliquer pourquoi, jour après jour, j'avais de plus en plus de mal à me lever, à m'habiller et à prétendre que tout allait bien alors que je m'éteignais à petit feu. Tout ce que je peux faire, c'est te dire que ça s'est joué à un jour ou deux près quand Esme est entrée dans ma vie. J'avais tout planifié, même rédigé mes lettres.

Me passant la main sur le visage, je vais me servir un verre dans la cuisine. J'ai besoin de quelque chose qui m'aide à digérer la nouvelle.

– Comment est-ce arrivé ? dis-je.

Je grimace en sentant le whisky me brûler la gorge.

– C'est arrivé à la fin d'un entraînement, il y a cinq mois environ. J'étais assis dans ma voiture après avoir appris que le club songeait à me mettre sur la touche en raison de mes faibles performances. Imagine dans quel état j'étais. J'ai absorbé de l'Oxycodone pour faire redescendre la pression…

– Bon sang, Ror. Comment peux-tu dire des choses pareilles…

– J'ai arrêté. Je te jure. Mais j'ai vu Seth… Seth et Esme se quereller. Il faisait nuit, mais ils se tenaient dans le faisceau de mes phares. Ma voiture était garée dans l'ombre, sous un arbre. Il l'a frappée, putain. Poussée et cognée. Je les ai vus, j'étais ahuri. C'était Esme, la princesse de la pop mariée au capitaine de Liverpool. Il l'a frappée à l'estomac comme s'il faisait ça tous les jours.

Quelle ordure...

– Ror...

– Je ne plaisante pas. L'enfoiré l'a castagnée, puis il a repris sa voiture comme si de rien n'était et a attendu impatiemment qu'elle monte. Pendant qu'ils quittaient le parking, elle a jeté un œil vers moi. Des larmes aux yeux, et la honte. Tellement de honte dans ses yeux quand ils sont passés.

– Tu n'es pas sorti ? Tu n'es pas intervenu ?

– Non, je le regrette infiniment, mais les médocs commençaient à faire effet et la dernière chose dont j'avais besoin était que notre capitaine informe le club qu'il m'avait vu en consommer.

– Ensuite, que s'est-il passé ?

– Je suis tombé dans un univers parallèle. Tu te souviens de la semaine où j'ai manqué l'entraînement parce que j'étais malade ?

– Tu n'étais pas malade ?

– Non. J'étais beurré, défoncé et, un jour, j'étais complètement barré quand on a frappé à la porte vers onze heures du soir. C'était Esme. Avec un œil au beurre noir, sacrément amochée. Elle m'a dit que j'étais le seul qui savait, qu'elle m'avait aperçu sur le parking, qu'elle avait besoin d'un endroit où loger, le temps que Seth se calme un peu. C'est ainsi que tout a commencé.

– C'est pas vrai...

– Je sais que ça paraît inventé, mais c'est la vérité. Elle m'a encouragé à consulter un psy, m'a sorti du fond du trou, et j'étais là pour elle parce qu'elle ne voulait pas que les médias sachent et… nous sommes tombés amoureux. Elle m'a aidé à renverser la vapeur. Je n'ai pas été en aussi bonne forme depuis des années, j'ai les idées claires et je vois mon psy régulièrement pour apprendre des méthodes pour vivre avec la dépression. J'ai eu des jours difficiles, mais comment pourrais-je ne pas aimer ma vie actuelle ?

– Pourquoi n'en as-tu pas parlé à la police ? À ton père ? Pourquoi…

– Elle m'a supplié de ne pas le faire.

– Tu aurais au moins pu en toucher deux mots à ta mère. Helen t'aurait aidé. Tu es la prunelle de ses yeux.

– J'ai si souvent dérapé, je ne tolérais pas de lui dire que j'avais replongé. Je ne pouvais pas la briser alors qu'elle est la seule personne à avoir jamais cru en moi. Celle qui m'a si souvent tendu la main.

Entre l'afflux de larmes dans ses yeux et ses aveux, j'ai l'impression de prendre un coup de couteau dans le cœur.

– Je ne pouvais pas la décevoir alors que, ces dernières années, je ne lui ai causé que des déceptions.

– Ne dis pas de sottises. Elle t'aime.

– Oui, mais l'amour ne répare pas les blessures. Au contraire, il les rend plus cuisantes.

C'est tellement vrai.

– Et maintenant ? Que comptes-tu faire ?

Il soupire en me regardant.

– Elle ne cesse de répéter qu'elle va le quitter, mais qu'elle attend le moment opportun. Elle se blinde en organisant l'aspect légal pour qu'au moment de la séparation, elle ne soit pas lésée.

– Et si elle ne le quittait pas ? Tu le supporterais ?

– Elle le quittera. Je le sais.

Je contemple mon plus vieil ami et je sais qu'il y croit.

Je le scrute et mesure l'ampleur de la fragilité de sa convalescence. Serait-il à même d'encaisser le regard public que j'endure pour une histoire inventée, les médias qui ne loupent pas un seul de mes gestes ?

Ou retomberait-il sous le voile de la dépression et du désespoir dont il m'a délivré il y a bien longtemps ? Parce que je sais ce que c'est de toucher le fond. Je sais que l'on se sent démuni quand la vie s'effondre et qu'on perd toute raison de se lever le matin. Je sais.

CHAPITRE 28

LENNOX

– Papa affirme que tu chasses Rush McKenzie.

Je regarde le visage de ma sœur Brexton sur l'écran sans chercher à masquer ma surprise, même si les secrets n'ont jamais eu leur place dans notre famille.

– Eh bien, je me réjouis que papa raconte à tout le monde quelque chose qui n'aura peut-être pas lieu.

– Si tu te donnais la peine de compléter ou de répondre à nos mises à jour internes, tu nous l'apprendrais toi-même, rétorque-t-elle.

– Je les vois passer, mais je ne pense pas devoir répondre vu que vous savez déjà qui je m'applique à recruter. Pour toute question, adressez-vous à papa. Il ne manquera pas de vous répondre.

– Donne-nous ta version. Depuis quand n'as-tu pas assisté à nos réunions hebdomadaires ?

– Je suis en Californie, dis-je d'un ton railleur.

– Sans rire. D'où le FaceTime. De cette façon, tu peux constater que nous sommes à l'âge du numérique et que ces gros cubes sur lesquels nous bossons à longueur de temps nous permettent aussi de communiquer comme en vrai. (Elle lève les yeux au ciel.) Excuse suivante, je te prie.

– Ce n'est pas une excuse. Je suis juste débordée.

– Nous aussi.

Elle hausse les sourcils, attendant que je continue. Comme je sais qu'elle a de la suite dans les idées, il vaut mieux que je laisse couler.

– Alors, laquelle d'entre vous a grogné ou ricané quand papa a annoncé que j'avais des vues sur Rush ?

– Tu peux développer ?

– Je vous connais, je parie que cela a fait l'objet d'une discussion, de quelques sarcasmes, et que des mains se sont levées pour proposer de le recruter à ma place.

Je me rassieds à la table de la cuisine.

– Peux-tu nous le reprocher ?

Il y a de l'honnêteté dans sa voix, que j'aimerais pouvoir ignorer. Comment faire, alors que je suis aux prises avec ma propre identité ces temps-ci ? J'ai martelé que je ne coucherai pas avec Rush, pour ensuite le supplier de passer à l'acte dans le sauna.

Et maintenant, j'ai encore plus envie de lui.

Comment m'engager auprès de mes sœurs à ne pas louper le coche, alors que je ne tiens pas les promesses que je me fais à moi-même ?

C'est une sérieuse crise de légitimité que je traverse. Qui aurait pensé que coucher avec Rush soit considéré comme une chute ?

– Écoute, je ne me suis pas montrée à la hauteur par le passé. Je le sais. J'essaie de me racheter en faisant mon possible pour faire entrer un gros client dans l'agence.

– Nous ne voyons pas les choses de cette façon, conteste ma sœur. Ce n'est pas ce que nous ressentons. Est-ce à cause de Chicago ?

– C'est à cause de quantité de choses, dis-je sans donner plus de précisions.

– Parce que Chicago te pousse à en faire une montagne alors que tu ne sais pas tout.

Elle m'observe sur l'écran, et bien qu'elle n'ait que deux ans de plus que moi, son air de dire « je suis plus âgée, je dis ce que je veux » me hérisse.

Parce qu'il ne faut pas minimiser Chicago. C'est frustrant que pas une seule de mes sœurs ne voie les choses du même œil que moi. Elles ne se sont pas vues affectées à des missions faussées. J'essaie pourtant d'entendre ce que mon père a dit. Que ce n'est pas une question de talent mais de désir pour mon travail. Mais les vieilles habitudes ont la peau dure… clairement. *Quand ai-je perdu confiance en moi ? Depuis quand est-ce que je me sens jugée par ma famille ?*

N'empêche que je me trouve à Los Angeles et que je fais exactement le contraire de ce que je suis censée faire : mélanger travail et plaisir.

– Tu es une plaie, je marmonne.

– Comme d'habitude. Les grandes sœurs sont là pour ça, non ?

Cette fois, je roule des yeux.

– C'est ton genre, en fait. Comment comptes-tu résister si vous travaillez conjointement ? Alors que tu essaies de dire…

– Comment ça, c'est mon genre ? je ris, contente d'être seule à la maison.

Il suffirait qu'elle apprenne que nous dormons dans la même maison pour me démasquer.

– Il est angoissé, inabordable, séduisant et un peu rebelle. En plus de ça, il ne reste pas longtemps. Le portrait craché de l'homme de tes rêves.

– Tu divagues, je plaisante, mais elle m'examine sans se départir de son sérieux. Quoi ?

– Cite-moi le dernier type avec qui tu es sorti, dont tu savais qu'il ne partirait pas dans les mois à venir.

– De quoi tu parles ?

– Bradly. Voilà de qui il est question. Rappelle-toi cette aventure torride que tu as eue avec lui alors que tu savais qu'il serait transféré à l'autre bout du continent. Ensuite, il y a eu Hiro, qui partait jouer au base-ball au Japon. Tous tes partenaires ont une limite de durée. Tous. Tu vois ? Rush est le passe-temps idéal pour toi, étant donné qu'il s'en ira bientôt.

Suis-je prévisible à ce point ? Est-ce vraiment mon comportement qu'elle décrit ?

– Va droit au but.

– Soit. Ne couche pas avec les clients. (Elle rit.) Ni avec les clients potentiels.

– As-tu livré le même conseil à Dekker quand elle chassait Hunter ? je demande en véritable petite sœur impétueuse.

– Je t'en prie, dis-moi que tu ne cherches pas à te justifier.

Mais je n'ai pas besoin de me justifier parce que la soirée dans le sauna se rejoue sans cesse dans ma tête. Ce qu'il m'a fait ressentir. Les sensations que je veux retrouver.

– Je ne peux pas l'obliger à passer chez KSM, dis-je.

– D'accord avec toi, mais cela ne t'empêche pas de lui montrer que son agent fait mal son travail. L'incompétence évidente de Finn risque de lui coûter sa carrière. Cela pèse sûrement dans la balance.

– Incompétence ?

– C'est un sale con centré sur ses propres intérêts. Nous le savons aussi bien l'une que l'autre. (Elle boit un peu de café et me regarde.) J'ai croisé Vic, tu sais.

– À quelle occasion ? dis-je, surprise qu'elle change subitement de sujet pour mentionner Viktor Malachi, également agent.

– Au séminaire de Vegas. Il a assisté à la scène orchestrée par Finn pour t'humilier devant les gens de la profession.

Mes épaules s'affaissent, et je déteste les larmes qui emplissent mes yeux. C'est encore plus terrible que quelqu'un que j'aime sache quelle humiliation j'ai subie.

– Ce n'était pas important, dis-je.

Je me force à sourire pour prétendre que cela ne m'a pas affligée. Ni amenée à questionner mes compétences.

– Je lui ai rendu la monnaie de sa pièce. J'ai décroché le contrat à la MLS alors qu'il pensait que ce n'était que du vent.

– C'est un sans-cœur, et nous le savons tous. Sois prudente, je me méfie autant de Cannon que de Finn. (Comme je ne réponds pas, elle continue.) Rush serait un atout certain pour KSM, mais surtout, nous aimerions le recruter juste pour faire la nique à Finn.

– Contente de voir que tu as des priorités.

– Nous avons beau nous chamailler, nous veillons les uns sur les autres.

Quelque chose dans sa façon de le dire me redonne le sourire et me prouve qu'elles me manquent, quoi que je puisse en dire.

– Tu sais, il a mauvaise réputation. Super avec ses supporters, mais imbuvable avec ses agents et les joueurs de son équipe, entre autres.

– De qui parles-tu maintenant ?

– McKenzie, répond-elle.

– Rush ?

– Qui d'autre ?

– Je ne peux pas dire qu'il m'ait montré cette facette de sa personnalité, dis-je.

– Lenn, nous parlons bien du même homme ? Celui qui a couché avec la femme d'un autre. Un joueur de son équipe, en plus. Et au lieu d'affronter les conséquences, il a pris le large et s'est réfugié à L.A. pour se relaxer au soleil, sans doute en compagnie de ravissantes décérébrées.

Cette pensée m'horripile, mais j'espère que cela ne se voit pas sur mon visage.

– J'avais oublié. Ton parcours amoureux est irréprochable, n'est-ce pas ? dis-je avec une pointe d'ironie, laissant ma réplique flotter dans l'air pendant que ma sœur remue sur sa chaise.

Elle ouvre la bouche et la referme.

– Ne t'avise pas de prétendre que ce n'était pas la même chose, dis-je.

– C'était différent. Enfin… il y avait des détails que les gens ignoraient à propos de notre relation.

– Exactement, dis-je, le doigt pointé sur l'écran. Et nous ne disposons pas davantage de tous les éléments de l'histoire de Rush et Esme.

– Tout de même, son silence est assourdissant.

Nous nous fixons un moment, puis je hoche la tête.

– Hé, Brex ?

– Oui ?

– Peu importe.

Je secoue la tête, feignant l'indifférence.

– Non, dis-moi.

– C'est juste… ne t'est-il jamais arrivé de faire quelque chose pour de mauvaises raisons et de te demander après coup si elles n'étaient pas bonnes dès le départ ?

– Dois-je te demander de clarifier ou je me contente de hocher la tête, de te dire que je t'aime et que je ne supporte plus que tu vives aussi loin de moi ?

Je souris.

– Dernière option. Y'a pas photo.

– Bonne journée, Lenn. Tu me manques, et quoi que tu en penses… nous t'aimons.

– Je t'aime aussi.

– Et bonne chance.

À la fin de la connexion, je fixe l'écran noir et rembobine la conversation. Elle a raison. *Ne couche pas avec les clients.*

Et si c'est trop tard ?

Et si… ?

– Elle a raison, tu sais.

Je sursaute, manquant basculer en arrière quand j'entends la voix de Rush.

– Tu es là. Tu es rentré. Je ne t'ai pas entendu arriver.

Les mots se bousculent dans ma bouche.

– Eh oui.

Avec un immense sourire, il me regarde triturer mon stylo pendant que je me demande ce qu'il a entendu.

– Elle a raison à quel sujet ? je demande alors qu'il entre dans la cuisine, vêtu de son short de running et le torse humide de transpiration, sans avoir récupéré son souffle.

N'est-ce pas insensé que le voir suffise à relancer les tiraillements entre mes cuisses ?

– À propos de tout. (Il appuie sa hanche contre l'îlot.) Je suis impitoyable. Égoïste. Je ne suis pas un client facile à gérer.

J'incline la tête et rencontre la vérité dans ses yeux.

– Mais nan. Je pense que c'est ce que tu veux que les gens voient, et croient, parce que cela les empêche d'approcher de trop près de tout ce qui t'est cher.

Il regarde un instant par la fenêtre, et je me demande s'il va rétorquer le contraire, mais le fait qu'il s'en garde me conforte dans mon hypothèse.

Cet homme est une énigme. Dès qu'on s'approche, il détourne l'attention. En temps normal, cela ne m'ennuie pas parce que moins j'en sais, mieux je me porte.

Mais quelque chose en lui m'incite à mieux le connaître. Depuis le début, il y a quelque chose de spécial qui m'empêche de le laisser filer.

– Et comment as-tu réussi à échapper aux déploiements promotionnels du jour ? demande-t-il en roulant des yeux.

– Tu n'aimes vraiment pas les mondanités, n'est-ce pas ?

Il tord la bouche juste avant de rencontrer mon regard.

– Je suis footballeur. Ce que j'aime, c'est être sur le terrain, pas parler sport.

– Avec l'expérience, j'ai appris que l'amour du sport implique différentes choses selon les athlètes. Qu'aimes-tu dans le football ?

Je me tourne carrément face à lui. Il arbore l'ombre d'un sourire qui me dit tout ce que j'ai besoin de savoir. Il ne joue pas pour l'argent ni pour la gloire.

C'est son grand amour.

– C'est difficile à exprimer avec des mots et quand j'essaie, ça sonne ridicule.

– Essaie toujours.

Pour la première fois depuis que je connais Rush McKenzie, il rougit. C'est adorable et attirant à un point troublant. Quelque chose que je dois essayer d'oublier.

– Ça peut sembler idiot, mais c'est ce qui m'a sauvé. (Son regard tombe sur les clés qu'il retourne dans sa main.) Je n'ai pas eu une enfance facile, et le foot était tout ce qui me souriait. C'était la seule chose qui faisait que les gamins me regardaient avec admiration plutôt qu'avec pitié, ou comme si j'étais bizarre.

– Les enfants peuvent se montrer cruels. J'ai porté des lunettes et un appareil dentaire pendant quatre ans, je sais ce que ça fait de sortir du lot.

– Toi ? Moche ?

En riant, il s'assied en face de moi et attire ma chaise vers lui, mes genoux entre ses jambes écartées. L'instant paraît si naturel que mon estomac fait un bond quand son regard va de mes jambes à mes yeux.

– J'aime ce sport, parce que c'est ce que je suis. Plus tard dans ma carrière, je pourrai changer pour devenir la figure de proue que Cannon recherche, mais pas maintenant. Pour l'instant, le sport est comme une drogue pour moi, il me fait me sentir vivant, me pousse à m'améliorer sur tous les plans. Devenir un meilleur footballeur, un meilleur coéquipier, une meilleure idole pour les petits, meilleur en tout.

J'observe Rush et je sais sans l'ombre d'un doute qu'il ne tromperait jamais son capitaine avec sa femme. Ce n'est pas un homme qui ruinerait sa carrière sur un coup de tête. Ce n'est pas un homme qui aurait dû être diffamé sans avoir l'occasion de se défendre. *Ses coéquipiers, ses proches ne peuvent pas croire à ce mensonge.*

– À certains moments sur le terrain, quand la foule m'acclame, que l'anticipation rend l'air si dense, que l'adrénaline court dans mes veines, je sais que j'accomplis quelque chose d'incroyable. C'est presque comme si le moment exaltait ma façon de jouer.

– Le moment et tous les efforts que tu as injectés dans ton jeu.

Mes recherches de ces derniers jours m'ont appris que Rush est connu pour son implication infaillible. Il est le premier arrivé sur le terrain et le dernier à partir. Impressionnant pour un joueur décrit par la plupart comme un homme qui ne s'intéresse qu'à lui-même.

– Peut-être. Cela dit, il n'est pas exclu que je sois un petit veinard qui perce de temps en temps.

– Inutile de faire le modeste avec moi. J'évolue dans un monde où je veux des athlètes qui l'acceptent comme une réalité. De cette façon, ils savent qu'ils le méritent, et ne se braderont jamais.

– Et qu'advient-il des joueurs exceptionnels qui sont néanmoins des sales types ?

– J'en ai croisé un ou deux.

– Tu les représentes ou tu les exclus en raison de leurs défauts ?

Son regard devient grave, et pour la première fois, je ne sais plus s'il est toujours question de lui.

– Il ne me revient pas de les exclure, mais s'ils se comportent mal, leur vraie nature finit par se révéler aux yeux du public.

Il devient silencieux, son regard tombant sur ses pouces qui vont et viennent sur mes genoux.

– Ils finissent par se révéler sous leur vrai jour, non ?

Quand ses yeux remontent vers les miens, ils expriment une gravité qui ajoute un poids inattendu à l'instant.

– Rush ?

Son sourire est là, mais plus forcé que sincère.

– Tu n'as pas répondu à ma question, dit-il. Comment as-tu fait pour échapper aux corvées ?

– J'avais un rendez-vous.

– Avec ta sœur.

Je secoue la tête.

– Cela n'a pris que quelques minutes de ma journée. (Je soupire.) Je l'évite en ce moment.

– Pourquoi ?

– C'est une longue histoire.

– Ai-je un quelconque rapport avec cette longue histoire ?

La tête penchée sur le côté, il attend une réponse.

– Bien évidemment. Nous parlons toujours des athlètes que nous recrutons ou que nous avons repérés.

Pas l'entière vérité, mais pas un mensonge non plus.

Nos regards se retiennent, comme s'il n'était pas certain de me croire. Mais au bout d'un instant, il hoche la tête.

– Qu'avais-tu d'autre à faire qui t'a permis d'échapper à Cannon et à son clan de gestionnaires qui dictent tous nos faits et gestes ? Comment as-tu réussi à échapper à tous ces gens qui nous regardent comme des extraterrestres ?

– Peut-être qu'ils te regardent parce que tu es exceptionnellement beau et talentueux ?

– En plus !

Il me fait un clin d'œil et nous rions.

– Alors voyons. J'ai négocié un contrat pour un joueur de base-ball, œuvré pour un échange avec une star de la NBA, puis finalisé quelques contrats de sponsoring pour une gymnaste bourrée d'enthousiasme. Oh, et comment ai-je pu oublier les deux heures au téléphone, à flatter l'ego d'athlètes, à leur assurer qu'ils savent que je les aime et que leur carrière est solide, et qu'ils n'ont pas de raison de s'inquiéter.

– Grosse journée.

– On peut le dire. (Il rapproche encore un peu ma chaise.)

– Mais tu as zappé une chose.

– Laquelle ?

– Un athlète qui attend que tu t'occupes de lui, murmure-t-il, le regard assombri par le désir.

– Vraiment ? je fais, au moment où il se penche et capture mes lèvres.

– Assurément. (Un baiser.) Les obligations du contrat. Tu te rappelles ?

Un sourcil arqué, il arbore un sourire en coin.

– Mais certainement ! Laisse-moi les remplir.

Nos lèvres se rencontrent alors que nos doigts s'enlacent.

C'est dément pour moi que ce soit aussi simple de l'embrasser. Et d'être embrassée par lui.

Rush McKenzie me fait des choses auxquelles je ne suis pas habituée. Des baisers volés dans la cuisine. Il me distrait quand je travaille.

Et le plus étrange, je *veux* apprendre à mieux le connaître.

Mais est-ce seulement parce que je sais qu'il repart prochainement ?

CHAPITRE 29

LENNOX

Rush m'a porté la poisse.

Depuis que je l'ai taquiné sur les mondanités imposées par Cannon et la MLS, ces derniers jours, j'ai été traînée à chacun de leurs événements. Une séance de vivats avec un sponsor au circuit automobile de Santa Anita. Une expérience interactive avec des supporters au Banc of California Stadium où Rush a participé à des exercices avec de jeunes joueurs. Une réunion du conseil, pour discuter des avantages salariaux susceptibles de séduire les joueurs actuellement engagés dans des ligues qui ont fait leurs preuves. Et ainsi de suite.

Cela fait beaucoup d'entretiens en direct et de sourires à des inconnus pour moi qui suis habituée aux négociations et signatures de contrats en tête à tête.

Le seul bon côté de cette course épuisante ? Rush. Être avec Rush. Rire avec Rush. Attendre ces moments volés où je croise son regard d'un bout à l'autre du terrain, d'une pièce ou je ne sais d'où et voir son doux sourire.

Encore mieux ? Savoir que tout le monde dans cette pièce aimerait être la personne qui rentre avec lui et que, techniquement, c'est moi.

Et maintenant ? Trois merveilleux jours de repos. Je dois m'occuper de mes propres clients, mais je peux m'en acquitter depuis le petit coin de paradis qu'est la propriété de Johnny.

C'est pourquoi je sursaute quand Rush entre dans notre salle de bains pendant que je me brosse les dents.

– Habille-toi, dit-il avec un grand sourire espiègle.

– C'était mon plan, dis-je, la brosse dans la bouche.

– Non, je veux dire, prépare-toi. Je t'emmène quelque part.

Je le regarde dans le miroir. En short ample et tee-shirt noir uni.

– Où ça ?

– C'est la meilleure partie. Mystère…

– Pardon ?

Il quitte la salle de bains.

– Dix minutes. Tu ferais bien de te dépêcher.

Un quart d'heure après avoir entendu klaxonner dans l'allée, je franchis l'entrée, mon sac à main renfermant mon bikini sous le bras, puisque lui porte un short de surf, et m'arrête brusquement. Rush sourit, assis au volant d'une Mustang décapotable, rouge et rutilante, moteur grondant.

– Qu'est-ce que tu…

Mes mots s'éteignent et, en riant, je lève mon téléphone pour le photographier. Je ne l'ai jamais vu aussi détendu que là. Sourire radieux, regard animé, excité comme une puce.

– Tu es sûr de savoir conduire cet engin ? N'es-tu pas du mauvais côté de la route ?

– Je suis habile. Tu peux en attester.

Cet homme me remue les tripes.

– Ton vœu est exaucé. Conduire un modèle classique américain.

– Exactement, dit-il en se penchant pour ouvrir ma portière. Monte. Viens faire un tour avec moi.

– Où allons-nous ?

– Où le vent nous portera.

Nous explorons les environs. Rush emprunte la voie rapide perpétuellement encombrée menant à l'autoroute de la côte Pacifique en direction du Nord. Les embouteillages urbains cèdent le pas à la route sinueuse qui longe la côte. L'océan scintille sur notre gauche alors que nous roulons face au soleil, cheveux au vent et la main de Rush sur ma cuisse.

L'instant a un petit goût de liberté après avoir vécu confinés en quelque sorte, chez Johnny, pendant des semaines avec seulement le contrat pour la MLS, mon travail et son sport pour rythmer notre routine quotidienne.

Il y a même quelque chose de libérateur dans le fait d'être assise à côté de Rush sans pouvoir parler. Le vent qui s'engouffre autour de nous pendant que nous roulons permet de s'apprécier sans se sentir obligés de remplir les silences par des bavardages incessants.

Je ne saurais dire combien de temps s'écoule avant que nous quittions l'autoroute, en périphérie de Santa Barbara. Je jette un coup d'œil vers Rush et remarque pour la première fois qu'il vérifie le GPS au tableau de bord. Je n'avais pas réalisé qu'il avait enregistré une adresse de destination.

La rue dans laquelle nous entrons est bordée d'arbres et imprégnée de l'odeur de la mer. Nous regards se rencontrent brièvement avant qu'il contrôle le numéro des maisons de gauche, je sens qu'il prépare quelque chose.

Mais je ne dis rien.

J'attends qu'il se gare devant un portail, tape un code qui en déclenche l'ouverture, puis coupe le moteur une fois entrés.

– Vas-tu me dire ce que nous faisons ici ? dis-je alors qu'il me regarde avec son sourire espiègle.

– Un peu de tourisme.

– Tu peux préciser ? j'ajoute en riant.

– C'est chez nous pour les deux prochains jours, dit-il en sortant nonchalamment de la voiture.

Il fait le tour jusqu'à moi, qui le regarde d'un air surpris.

– Comment ça, les deux prochains jours ?

Je le regarde tandis qu'il me tient la portière.

– Tu ne veux pas que ça s'ébruite, dit-il en montrant la maison d'un geste vague. Personne ne saura. Nous disposons d'une plage privée, d'une maison isolée à l'abri des regards…

Je souris.

– Et pas de nourriture, pas de vêtements, pas de produits de toilette et tant d'autres choses…

– Le frigo est plein, ainsi que je l'ai demandé au propriétaire, et qui a besoin de vêtements ? Nous disposons d'une piscine privée, et je suis sûr de trouver des peignoirs blancs molletonnés au besoin. Les produits de toilette étaient sur ma liste de requête. N'oublie pas que je partage ta salle de bains, je connais tes goûts. Quant au reste…

– Tu es sérieux, n'est-ce pas ?

– Johnny mérite d'avoir sa maison pour lui tout seul pendant deux ou trois jours, dit-il en me prenant par les mains pour m'attirer contre lui. Et, chérie, j'ai vraiment envie de t'avoir pour moi seul pendant quelques jours. De cette façon, je n'aurai pas à me soucier qu'on nous surprenne pendant que nous ne prenons aucun plaisir à coucher ensemble.

– C'est atroce, le sexe entre nous, n'est-ce pas ?

Je savoure le tendre baiser qu'il pose sur mes lèvres.

– Un supplice. (Un baiser.) Tu jouis. Et tu jouis encore. Après, je jouis. C'est d'une monotonie…

– Contente que tu aies tout prévu.

Ce qui est un doux euphémisme. Je suis stupéfaite. Quand je pense à l'image négative qu'il a de lui-même. Égoïste. Un client ingérable. Les clients ne sont-ils pas tous difficiles à leur façon ? Normal, vu que nous gérons leur vie. Mais le reste ? Non. Il est aux antipodes de l'image que renvoie l'opinion publique.

Comme je lui ai déjà dit, c'est la façade qu'il montre aux autres. *Pourtant, il fait ce geste généreux pour moi. Préparer un séjour pour moi.* Personne ne m'a jamais fait ce genre de cadeau. Je suis sous le choc. Émerveillée.

– C'est la partie où tu me dis que je suis un type épatant, après quoi je te sers du fromage et du vin et, plus tard, un dessert avec ma langue entre tes jambes.

– Oh.

Aucune femme ne s'en plaindrait. Si ?

– Exactement. D'autres réflexions à partager sur le sujet ? demande-t-il.

– Je pense que nous devrions entrer et procéder à l'une de ces horribles séances de sexe.

– C'est à force de pratiquer que l'on se perfectionne, murmure-t-il avant que nous explorions notre nouveau logis. Ou dans notre cas, cela rend cette pratique parfaitement horrible.

CHAPITRE 30

RUSH

– Je n'en reviens toujours pas de ce que tu as fait.

Lennox me regarde depuis la terrasse. Elle ne porte rien d'autre que mon tee-shirt, dont la couleur sombre met en valeur le bronzage de ses jambes fuselées. Des jambes entre lesquelles j'ai passé une grande partie de l'après-midi, ce dont je ne me plains pas. Le vent joue avec ses cheveux, et le soleil dans son dos, elle prend un peu de vin.

Elle est splendide, et pour la première fois depuis que je suis aux États-Unis, il y a quelque chose – ou plutôt quelqu'un – que je serai triste de quitter quand je rentrerai chez moi.

– Nous méritons tous deux une pause.

– Le pauvre Johnny mérite aussi quelques jours sans nous.

– Je pense qu'il va désinfecter toute la maison durant notre absence.

En riant, je prends un biscuit salé et une tranche de fromage sur la table.

– Rien ne peut altérer ma bonne humeur aujourd'hui, murmure-t-elle et, alors qu'elle se retourne, quelques gouttes de vin sont projetées hors du verre. Oups ! Bêtise de la soirée.

Son petit rire qui traverse le patio me fait sourire car je réalise qu'elle est un peu éméchée.

– Ça arrive même aux meilleurs.

Ce qu'elle est magnifique !

Je tapote la chaise longue, à côté de moi.

– Viens t'asseoir.

Elle me regarde d'un air faussement effarouché, le sourire insouciant.

– Je pensais t'avoir épuisé.

C'est vrai qu'elle ne m'a pas ménagé.

– Nox assieds-toi avec moi. Juste pour admirer le coucher du soleil.

– Très bien, dit-elle avant de me rejoindre et de se blottir contre moi. Parfait. C'est absolument parfait.

– Je suis bien d'accord.

Je pose un baiser sur sa tête en l'étreignant.

Lennox est sexy quand elle ne travaille pas. La chipie qu'elle devient dans l'intimité est le fantasme de tout homme. Mais Lennox pompette est aussi adorable qu'amusante, ce qui me donne envie de l'embrasser sans fin.

– J'avais besoin de ça, je murmure contre le sommet de sa tête. Un endroit où aller sans que personne ne le sache, ne m'observe ou n'attende quelque chose de moi. Tu n'imagines pas comme j'en avais besoin.

À quel point j'avais besoin de toi.

Il me faut une seconde pour assimiler cette pensée, mais je la repousse le plus loin possible, parce que je n'ai besoin de rien. Ou plutôt, de personne.

J'ai eu besoin de quelqu'un par le passé.

Après sa mort, j'ai fait le vœu de ne plus m'autoriser à dépendre de quelqu'un.

Nous restons silencieux, les vagues se fracassant sur le rivage, le soleil plongeant lentement dans l'océan.

– Tu m'as offert un coucher de soleil, murmure-t-elle d'un ton presque rêveur. Personne ne m'avait offert un coucher de soleil avant toi.

– C'est absurde. Sûrement…

– Chut, fait-elle en pressant ses lèvres sur les miennes. Profitons-en.

Elle appuie sa tête sur mon torse.

Personne ne m'avait offert un coucher de soleil avant toi.

Je ne sais pas trop pourquoi cette idée me frappe, parce que Lennox Kincade mérite davantage que des couchers de soleil. Elle mérite les couchers et les levers du soleil, et tout ce qu'il y a entre les deux.

Au même instant, son téléphone émet une sonnerie précise qui la fait se renfrogner.

– Pas ça. Disparais, Dekker, ronchonne-t-elle.

– Cela ne m'ennuie pas que tu répondes.

– Moi si, dit-elle en soufflant.

Elle se dirige vers son sac à main et le rapporte sur le transat. Sans cérémonie, elle le vide intégralement sur la chaise. Ce qu'il contient me fait rire : un porte-monnaie, une trousse de maquillage, une balle de base-ball couverte d'autographes, qui vaut sûrement une certaine somme mais qui traîne là où d'autres femmes auraient jeté des élastiques pour les cheveux. D'ailleurs, il y en a quelques-uns, parmi les cartes de visite et les stylos, mais c'est quand je la vois écarter un téléphone puis en prendre un second que je m'esclaffe.

– Deux portables ? Tu es si importante que ça ?

– C'est une longue histoire, marmonne-t-elle.

Elle agite la main alors qu'il se remet à sonner. En pestant, elle enfonce le bouton latéral d'un geste dramatique qui fait aussitôt taire la sonnerie.

– Problème résolu. Interruption maîtrisée.

Elle m'adresse son plus grand sourire avant de revenir se pelotonner contre moi.

– Il y a une raison particulière pour que tu boudes ta sœur ?

Elle rit.

– Toute une liste.

– C'est-à-dire ?

Elle secoue la tête et, bien que je ne voie pas ses yeux, je jure qu'elle les lève au ciel.

– Elles sont parfaites en toutes circonstances tandis que je suis… moi.

– À savoir ? Magnifique. Intelligente. Pétillante. Franche du collier. Sexy. Marrante.

– Mais pourquoi as-tu commencé par magnifique ? demande-t-elle d'un ton sec.

Les alarmes se déclenchent dans ma tête.

– J'ignorais que c'était un crime de te complimenter. Surtout dans cette position, dis-je en montrant sa jambe ramenée sur la mienne, mon tee-shirt remonté sur sa hanche, ses yeux inquisiteurs courroucés et sa moue boudeuse. Je te garantis que ce n'était pas une insulte. Bien au contraire.

Son soupir s'étire lourdement.

– Tu m'expliques le lien entre mon compliment et le fait que tu zappes ta sœur ?

– C'est compliqué.

La tête en arrière, je ris.

– Tu t'adresses à moi, là. Tu sais, l'as des complications en personne ces temps-ci.

– Travailler en famille est compliqué.

– J'imagine. Ça doit se chamailler dur.

– Entre quatre sœurs, tu crois ? raille-t-elle.

– Tu aimes ton métier ? Il te rend heureuse ?

– Oui, répond-elle.

Cependant une lueur dans ses yeux me fait douter. Peut-être est-ce la même qui ressort dans les bribes de conversation que j'ai surprises par hasard, quand elle est au téléphone avec ses sœurs. Il y a du sarcasme dans sa voix. Presque un mélange de peine et d'irritation qu'elle étouffe dès qu'elle s'aperçoit que je le remarque.

Comme il y a deux secondes.

– Tu n'as pas l'air très convaincue.

Son sourire s'adoucit.

– Dans une équipe de cinq personnes de la même famille qui travaillent ensemble, on se marche dessus parfois. C'est difficile de faire entendre sa voix. On veut être la première à démarcher un client. Tout peut être compliqué. (Malgré son petit rire, il manque l'étincelle.) Mais oui, je suis heureuse.

Perplexe, je hoche la tête.

– J'imagine que, parfois, tu as l'impression de perdre ton identité pour ainsi dire. Tu es l'une des Kincade, pas Lennox Kincade.

– Les psys invoqueraient le syndrome de l'enfant du milieu, murmure-t-elle.

Elle repose sa tête sur mon torse, entrelaçant nos doigts.

– Je dirais plutôt que tu as l'impression de faire partie du décor chez KSM. Comme une sorte de camouflage.

– Camouflage ? rit-elle.

– D'une certaine façon. Vous faites tous partie d'un puzzle qui s'emboîte parfaitement, mais de temps à autre, tu as plus envie d'être une pièce du bord que du milieu. Tu as envie de porter la couronne et de te mettre en avant, au lieu de faire partie de la cour qui reste en retrait. (Je lui presse la main.) Tu as perdu ta couronne.

Elle rit.

– Dis comme ça, c'est ridicule. Tu le sais, non ?

– Possible, mais ça te fait réagir.

– Rush.

– C'est la même chose pour moi. J'adore jouer au football. C'est ma passion, ma vie. Ce que j'aime le plus ? Faire partie d'une équipe. Je peux me fondre dans la masse. Les soutenir. Mais, quelquefois, j'aime ne penser qu'à moi. Traverser le terrain avec le ballon sans m'occuper des autres. Recueillir toute la gloire et la mériter. Il n'y a pas plus exaltant que l'instant où le ballon entre dans le filet, en pleine lucarne, et que la foule se déchaîne.

– Tu ne te fonds jamais dans la masse. Tu te démarques dès que tu touches le ballon.

– Comme toi.

– Comment ? demanda-t-elle, incrédule. Tu es fou.

Mais quand elle me regarde, elle a les larmes aux yeux. Alors, je vois que j'ai touché la corde sensible.

– C'est humain de vouloir que la foule t'acclame. C'est humain de vouloir se démarquer, d'être égoïste. Il n'y a pas de honte à avoir. Ton travail à KSM t'appartient, mais pas complètement. Fais en sorte que ce soit le tien. Trouve ce qui te fait défaut pour être acclamée. Tant que tu n'y arriveras pas, tu ne seras jamais heureuse.

Elle me regarde et, pour la première fois depuis le début de la conversation, son sourire semble authentique.

– Qui savait que Rush McKenzie philosophait à ses heures perdues ?

– C'est beaucoup dire.

Elle pose un baiser chaste sur mes lèvres, stimulant des parties de moi normalement paisibles.

– Tu m'as donné plus que tu ne l'imagines, Professeur McKenzie. Autrefois, j'étais dans la lumière, sur scène. Sous le feu des projecteurs. Je connais. Pas sûre de vouloir renouer avec ça, dis-je dans un murmure. Bon, qu'est-ce que je disais ? Oh, je sais, rit-elle.

Elle me fait littéralement fondre.

– Tu m'as donné plusieurs orgasmes, une copieuse quantité de vin… et offert l'évasion. Et maintenant des gentillesses que j'avais besoin d'entendre.

– N'oublie pas le coucher du soleil.

– C'est vrai, dit-elle en promenant distraitement ses doigts sur mon abdomen.

Et nous restons ainsi jusqu'à ce que le soleil ait disparu et que ses couleurs cessent de barbouiller le ciel pour laisser la place aux étoiles.

CHAPITRE 31

LENNOX

L'air frais du matin monte de l'océan. C'est cette heure d'un gris délavé où la mer et le ciel semblent de la même couleur, où il est impossible de définir où l'un s'arrête et l'autre commence.

Assise dans un lit immense, le duvet rassemblé autour de ma taille, dans une luxueuse maison de plage louée par Rush, je me demande pourquoi je me sens aussi agitée. Je devrais dormir. Je devrais me lover contre lui. Mais quand je le regarde par-dessus mon épaule, que je l'examine, je sais précisément pourquoi.

C'est lui.

C'est Rush.

Le voir accélère mon pouls et fait frémir mon ventre. Cela s'est produit la première fois que je l'ai rencontré, mais là, c'est différent. C'est supposé s'estomper. D'ailleurs, après le premier rendez-vous, la sensation disparaît en temps normal. Mais avec lui, elle ne cesse de s'intensifier.

Ai-je déjà dormi avec un homme ? Bien sûr. En avais-je envie ? Pas vraiment. Je n'aime ni les câlins ni les bavardages. Je n'aime pas me sentir obligée d'aller à l'encontre de ce que je suis. D'être la fille reconnaissante qu'un type a choisie.

C'est absurde.

Ce sont eux qui devraient être reconnaissants… Pourtant, quand je regarde Rush, je me sens reconnaissante. Je sens… des choses.

Des choses que je ne sais ni ne veux gérer parce qu'elles ne sont pas censées être au programme.

Il n'empêche que quand je regarde l'océan, je ne peux m'empêcher de me sentir… détendue. Appréciée. Voulue. Entendue. C'est la plus étrange combinaison et, en même temps, tout ce dont j'ai besoin.

– Hé.

La voix endormie de Rush se fait entendre alors qu'il pose sa main dans le creux de mes reins.

– Bonjour, je murmure.

Je lui jette un regard par-dessus mon épaule. Des traces d'oreiller marquent son visage et sa repousse de barbe est plus drue qu'à l'accoutumée, mais ce sont ses yeux qui me subjuguent : ses pattes d'oie conjuguées à leur clarté accentuée par une nuit de sommeil.

– Bien dormi ?

– Comme un loir.

– Que fais-tu ? Il est très tôt.

– J'apprécie le calme. J'ai rarement l'occasion de rêvasser.

– Je le conçois.

Je reporte mon attention vers les vagues et leur fracas qui filtre par les portes-fenêtres de notre chambre à l'étage, que nous avons laissées ouvertes.

– Alors, ta voiture américaine est à la hauteur de tes fantasmes ?

– Carrément. Il n'y a rien de mieux que vibrer contre une américaine bien roulée.

– Je devrais me sentir offensée.

Je me tourne vers lui, sourcils arqués, et rencontre son sourire malicieux.

– Pas le moins du monde, chérie, dit-il avant de retomber dans le silence, son doigt explorant les fossettes dans le creux de mes reins. C'est éblouissant, tu ne trouves pas ?

Il ajuste l'oreiller sous sa tête et, ainsi adossé, il contemple la vue.

– J'ai un faible pour le lever du soleil.

Je commence à parler, puis me ravise au souvenir de la soirée. *Personne ne m'a offert un coucher de soleil avant toi.* Mince. Ai-je vraiment dit ça ? Ai-je réellement proféré un slogan digne d'une carte de vœux à l'eau de rose sous l'influence conjuguée du vin, du sexe et du chocolat ?

Je grimace et espère que Rush subissait alors la même influence, même si je sais qu'il n'en était rien. En vérité, il m'a livré un discours sur le besoin de reconnaissance et les couronnes qui a fait écho de tant de manières en moi que j'ai fait un rêve bizarre dans lequel je menais un drôle de chariot au milieu d'un stade, acclamée par la foule et brandissant ma couronne.

Oui, Rush sème le trouble dans mes pensées.

La question est, que vais-je faire à ce propos ? Que je l'admette ou non, le fait est que cela m'agrée. Contrairement à ce que je fais toujours quand un homme commence à s'accrocher, je n'ai pour l'instant pas cédé à la panique ni éprouvé le besoin de le tenir à bonne distance.

Je suis sûre que ça ne tardera pas.

Forcément.

– Johnny m'a dit que tu avais perdu ta mère. Sans vouloir paraître indiscret, quel âge avais-tu ?

Sa franchise ne devrait plus me surprendre. N'empêche qu'il m'étonne. C'est un sujet que la plupart des gens esquivent et quand je me tourne pour le regarder dans les yeux, je ne vois rien d'autre que de la sympathie et de la compassion.

– J'avais treize ans.

– Je suis vraiment désolé.

– Il ne faut pas. (Comme toujours, je minimise avec un haussement d'épaules.) C'était il y a bien longtemps.

– Longtemps ou pas, la douleur ne s'amenuise pas avec le temps. J'avais quinze ans quand j'ai perdu la mienne.

– Je n'en savais rien. Je suis désolée.

Me tournant vers lui, je lui prends la main, me sentant nulle de n'avoir pensé qu'à moi.

– Comme tu dis, il ne faut pas.

– Ma mère a succombé à une rupture d'anévrisme. Et la tienne ?

– Cancer.

Ma poitrine se serre à cette idée. La seule chose pour laquelle je me suis toujours sentie chanceuse, c'est la rapidité avec laquelle elle est partie. Nous n'avons pas enduré des mois interminables de souffrance, à attendre l'inévitable. C'était rapide, au point d'avoir du mal à le croire, même à présent qu'elle n'est plus là.

Mais je ne peux pas dire ça à Rush. Je ne peux pas être reconnaissante pour la mienne, pour ensuite lui demander combien de temps la sienne a agonisé. Je ne peux pas lui dire que n'importe quel psy s'en donnerait à cœur joie avec moi et dirait que j'ai des difficultés à m'attacher aux hommes parce qu'à la seconde où je ressens un peu plus que du désir physique, je m'enfuis pour me préserver contre le chagrin.

Tandis que mon esprit déroule ces réflexions, je m'allonge avec lui, ma tête sur son torse. Ensemble, nous tendons le regard vers l'horizon.

Les souvenirs estompés de ma mère qui emplissent mes pensées me font sourire et, à la fois, ravivent la nostalgie.

– Je m'inquiète toujours d'oublier le son de sa voix. L'odeur de son parfum. La sensation de ses bras autour de moi, son rire.

– Tu ne l'oublieras jamais. Et quand tu penseras l'avoir oublié, elle ressurgira dans tes rêves et ce sera comme la retrouver à tes côtés. De plus, tu as ton père pour t'aider à te la remémorer.

À ces mots, une larme douce-amère naît dans mon œil et je repense à ce que mon père m'a dit au téléphone, il y a deux semaines, que je ressemblais beaucoup à ma mère.

– Et toi ? Qu'est-ce qui te manque de ta mère ?

Sa main sillonne mon bras.

– Pour moi, ça fait trop longtemps pour que quelque chose me manque. Trop de choses ont éclipsé cette partie de ma vie.

Je lève les yeux vers lui. Sa mâchoire puissante et ses cils épais, mais son attention reste focalisée sur le ciel.

– Ton père ne t'a pas aidé à entretenir son souvenir ?

L'expression de Rush reste aussi circonspecte que sa voix, totalement dénuée d'expression.

– Je n'ai pas connu mon père.

– Je suis désolée. Je ne…

Ma voix s'estompe, alors que je cherche désespérément un moyen de me rattraper.

– Les deux téléphones.

– Oh, dans ton sac à main. Eh bien ? dit-il en riant.

– L'un d'eux est à ma mère. Il ne marche pas, mais je n'arrive pas à m'en séparer. Ce n'est pas comme si elle allait m'appeler ou je ne sais quoi. Il n'est même pas chargé, mais je continue de le trimballer partout. Je ne sais pas si je crois qu'il me porte bonheur, ou parce que c'est un souvenir tangible d'elle, mais pour autant que ce soit absurde, je n'arrive pas à y renoncer.

– Ce n'est pas absurde du tout. Je comprends.

– Quelquefois, je le charge, juste pour écouter ses mémos vocaux.

Je ne l'ai jamais dit à personne. Pourquoi ai-je de manière implicite autant confiance en Rush ?

Il a un petit rire sous ma main.

– Pendant très longtemps après le décès de ma mère, j'ai gardé sur moi un médaillon qu'elle m'a offert quand elle est tombée malade. Il n'a rien de spécial, excepté la boussole gravée sur la surface, dont elle certifiait qu'elle me porterait bonheur. Quand j'ai demandé pourquoi, elle m'a répondu que, où que j'aille dans la vie, elle m'aiderait à retrouver le bon chemin. C'est le premier tatouage que je me suis fait. Juste ici. (Il indique son cœur.) C'est sa boussole, pour que je ne m'égare pas.

Je me redresse et, appuyée sur un coude, retrace les lignes élaborées du motif qui orne son torse, sachant à quel point c'est important de sentir que l'on peut se raccrocher à quelque chose.

– Elle est parfaite.

– Tout comme le portable que tu gardes sur toi te correspond parfaitement. (Soudain, il s'allonge à moitié sur moi.) J'ai une idée.

– Ah oui ?

Ses yeux m'envoûtent une nouvelle fois.

– Je pense qu'une baignade matinale nous ferait du bien.

– Tu crois ?

Je ne m'attendais pas à ça.

– Le dernier dans l'eau prépare le petit déjeuner.

Rush bondit du lit, et je lui emboîte le pas.

Nos rires se répercutent dans les couloirs, pendant que nous nous poursuivons jusque dans l'escalier puis à travers la maison.

Nous ne pensons pas aux maillots de bain, aux serviettes ni à rien d'autre quand nous nous élançons sur le sable. Des traînées colorées illuminent le ciel et adoucissent l'océan sombre. Nous poussons un petit cri au moment où l'eau fraîche nous touche, mais bien vite, il m'attire entre ses bras.

La dernière idée qui me traverse avant que ses lèvres ne débranchent mes pensées, c'est que Rush m'a aussi offert un lever de soleil mémorable.

CHAPITRE 32

LENNOX

– Était-ce toujours aussi épouvantable ? s'enquiert Rush.

Il tend la main sous l'eau chaude du jacuzzi et m'attire sur ses genoux, dos à lui.

– Horrible. Une énorme erreur.

– Tu ne peux pas t'empêcher de commettre des erreurs et de faire des choses horribles au lit avec moi.

– Plus effroyable, tu meurs !

Il rit et me déplace sur ses genoux de façon à pouvoir m'embrasser.

Ces gestes sont déjà si familiers que j'ai un temps d'arrêt.

J'ai tellement l'impression que quelque chose se… que nous devenons quelque chose… je ne sais pas comment m'en arranger.

– Tout va bien ? demande-t-il, son sourire s'évanouissant soudain.

J'acquiesce de la tête. L'ironie est que, pendant que je flippe en silence, je me délecte de ce week-end à deux.

Sa façon de me préparer un café ce matin, pour que je reste avec lui pendant qu'il sirotait sa tasse de thé. Et quand nous sommes assis ensemble, sa main me trouve toujours, que ce soit ses doigts qui explorent mon dos, sa main sur ma cuisse, son index qui écarte une mèche de cheveux derrière mon oreille. Et même s'il ne connaît rien au base-ball, il essaie d'en déchiffrer les règles.

Tant de choses qui devraient m'inciter à m'éloigner. Or, je me retrouve à me lover toujours plus étroitement contre lui.

Comme maintenant. Derrière moi, il me serre dans ses bras, son menton sur ma tête.

– Parfaitement bien. Je redoute juste de rentrer à L.A. demain, je murmure en observant des lumières au large, sans doute un marin qui cherche à rentrer chez lui, auprès de sa famille, pendant que nous profitons de notre dernière soirée ici en barbotant.

– Moi aussi.

Les doigts de Rush jouent paresseusement sur ma peau nue, sous les bulles.

Ici, il y a un bien-être confortable entre nous qui va me manquer quand nous retournerons chez Johnny et nous souviendrons que nous ne sommes pas censés être ensemble. Sa question survient à point nommé

– Tu ne m'as pas proposé de passer chez KSM et de me représenter pour une raison spécifique ?

– Plusieurs, mais la principale est que je suis en repos, donc je ne parle pas boulot.

– Je peux le respecter, mais je pense aussi que nous devrons aborder le sujet.

Je prends sa main entre les miennes et tout en jouant avec ses doigts, je réfléchis à une manière de rester diplomate.

– Allons-nous ignorer que j'ai été nettement plus bavarde que toi ce week-end ?

– Je n'ai pas arrêté de parler. J'ai crié ton nom et même appelé Dieu deux ou trois fois.

À sa plaisanterie, je me retourne pour lui donner un petit coup de poing dans l'épaule.

– Ce n'est pas exactement ce que je voulais dire.

– Alors, explique-toi.

– Si je devais te représenter… (Faux départ, je cherche mes mots.) Écoute, je ne suis pas du genre à me répandre mais, avec toi, je me suis livrée plus que j'en ai l'habitude. Alors…

– Alors tu espères recevoir la monnaie de ta pièce.

– Pas nécessairement, mais je n'aime pas me sentir… exposée. Vulnérable. Je suppose que c'est le terme approprié.

Je ne parviens pas à me faire comprendre. Je cafouille méchamment.

– Comment ça se fait ? Qu'ai-je fait pour que tu te sentes vulnérable ?

– Tu recommences à réorienter la conversation vers moi.

– Que veux-tu savoir ?

– Rien en particulier. Tout. N'importe quoi.

Il rit.

– Tu n'as pas ton pareil pour me cuisiner. Je t'ai tout dit. J'ai eu une enfance difficile. Pas de père, ma mère est morte. Ensuite, à quinze ans, j'ai obtenu une bourse à l'académie et signé mon premier contrat à seize ans.

– Tout ce que j'aurais pu trouver sur Internet. (Je soupire.) Si tu as perdu ta mère, qui t'a recueilli jusqu'à l'internat ? Ta famille ?

– Personne. (Son sourire n'altère pas ses yeux.) Quand je dis que c'était difficile, je n'exagère pas. Je me suis débrouillé, j'ai fait le nécessaire jusqu'à l'admission à l'académie.

– Mais je n'en savais rien…

– Écoute, je n'ai pas besoin de ta pitié. J'ai aussi eu de la chance. La famille d'un copain qui jouait avec moi m'a ouvert sa porte. Somme toute, ça s'est bien goupillé. Ça ne mérite pas qu'on s'y attarde.

– Ce n'est pas de la pitié. Je suis juste…

– Sois plus claire : que veux-tu savoir ? demande-t-il, clairement embarrassé. Que je déteste les sushis et que je ne touche jamais à la tequila ? J'ai eu une mauvaise expérience qui m'en a dégoûté. Ou que j'aime la musique tonitruante et que, très jeune, j'ai commencé par apprendre à me servir de mes poings plus que de mes pieds ? Ou que j'aime planifier mon quotidien, ma routine, et qu'être aux États-Unis me perturbe. Que j'ai beau apprécier mon séjour, j'ai hâte de rentrer ?

Il me soulève de ses genoux et se déplace à l'opposé du spa.

– Est-ce suffisant ? Nous n'avons pas tous une histoire avec une maman, un papa et de merveilleux souvenirs qui nous ont formés. Mes souvenirs tournent autour de l'entraînement, et encore l'entraînement.

– Ou peut-être qu'étant donné que je partage ton lit, je me demande pourquoi tu n'as pas dit un mot à propos d'Esme, ou de je ne sais ce qui s'est passé pour provoquer un scandale.

En une fraction de seconde, à sa façon de raidir le dos, je vois que j'ai commis une énorme erreur. Fatalement, j'en fais trop pour me rattraper.

– C'est naturel que je pose la question. Je veux dire, j'ai quand même…

– Quand même… quoi ? T'ai-je demandé la liste des personnes qui ont occupé ton lit ? T'ai-je demandé des détails sur ta vie sexuelle et comment tu as rencontré chaque homme ?

– Rush…

– Je pensais que nous aimions bien être ensemble. Je pensais que tu savais quel genre d'homme j'étais, sinon tu n'aurais pas continué à me voir.

– Tu déformes mes propos. Tu prends tout de travers, dis-je, me débattant pour rectifier ses suppositions.

Le fait qu'il présume que j'ai besoin de savoir s'il a couché avec Esme au lieu de… de… je ne sais pas trop quelle était ma question, sinon que je voulais qu'il me confie ce qui lui est arrivé, à qui appartient cette photo. Je veux sentir qu'il a confiance en moi, autant que j'ai aveuglément placé ma confiance en lui.

Mais il poursuit avant que j'aie pu m'exprimer.

– J'aurais dû m'en douter.

Son soupir me transperce la poitrine.

– Te douter de quoi ? je fais, sur la défensive.

– C'était donc ça ? Toi. Moi. *Ça ?* demande-t-il en levant les mains.

– De quoi tu…

Puis je tombe des nues dès que je comprends ce qu'il insinue.

– Tu te figures que je couche avec toi parce que je veux des réponses ? Dans quel but, Rush ? Tu crois que je suis payée par Seth ou la LFC ou je ne sais qui pour t'arracher la vérité ? Et après ? Je vendrai ton histoire sordide aux paparazzis pour me faire du fric ?

Je sors du spa, remontée à bloc, et me tourne vers lui.

– Je suis capable de gagner ma vie. Je n'ai pas besoin de me faire de l'argent en vendant la vie privée des sportifs. Juste pour tes insinuations, va au diable !

– Ce n'est pas ce que j'ai dit.

– Ah non ? je crie. Peut-être as-tu tellement l'habitude de te faire arnaquer que tu ne sais plus reconnaître quelqu'un qui s'efforce de t'aider.

– M'aider à quoi ? demande-t-il avec un calme olympien. La dernière chose dont j'aie besoin, c'est que la personne avec qui je couche me prenne par la main. J'ai plein de gens pour gérer ça. Tu es…

Il se passe la main dans les cheveux et marmonne un juron.

– Peu importe.

– Je suis… quoi ? dis-je, la gorge nouée, en me demandant si je vais aimer ou maudire sa réponse.

– Tu es la seule personne avec laquelle j'ai l'impression de pouvoir être moi-même. La seule qui… (Son soupir est si lourd qu'il couvre le bruit du ressac.) Je fais ce que j'ai à faire. Entendu ?

– Pour qui ? Pour qui fais-tu ça, parce que c'est clair que ce n'est pas pour toi. Cesse de te cacher derrière une prétendue obligation au silence imposée par ton club et dis-moi la vérité.

– Non, répond-il d'un ton sans équivoque.

– N'as-tu pas confiance en moi ?

À en croire son regard, c'était la mauvaise question à poser.

– Je n'ai confiance en personne.

– Triste façon de vivre, dis-je spontanément.

Il tressaille imperceptiblement, avant de rétablir sa garde.

– Maintenant tu critiques ce que je suis ? fait-il dans un rire.

– Pas du tout. Je… est-ce si grave de vouloir t'aider ? Est-ce mal, alors que je te vois souffrir pour quelque chose dont je ne te pense pas responsable, et en dépit de mes efforts, je ne comprends pas pourquoi ?

– Cela ne te regarde pas.

– Compris. Donc je suis assez bien pour coucher, mais pas assez pour que tu te livres. Super. La classe.

Il se pince le nez et roule son épaule.

– Ce sont tes mots, pas les miens.

Un peu facile. Pourquoi ne lâche-t-il pas du lest ? Pourquoi ne voit-il pas que je ne suis pas qu'une jolie poupée ? Ne peut-il pas me faire confiance ? Pourquoi ne suis-je pas assez bien pour entendre sa vérité ?

J'ai besoin qu'il soit le type bien que je pense qu'il est, pas ce mec hautain et belliqueux.

– Donc tu veux que les gens croient que tu couches avec elle sans remords. C'est noté.

Je commence à m'éloigner, quand sa voix crispée par la frustration s'élève.

– J'ai eu pas mal de filles dans ma vie, Lennox. J'ai même fait des choses dont je ne suis pas fier, mais je ne coucherai jamais avec une femme mariée. Encore moins si elle est mariée avec un coéquipier.

Je me retourne vers lui et quand nos regards se rencontrent, des émotions débordantes brûlent dans ses yeux.

– Et la photo, tu peux m'expliquer ? Dis-moi comment il peut y avoir une preuve visuelle du contraire.

– Pourquoi est-ce important ?

Nous nous observons en silence, la brise refroidissant ma peau humide. Son honnêteté blesse autant qu'elle fortifie mon cœur.

– Je suis paumée. Si cette image est trompeuse, pourquoi tu ne te défends pas ? Pourquoi ne…

– Arrête, ordonne-t-il. Je t'en prie, n'insiste pas.

Sa voix adoucie me supplie presque et ma dernière pensée avant de m'éloigner sans rien ajouter est qu'une peine immense voile son regard.

J'aurais aimé qu'il ait assez confiance en moi pour m'éclairer.

Peut-être que j'aurais pu l'aider.

Ou j'aurais pu rester assise à ses côtés, lui tenir la main pour qu'il sache qu'il n'est pas seul, même s'il pense qu'il n'a besoin de personne.

Parce que j'ai envie d'être cette personne. Même s'il affirme qu'il ne fait confiance à personne, je veux qu'il ait confiance en moi. En toute franchise, je veux aussi lui faire confiance.

Parce que je commence à avoir lentement besoin de lui.

CHAPITRE 33

RUSH

Je la regarde dormir.

Elle est couchée en travers du lit. Les draps retombent juste sous ses seins, sa main est posée sur son cœur. Des ombres dessinées par la lune dansent sur son visage et ses cheveux se déploient sur l'oreiller.

Le cœur serré, j'essaie de comprendre pourquoi une boule obstrue ma gorge.

Nous avons eu une dispute, j'étais déterminé à la remettre à sa place, fin de l'histoire.

Pourtant, ce n'est pas aussi simple.

Loin de là. Elle a posé une question simple pour laquelle elle mérite une réponse. À sa place, je voudrais aussi la réponse à cette simple question.

Qu'est-ce qu'il y a entre nous, exactement ? Avant Lennox, une question de ce genre m'aurait incité à limiter les dégâts et à passer à autre chose.

Est-ce pour cela que j'ai dérapé ? Parce que j'espère qu'elle résistera jusqu'à ce qu'elle réalise qu'elle a raison ? Que je suis réellement celui qu'elle pense ?

Mais je n'ai pas rattrapé le coup, je ne lui ai pas fourni les réponses qu'elle espérait et je ne lui ai pas donné l'homme qu'elle mérite.

À la place, je me suis assis en bas, avec une bière, me sentant minable alors que chaque partie de moi criait de monter la rejoindre et lui raconter mon histoire du début à la fin. Le garçon affamé poursuivant son rêve. L'homme qui est intervenu, lui a donné sa chance à l'académie, le remboursement de la dette morale et… la nécessité d'encaisser les retombées pour le bien de Rory. *Pour l'avenir de mon frère. Parce qu'il ne m'a jamais laissé tomber.*

Je veux qu'elle sache que je protège quelqu'un, que je suis celui qu'elle pense… pas le sale égoïste que tout le monde imagine.

Alors que je la contemple, la panique me saisit.

Ne serait-ce pas plus simple de décamper, de classer cela comme du sexe phénoménal puis de prétendre que l'instant a été gâché par le déclin du désir ? Mais pendant que je regarde sa poitrine se soulever et s'abaisser, tout ce que je veux, c'est me glisser à côté d'elle dans le lit et rester.

Lennox apaise les hurlements dans ma tête. Elle calme la rébellion intérieure. Elle me fait regretter d'avoir consenti à couvrir Rory, pour qu'il n'y ait ni mensonges ni secrets entre nous.

Il y a quelque chose dans sa façon de me regarder, de me traiter. Comme si j'étais Rush McKenzie l'homme, pas le phénomène du football sur lequel tout le monde se focalise.

Mais comment peut-elle me connaître ? Comment peut-elle me comprendre aussi bien alors que nous sommes censés vivre une simple aventure pour passer le temps ?

Je m'assois sur le lit, face à elle, mes doigts écartent ses cheveux, la toucher devenant impérieux.

Juste une aventure ?

Elle remue, ses yeux s'ouvrent en cillant, et elle tourne immédiatement sa joue dans ma main, comme si c'était tout naturel. Presque avec une confiance instinctive.

Je ne sais pas trop pourquoi cela me touche, mais c'est la réalité. Cette boule dans ma gorge enfle encore un peu.

– Je suis désolée.

Nous le disons en même temps. Ses lèvres, que j'ai désespérément envie d'embrasser, esquissent un petit sourire.

– Je suis désolé, Nox.

Et je pense n'avoir jamais été aussi sincère.

– Je ne voulais pas aller aussi loin. J'ai mal formulé ma question. Tu ne me dois pas d'expli…

– Chut ! Mais si, je t'en dois. Et je… on fait certaines choses parce qu'on n'a pas le choix. Elles ne correspondent pas nécessairement à nos envies, mais ce sont les bonnes choses à faire.

– Éclaire-moi. Pourquoi… (Son soupir confus termine sa phrase pour elle.) Comment peux-tu risquer de laisser les gens croire que tu as commis ce genre de méfait ?

– Peu importe ce que les gens pensent de moi. J'ai appris depuis longtemps que les gens croient ce qu'ils veulent même si la vérité les regarde en face.

Comme toi maintenant.

– Peu importe. C'est un combat qui vaut la peine. Finn. Ton attaché de presse. Tes avocats. Les joueurs de ton équipe. Ils devraient s'époumoner, prendre ta défense, rétablir la vérité aux yeux de tous.

– J'ai renoncé depuis une éternité à espérer que quiconque se batte pour moi, je murmure en promenant mon pouce sur sa lèvre inférieure. Mais ça me va. La seule personne sur laquelle on puisse se reposer entièrement, c'est soi-même.

– Tu rémunères ces gens, objecte-t-elle avec une incrédulité manifeste. Ils ont intérêt à ruer dans les brancards.

Elle ne comprend pas et je ne sais pas trop comment l'aider à y parvenir. Je suis le gamin né du mauvais côté de la ville, qui a su saisir la chance de sa vie. Tout ce que j'ai, j'ai dû bosser dur et me battre seul pour le gagner.

Je me penche, embrasse ses lèvres, car j'ai besoin de la toucher. Besoin de cette connexion.

– Cela ne changera plus maintenant. Je contrôle la situation. Tout s'arrangera.

– Rush.

Je prolonge mon baiser pour détourner son attention parce que, que dire d'autre ? Que la seule figure paternelle que j'aie jamais eue, que je pensais dans mon camp, a trahi ma confiance ? L'homme, qui aurait dû être là pour son fils naturel, s'est révélé plus égoïste que je ne le pensais, exigeant que je le paye pour ce qu'il m'a donné ?

Je me sens trahi. Lésé. Utilisé dans le sens le plus étrange du terme.

De plus, Lennox a raison à propos de mon agent, de mon attaché de presse, mes coéquipiers. Excepté Louie. On dirait que personne n'a foi en moi.

– Tu es le rebelle, ils s'attendent à cela de toi. L'homme qui se bat dans les pubs, change de femmes comme de chemise et se contrefiche que cela se sache.

Ou peut-être que j'ouvre enfin les yeux parce que… Lennox a foi en moi.

– Tu n'es pas obligé de surmonter ça tout seul. Laisse-moi t'aider. Laisse-moi…

Un petit cri s'échappe de ses lèvres alors que mes doigts se faufilent entre ses cuisses.

– Personne ne s'est jamais battu pour moi parce qu'on pensait que j'en valais la peine. (Un autre baiser pour apaiser le doute.) J'ai cessé d'espérer que cela arrive depuis longtemps.

CHAPITRE 34

LENNOX

Le vent dans la décapotable impose le silence pendant que nous rentrons de Montecito, un peu comme à l'aller, mais avec un poids supplémentaire.

Nous nous sommes disputés.

J'ai laissé les pensées refoulées dans le fond de ma tête prendre le dessus, et sous l'effet d'une profonde décontraction, elles se sont exprimées. Peut-être que je ne voulais pas poser la question sous cette forme, mais ma curiosité n'y tenait plus.

Bien sûr, il m'a réveillée et s'est excusé, mais il y a encore tant de non-dits, muselés par son baiser et le sexe ensuite.

Mais je l'ai laissé me distraire parce que j'avais bien trop peur de ruiner ce qu'il y a entre nous. Trop peur de jeter un pavé dans la mare. Et puis, j'ai réalisé qu'il n'y avait pas de mare. Il y a juste cette petite parenthèse que nous passons ensemble. C'est parfaitement naturel de développer des sentiments pour un homme avec qui je cohabite, travaille et couche. Normal à bien des égards. Inutile de trop analyser vu que, dans un avenir relativement proche, nos chemins se sépareront et nous retournerons à nos vies.

Brexton avait raison.

Rush correspond en tout point à ma conception d'une relation. Rapide, satisfaisante et aussitôt terminée.

Mais si c'est le cas, pourquoi maintenant, alors que nous roulons à deux à l'heure dans Hollywood Hills pour regagner notre réalité temporaire, ma tête bourdonne d'une nuée de questions et de choses que j'ai envie de dire ? Pourquoi je me sens nerveuse quand Rush coupe le moteur de la Mustang au bord de la rotonde devant la maison de Johnny ?

C'est parce que je me mens.

Je me mens, et je ne sais pas comment me persuader que tous les mensonges sont vrais.

– Bon, tu as rayé un vœu de ta liste de choses à faire en Amérique, pas vrai ? dis-je nerveusement. Quels sont les autres ? Les barbecues sur les parkings après les matchs ? Apprendre à apprécier notre passion pour les glaçons ? La liste ne s'arrête sans doute pas là. Voyons voir…

Je me tords les mains sur les genoux et oriente le regard vers ma vitre, cherchant les mots justes. Puis je me tourne vers lui.

– À propos d'hier soir.

– Oublie ça.

– Non.

Je lui prends la main pour éviter qu'il descende de voiture et attends qu'il me regarde.

– J'ai besoin de le dire. J'en ai besoin… s'il te plaît ?

Rush referme sa portière et me fait face.

– Ce n'est pas grave. Je t'assure.

– Si, ça l'est, parce que tu as organisé cette formidable escapade et j'ai tout fichu en l'air.

– Tu n'as pas tout fichu en l'air. (Il pose la main sur ma joue et passe son pouce le long de ma mâchoire.) Tu es parvenue à voir qui je suis. Tout ce que je peux dire, c'est que j'espère que cela te convaincra de croire que je dis la vérité.

J'ouvre la bouche, puis m'interromps. *Dis juste le plus important.*

– J'espère que tu entendras bien ce que je vais dire. Tu te méprends. Tu peux t'appuyer sur moi et, bon sang, tu vaux largement la peine qu'on se batte pour toi.

Je déteste que ma voix flanche sur les derniers mots, mais n'est-ce pas triste de se croire seul pour affronter chacun les combats de l'existence ?

Ses yeux ne quittant pas les miens, il déglutit et se force à hocher la tête.

– Merci.

Sa voix, à peine un murmure, hurle dans ma tête.

Il sort de voiture sans un autre mot.

L'après-midi est noyé dans le travail à rattraper, et de son côté, l'échauffement. La soirée passe encore plus vite, Johnny ayant convié des amis à défier Rush au billard. L'écho de leurs rires et de leurs joutes verbales pour savoir qui remportera les sommes astronomiques mises en jeu parvient à l'étage.

J'essaie de bouquiner, mais chaque fois que je tourne une page, la voix ou le rire de Rush me ramène à notre idylle. Ce rendez-vous inouï sur le moment, parce que nous étions en tête à tête. Et maintenant ? J'ai l'impression qu'il ne s'est jamais produit.

Plusieurs fois, je pense à téléphoner à Dekker, bavarder avec ma grande sœur. Elle est la voix de la raison, elle me remettrait les idées en place. Mais cela ouvrirait la boîte de Pandore, parce qu'alors ils sauraient que le sportif que je suis censée recruter conquiert lentement mon cœur.

Jusqu'à présent, mon cœur est exclusivement accessible à ma famille.

Je suis sur le point de m'endormir quand j'entends Rush se brosser les dents dans notre salle de bains. Une partie de moi, la plus en demande, a envie de l'appeler pour qu'il dorme avec moi. La partie la plus sensée ferme la bouche et se tourne face au mur, dos à la porte.

– Hé ? Nox ? chuchote Rush sur le pas de ma porte.

Et je serais bien incapable de dire pourquoi je fais semblant de dormir. Peut-être pour tranquilliser la partie en demande. Ou pour prouver que je n'ai pas besoin de lui, après tout.

Dans l'immédiat, je redoute plus que tout que le sexe vienne brouiller les frontières entre mes émotions et les sensations physiques.

Au bruit de ses pas, je présume qu'il s'éloigne, mais surprise, je sens les couvertures se soulever et le matelas se creuser dans mon dos. Sans un mot, il se glisse derrière moi, m'enlace et m'attire contre lui.

– Bonne nuit, murmure-t-il.

– Hé, c'est mon lit, je fais semblant de protester.

Il presse ses lèvres sur mon épaule comme si c'était la chose la plus naturelle du monde.

– Tu peux prendre la salle de bains si je peux prendre ton lit.

– Les négociations reprennent ?

– Nan, l'affaire est déjà conclue.

C'est la dernière chose qu'il dit avant que son souffle ne s'apaise.

Les yeux grands ouverts, je cherche un moyen de gérer un cœur inaccessible qui réclame de se prendre au jeu. Et pourquoi cela m'arrive avec un homme assorti d'une limite de temps et dont les secrets gardent son cœur et son âme ?

Pourquoi est-ce avec quelqu'un en tout point semblable à moi ?

CHAPITRE 35

RUSH

7 semaines plus tôt

Le vestiaire est silencieux à l'exception des grognements des gars fatigués après un match de quatre-vingt-dix minutes sans compter la mi-temps. Et dans le calme extérieur, les huées de la foule ne cessent de résonner dans ma tête. Avec, sitôt que j'approchais des lignes de touche, les stupidités scandées à mon intention.

Et pour ne rien arranger, nous avons mal joué. Nous pouvons nous cacher derrière la brutalité de la rencontre, sept cartons jaunes à l'appui, ou le fait que l'arbitre n'ait pas entendu nos plaintes, mais c'est notre faute si nous avons échoué à nous imposer sur le terrain.

Tout simplement.

Ils nous ont mis une raclée, amplement méritée, vu que nous l'avons joué perso, pas comme une équipe.

Cela n'aide pas que la photo d'Esme et Rory se diffuse en à peine vingt-quatre heures sur toutes les plates-formes de réseaux sociaux disponibles.

Bravo, pour l'alchimie de l'équipe !

J'ai évité Seth autant que possible, mais maintenant ? À présent, j'ai peur que ça dégénère, car je ne suis pas prêt du tout.

J'appuie la tête contre le mur, ferme les yeux et décide d'ignorer les regards que mes coéquipiers ne cessent de me lancer.

Les regards noirs qui m'accusent de nous avoir fait perdre notre place en Ligue des champions.

– Putain, je gémis, sans m'adresser à personne en particulier.

– C'est ton truc, pas vrai, McKenzie ? gronde Seth. (Ouvrant les yeux, je le découvre devant moi.) Ça ne te pose aucun problème de te faire ma femme ?

L'atmosphère change instantanément dans la salle. Tous les gars semblent se regrouper en un clin d'œil, même Rory, qui se poste un peu en retrait de Seth, apeuré par la situation.

– Ça me vient aussi facilement que tu te sers de tes mains. Pas vrai, Seth ? dis-je en repensant à la scène de violence dont Rory a été le témoin. Heureusement que tu pratiques un sport qui fait appel à tes pieds, de cette façon tu peux réserver tes mains à ce que tu fais le mieux.

Le temps d'une respiration, le poing de Seth s'abat sur mon visage. Je fais de même, puis nous roulons sur le sol, nous rendant coup pour coup.

Au début, les gars restent sans bouger, ne sachant trop quoi faire. Puis leurs tentatives de nous séparer se soldent par une rixe, comme s'ils devaient choisir leur camp. Les vestiaires ne sont plus que des échanges de coups de poing et de coude, bourrés de frustration et de colère.

***

– Tu vas avoir un sacré coquard, dit Lloyd en m'examinant d'un air mécontent, bras croisés.

– Si tu voyais l'état dans lequel j'ai mis le gars ! j'ironise avec un petit rire qui provoque une douleur fulgurante dans les côtes, que je n'admettrai en aucun cas.

– Ça t'amuse, Rush ? Tu trouves toute cette histoire comique ? Je n'ai pas la tête à… (Il se lève d'un bond et tourne en rond pour déverser sa frustration.) Quand même, nous avons perdu le match alors qu'on nous donnait gagnants haut la main, et tu restes planté là avec ton petit sourire et tes plaisanteries absurdes comme si c'était sans rapport avec la photo parue dans ce torchon.

Je l'observe, à défaut de trouver quoi répondre. Ou quoi faire. Je ne sais même pas comment prolonger la mascarade. J'enrage trop que nous soyons éliminés de la Ligue des champions. Toute la saison, nous avons bossé comme des fous pour cet objectif et maintenant, à cause de cette fichue photo, le LFC est éjecté du championnat. Alors oui, je suis hors de moi. Mais j'ai les mains liées.

– Tu as conscience que ton contrat est en cours de négociation et qu'un transfert te pend au nez ? Garder l'étoile montante de notre club alors qu'il risque de l'anéantir parce qu'il ne sait pas contrôler ses pulsions sexuelles ? Obliger les dirigeants à chercher à faire transférer ou à prêter Seth à un autre club parce que sa carrière est sur le déclin ? Ou vous laisser vous débrouiller seuls, parce que l'équipe en a besoin pour continuer à tourner ?

J'ai un déclic. La gravité du subterfuge que j'ai autorisé, et le fait que Rory avait raison : ils l'auraient écarté sans y réfléchir à deux fois.

– Je n'ai aucun problème à jouer avec Seth. Vraiment aucun.

J'ouvre grand la bouche pour tester la douleur dans ma mâchoire, martelée par son poing.

– Je tolère mal qu'il tabasse un autre visage que le mien.

– Qu'est-ce que je dois comprendre ?

– Rien de spécial. Laisse tomber.

Ce ne sont pas mes affaires.

– Laisse tomber ? Tu compromets mon équipe. Ton équipe. Le club et ses supporters, et tu me demandes de laisser tomber ? Et si tu me disais pourquoi tu as fait ça ? braille-t-il.

Et si tu me disais pourquoi tu me crois coupable ?

J'ai envie de hurler à pleins poumons. Peut-être que je ne me tiens pas à carreau en dehors du football, que je suis imprudent et ne me soucie guère des conséquences de mes actes, mais quiconque me connaît vraiment sait que je ne nuirai jamais à mon équipe. À mon club. À ce sport que j'aime plus que tout au monde.

Devant Lloyd, l'homme pour qui je me dépasse quotidiennement, je réalise qu'il part du principe que je suis coupable, comme tout le monde, et cela m'anéantit.

– Je peux très bien jouer avec Seth sans causer d'incident, je concède, à bout de forces. Et comme toujours, je me donnerai à fond pour le club et l'emmènerai à la victoire. Si tu n'as jamais douté de moi ou de mes capacités, ne commence pas maintenant. J'ai Liverpool dans le sang. C'était le cas avant même que j'intègre le club.

Je le fixe un long moment avant de tourner les talons et de sortir sans laisser à mon manager la possibilité de répondre.

CHAPITRE 36

LENNOX

– Tu n'es pas tenue d'assister à l'événement de ce soir ? demande Johnny en se laissant tomber à côté de moi, sur le canapé, tourné de manière à allonger ses pieds sur mes genoux.

– Désolée, je ne suis pas un repose-pieds.

Dans un geste théâtral, il redresse le dos et observe ses pieds.

– On dirait bien que si. (Je lui fais un doigt d'honneur.) Dois-je avoir peur de demander ce qui se passe entre vous ?

Est-ce bizarre que je me pose la même question ? Depuis Montecito, Rush se glisse tous les soirs dans mon lit pour dormir. J'ai l'impression que quantité de choses ont encore besoin d'être explicitées.

Ça vient sûrement de moi. Je dois moins cogiter et apprécier davantage sa présence.

– Entre Rush et moi, il se passe quoi ? Nous prenons du bon temps. Beaucoup de sexe. Je ne sais pas.

Je hausse les épaules. Johnny glousse d'une manière de dire « à d'autres… ».

– Tu ne sais pas ? Cocotte, sa façon de te regarder raconte une autre histoire. Il y a plus que du sexe. Bien tenté.

– Un homme et une femme ne peuvent pas s'amuser en toute insouciance ?

– Mais bien sûr.

Je ris.

– Tu sais à qui tu t'adresses, Johnny ?

– J'avais oublié. La reine des briseuses de cœur en personne, raille-t-il.

– Tu y vas fort.

– Ton dernier mec… ou amant, vu que tu ne sors pas avec eux, n'a pas tenu plus de trois mois.

– Précisément. C'est pourquoi avec Rush, c'est idéal. (Si je continue à me le seriner, je finirai peut-être par y croire.) Nous avons accompli plus de la moitié du contrat, Rush repartira bientôt, et ce sera fini. Je n'aurais pas pu mieux le planifier.

– Lenn, tes mots sonnent creux.

Je lance un regard vers lui, complètement à court de mots devant mon plus ancien ami.

– Je ne sais pas quoi dire.

– Et si tu admettais que tu es en train de tomber amoureuse de lui ? (Il lève les mains pour prévenir toute contestation.) En quoi ce serait mal, de toute façon ? C'est un mec bien. Tu es une fille géniale. Vous avez tilté. Couché. Et maintenant, il n'est pas exclu qu'il y ait autre chose que l'aspect physique. Où est le problème ?

Je lutte contre les larmes qui me piquent les yeux. Des larmes qui surgissent parce qu'il fait écho à ce que je me répète sans parvenir à l'accepter.

– Je ne peux pas tomber amoureuse de lui.

Ma voix est presque un murmure.

– Pourquoi pas ?

– Parce que ce n'est pas moi. Je ne suis pas elle. Je ne fais pas dans les cœurs, les fleurs, les effusions et…

– L'amour ne prend pas qu'une seule forme. Ce n'est pas livré avec un moule conçu pour être reproduit. C'est un échange, mais aussi le reflet de ce que chacun a besoin que ce soit. Ma mère disait que chacun a son propre langage amoureux. Tout le monde a besoin d'être aimé et donne l'amour d'une façon spécifique. Quoi que cela signifie.

– Tu as vraiment dit que chacun avait son propre langage amoureux ? je raille.

À son tour de répondre d'un doigt d'honneur.

– Ne me cherche pas ! J'essaie de faire preuve de maturité et de te prodiguer des conseils dont tu n'as probablement ni envie ni besoin, se défend-il mais ses joues s'empourprent, et je n'ai jamais rien vu de plus adorable.

– Mâture, toi ? Tu devrais tenir un blog sur les relations amoureuses qui s'intitulerait « Cher Johnny ».

– Et tu devrais cesser de me chambrer, sinon tu seras obligée de te trouver quelqu'un d'autre pour t'héberger, plaisante-t-il.

En dépit de nos sourires, mon soupir vient de loin.

– Je ne suis pas amoureuse de lui, Johnny.

Son regard entendu et son hochement de tête me disent qu'il n'y croit pas plus que moi.

– Comment le serais-je ? Comment pourrais-je ne jamais avoir de sentiments pour personne et, tout à coup, en éprouver ? C'est aberrant.

– Soit. Très bien. Tu ne l'es pas. (Sa voix contredit sa nonchalance.) Mais je sais aussi que tu emploies le mot « aberrant » quand tu patauges.

Il hausse les sourcils.

– Ce que tu m'agaces !

– Idem, réplique-t-il avant de se radoucir. Ne le repousse pas par peur. Je ne dirai rien de plus.

– Je n'ai pas peur.

– Tu es juste une tête de mule, assène-t-il sur un ton ironique.

La tête appuyée au dossier, je regarde le plafond.

– C'est un solitaire, depuis toujours, reprend Johnny. Tout ce qui le relie au monde, c'est le football, et en ce moment, il craint de perdre ce lien.

– Il ne le perdra pas, dis-je avec une assurance forcée. Ce serait dément que Liverpool ne le garde pas.

– Rien n'est figé dans le marbre. Je ne sais pas grand-chose, mais une chose est sûre, ce scandale l'a mis à rude épreuve, même s'il ne le montre pas. (Il boit une gorgée, puis pointe son index sur moi.) Peut-être que c'est toi qui l'aideras à la surmonter.

Désarçonnée, je ris.

– Le premier soir, tu m'as pourtant prévenue que je n'étais pas ce qu'il lui fallait. Tu te rappelles que cela m'a vexée ?

– Parce que tu étais une fille en goguette à l'affût d'un mâle.

– Dégage !

Je lève les yeux au ciel puis ris, car il m'a démasquée.

– Et maintenant… je ne sais pas. Vous vous accordez à merveille. Peut-être… sait-on jamais ?

Je scrute mon vieil ami et assimile ses mots. Des paroles qui reflètent ce que je ressens, que Rush et moi sommes bien assortis. Puis je grogne de frustration.

– Il refuse d'en parler avec moi.

– Ahhh, s'écrie Johnny qui devine que je fais allusion à Esme. Est-ce la cause de ce froid entre vous ?

– Nous ne sommes pas en froid. C'est… je ne sais pas. Comment apprécier un homme qui ne me fait pas confiance ?

– La question est, as-tu confiance en lui ?

Ne suis-je pas stupide de penser instinctivement « oui » ?

Pourtant c'est vrai.

Je lui fais confiance. J'ai confiance en ce qu'il m'a dit et aux choses énigmatiques qu'il n'a pas dites.

Et je pense que c'est en partie ce qui me freine. Je ne fais pas facilement confiance, mais à Rush… si.

Je marche sur des œufs afin de ne pas trahir les confidences de Rush. Mais je sais aussi que Johnny ne supporte pas plus les imbéciles que les personnes amorales. Donc, s'il héberge Rush, c'est qu'il croit lui aussi en son innocence.

– Je crois que nous ne savons pas tout. Parfois, c'est plus simple de se dissimuler derrière sa réputation ou l'image que les autres ont de nous plutôt que répondre sincèrement.

– Je te rejoins sur ce point, dit-il curieusement. Je connais le propriétaire du premier magazine qui a publié la photo. J'ai proposé à Rush d'intercéder et… je ne sais pas. Les attaquer en justice. Acquérir les autres photos, au besoin. Quelque chose pour protéger son nom.

– Qu'a-t-il répondu ?

– De ne pas m'en mêler.

CHAPITRE 37

RUSH

Trop, c'est trop.

Le jeu du silence doit cesser. Cela me rend littéralement dingue.

Dormir toutes les nuits dans le lit d'une femme qui m'ignore au réveil, c'est de la folie pure.

Comme il y a à peine dix minutes. Elle était en train de s'entretenir avec je ne sais qui du recrutement d'individus pour des équipes, et quand je me suis approché, elle a souri et m'a impliqué dans la conversation avant de s'éclipser furtivement.

À quoi joue-t-elle ?

Le moment est mal choisi. Les discussions sont au point mort entre Finn et le club, raison pour laquelle je suis d'une humeur massacrante. Voilà qu'en prime, la seule personne vers laquelle j'aie envie de me tourner ne me parle pas vraiment.

Alors oui, il faut que ça cesse. Rapidement. Elle m'en veut, parce que je refuse de lui parler de Rory et Esme. Soit. Mais ce n'est pas pour autant que nous allons vivre ainsi tout le mois que dure encore le contrat.

– Lennox ? je demande à Maggie, une assistante qui cavale du matin ou soir.

– Je crois qu'elle est sortie prendre l'air.

Je désigne le couloir pour m'assurer de la direction.

– Merci, dis-je après avoir eu confirmation.

Je pousse les portes et suis stoppé net. Lennox est là, de dos, elle se cramponne à la balustrade, le visage levé vers le ciel. Les guirlandes lumineuses dans les arbres se reflètent dans ses cheveux et sur sa robe.

Très semblable au soir où elle m'a séduit dans le sauna.

– Tu m'évites.

Elle me lance un regard par-dessus son épaule et j'ai un choc d'un genre inédit pour moi. Elle a passé des heures dans mon champ de vision, toutefois elle m'a manqué. Elle et ce que nous étions avant de nous quereller.

– Je ne t'évite pas, murmure-t-elle avant de se retourner vers moi avec ce regard qui me dit qu'elle cogite trop. Comment peux-tu me reprocher de t'éviter alors que nous dormons toutes les nuits dans le même lit ?

Je fais un pas vers elle.

– Dormir, certes, mais pour bavarder ou rire, il n'y a plus personne.

Elle baisse les yeux, et en tendant la main, je redresse son menton pour l'obliger à affronter mon regard.

– Parle-moi. Que se passe-t-il ?

Elle se force à sourire.

– J'essaie juste d'y voir clair.

– À quel sujet ?

Elle mordille sa lèvre.

– Tout d'abord, sache que je ne suis pas une femme exigeante. Je n'ai pas besoin de certitudes, de résolutions ou qu'on flatte mon ego pour me sentir…

– Quiconque te connaît le sait.

– Que faisons-nous ? Qui sommes-nous l'un pour l'autre ?

Elle énonce les questions qui me taraudent toutes les nuits, quand je la tiens dans mes bras. Celles qui restent sans réponse.

– On dirait que tu cherches une raison de t'énerver contre moi.

Elle est tellement adorable, avec sa petite moue, elle me fait rire.

– Je suis furieuse contre toi.

– Pourquoi ?

– Parce que c'est entièrement ta faute.

– C'est vrai. (Je lève les mains.) J'en assume l'entière responsabilité. (Je me penche un peu.) Tu veux me dire ce que j'ai fait ?

– Tu m'as fait t'apprécier.

Mon rire éclate, et un sourire redresse un coin de ses lèvres. Méchamment adorable.

– Un crime odieux, dis-je avant de presser mes lèvres sur les siennes, prenant son visage entre mes mains. Monstrueux. (Elles se relâchent à mon contact, puis s'ouvrent à moi.) Sauras-tu me pardonner ?

– Rush, c'est… murmure-t-elle en appuyant son front contre le mien, nos souffles caressant nos lèvres.

Son inspiration tremblotante exprime ce que je ressens. Notre base chancelante, incertaine comme pas deux, mais il n'y a pas d'autre endroit où je souhaite me trouver.

– C'est nous. Toi. Moi. Juste nous. Et, pour info, toi aussi tu m'as fait t'apprécier.

Je m'écarte pour la regarder dans les yeux et contempler les émotions qui les submergent. Bien que je ne la connaisse pas depuis longtemps, j'ai plus partagé avec Lennox qu'avec n'importe qui. Je la considère sûrement comme une amie. *J'espère qu'elle le sait, et ne doute pas de notre connexion.*

– Faut-il absolument définir notre histoire ? Dès le départ, nous savions que je rentrerais là où j'ai ma vie et mon équipe, et que tu retournerais à ta propre vie, auprès de ta famille. Nous passons de bons moments, fabriquons des souvenirs et… (je presse un tendre baiser sur ses lèvres, qui reflète bien plus qu'un plaisir temporaire) il faut s'en contenter, dis-je, mes lèvres effleurant les siennes sans se soucier que quelqu'un nous surprenne.

– Tu as raison. Je suis désolée. J'ai été bête de…

J'écrase ma bouche sur la sienne pour la faire taire. Je ne veux pas d'excuse. Il n'y a pas de raison de s'excuser, je la veux juste elle.

Je veux rendre ce temps qu'il nous reste mémorable.

Plus tard, je me débrouillerai avec la douleur dans ma poitrine qui m'élance à la perspective de faire chemins séparés.

CHAPITRE 38

LENNOX

– Au moins, j'ai enfin trouvé un domaine où tu n'excelles pas.

Je retire mes bras de la combinaison de plongée et me laisser retomber sur le sable, sa chaleur est agréable à travers le néoprène frais.

– Rappelle-moi qui a eu l'idée de prendre des cours de surf ? répond-il en s'écroulant à côté de moi, avec un peu moins de grâce et beaucoup plus de sable sur lui.

– J'ai mal au ventre tellement je me suis gondolée de rire.

Il me jette un coup d'œil en écartant une mèche de cheveux de son front.

– Quoi que tu me réserves d'autre dans ton grand tour de l'Amérique, fais en sorte que j'inhale moins d'eau par le nez.

– Mon grand tour de l'Amérique ? je réponds en riant.

– Bah oui. Disneyland la semaine dernière. Le food truck avant ça. Tu nous as préparé tout un programme de familiarisation avec la culture américaine.

– Je pensais que le contrat m'engageait à te faire plaisir, dis-je sur un ton mielleux, tout en battant innocemment des cils.

– Je sais exactement ce qui me ferait plaisir, dit-il en tirant un peu sur la lanière de mon maillot de bain, mais je pense que la police nous arrêterait pour ça.

Je me penche et pose un baiser sur ses lèvres.

– Ne te fais pas prier.

– Lennox Kincade, gronde-t-il, et juste avant qu'il m'allonge sur lui pour concrétiser une partie de sa menace, quelque chose attire son attention derrière moi. Salut !

– Je suis vraiment désolée de vous ennuyer alors que vous êtes en repos, dit une femme aux cheveux blond vénitien en rattrapant son fils qui fixe Rush, planté devant lui, comme s'il avait vu un fantôme. Billy vous adore et…

– Tout va bien, dit Rush avant de s'adresser au garçonnet tout bouclé, aux yeux bleu lumineux.

– Billy, c'est ça ?

– Oui, bredouille-t-il.

– Dis-moi que tu es fan de Liverpool, parce qu'entre toi et moi, ils ne courent pas les rues aux États-Unis.

– Je suis fan.

– Ouf, fait Rush en lui serrant la main. Rush McKenzie, enchanté.

Ils bavardent un instant, tandis que je m'émerveille qu'il soit aussi doué pour discuter avec ses admirateurs, en particulier les enfants. Il a une aisance qui ne s'apprend pas. J'ai vu nombre d'athlètes buter sur les mots, ou mal réagir et briser l'image idyllique qu'un enfant se faisait de son héros.

Pas Rush.

Tour d'Amérique.

Le terme me revient alors que je les regarde papoter et je me demande : est-ce ce que je fais ? Suis-je en train de lui faire découvrir des lieux symboliques pour qu'il ne m'oublie pas, une fois rentré ? Suis-je en train de forger des souvenirs parce que je sais que notre temps est compté et que j'en aurai besoin pour m'y raccrocher quand j'aurai le cœur brisé ?

– Tu restes, Rush ? demande Billy, glissant un regard à sa mère avant de revenir à Rush. Tu vas jouer à la MLS pour qu'on te voie tout le temps ?

– Difficile à dire. Moi aussi, j'aimerais te voir souvent, mais j'ai des engagements à remplir à Liverpool. C'est important de tenir parole.

Les traits du visage de Billy s'affaissent, ce qui est déchirant.

– Je comprends.

– Mais j'ai un match amical la semaine prochaine, si tu veux venir me voir jouer, propose Rush.

Les yeux de Billy s'écarquillent.

D'un coup, Rush redevient son héros pendant qu'il fournit les instructions à la mère de Billy, pour s'assurer que Billy le voie avant le match. Après quoi ils se disent au revoir.

– Qu'est-ce que tu as ? demande Rush quand il surprend mon regard.

– Rien.

– Pourquoi tu me zyeutes de cette façon ? demande-t-il.

– D'un air admiratif parce que tu es formidable avec chacun de tes fans ? Tu n'es pas en représentation, tu n'es obligé…

– Sais-tu combien de joueurs tueraient pour être à ma place ? Pour enfiler une tenue tous les jours et jouer pour l'équipe qu'il aime, pratiquer un sport qui le fait se sentir en vie ? Pourquoi ne serais-je pas agréable ?

Et c'est à cet instant que je sens Rush s'approprier un morceau de mon cœur… à tout jamais.

– Il ne faut pas se laisser duper par ses tatouages et ses airs durs car, en vérité, Rush McKenzie est un tendre.

Il me fait un clin d'œil et m'embrasse.

– Ne le répète à personne, chuchote-t-il.

Quand il se rallonge, en appui sur ses coudes, le visage offert au soleil, je réitère la question de Billy.

– Donc, ta décision est prise ? Tu rentres ?

Il coule un regard vers moi, puis reporte son attention sur l'océan et les gamins du cours de surf, qui ont vingt ans de moins que nous et une bien meilleure coordination.

– À mes yeux, il n'a jamais été question de faire un choix. Finn a certainement son point de vue, mais il s'agit de ma vie, de ma carrière… de ma volonté.

– C'est normal.

Je hoche la tête à plusieurs reprises tout en réfléchissant à sa réponse. C'est la bonne, aucun doute là-dessus, mais l'entendre énoncée à haute voix signifie que c'est réel.

Cela signifie qu'il va réellement s'en aller.

– Alors, pourquoi as-tu l'air aussi désappointée ?

Je ne peux m'empêcher de sourire.

– Parce que cela implique que j'ai échoué. Mon contrat se solde par un échec.

– Est-ce l'unique raison ? demande-t-il, cherchant à me faire dire qu'il va me manquer.

Il va me manquer. En fait, je pense que ça fera mal pendant un petit moment, mais il n'est pas question que je l'admette.

– Bien sûr que non. Il faut bien que quelque chose mette un terme à cette abominable vie sexuelle.

Il me plaque sur le dos, nos rires fusent alors qu'il maintient mes épaules sur le sable, avant que sa bouche ne trouve la mienne. Cette fois, le baiser se fait plus long, moins ludique, et procure des sensations différentes.

Je ne saurais le définir, mais après, quand il me regarde, je vois une profondeur dans ses yeux, une gravité liée aux émotions indéfinies qui forment une boule dans ma gorge.

– Je suis désolé, dit-il. Je ne voulais pas que ça se retourne contre toi.

– Cannon savait certainement qu'il y avait peu de chances pour que tu restes, et c'est pourquoi le concept de m'engager sonnait faux après que j'ai découvert que tu étais sa cible. (Je frotte le sable sur son front, le besoin de le toucher se renforçant à chaque seconde.) Mais je valide ta décision. Le mieux pour toi est de rentrer. Quiconque affirmerait le contraire ne se préoccuperait que de ses propres intérêts, pas des tiens. Tu ne devrais sûrement pas quitter la Premier League. C'est là qu'est ta place.

– Ma place est à Liverpool.

Je sais que cette vérité lui vient du fond du cœur. Le LFC est son avenir. Cela m'attriste de voir son regard soucieux.

– Espérons qu'ils me gardent.

Son sourire bref n'égaie pas son regard, alors qu'il s'écarte et s'assoit à côté de moi. Ma main effleure son dos.

– Les négociations ne se déroulent pas comme tu veux ?

Rush laisse passer un silence.

– Je ne sais pas si la question émane d'une amie compatissante qui me soutient ou d'une experte.

Souriant, je hausse les épaules.

– Les deux, c'est possible ?

Il émet un petit rire.

– Au moins tu es honnête. Mais cela me ramène à cette question : pourquoi ne m'as-tu pas offert de passer chez KSM ? Ton contrat avec Cannon t'y autorise et, pas une fois, tu n'as évoqué cette éventualité.

Mes yeux se tournent vers l'océan alors que je me pose la même question. Rush McKenzie s'exprime sans détour et, par conséquent, il mérite une réponse franche. Je l'ai esquivée il y a quelques semaines, car je n'étais pas prête à faire preuve de transparence. Et à présent ? Je lui fais encore plus confiance qu'auparavant.

– J'ai accepté de collaborer avec Cannon sur un coup de tête. J'étais énervée contre ma famille qui contrôlait chacun de mes pas, et parce que j'avais surpris des agents me critiquer au cours d'un séminaire.

– Qu'a fait ta famille pour t'exaspérer ?

– Elle m'a donné l'impression d'avoir perdu sa confiance. Que je n'étais plus apte à faire mon travail.

– Alors, tu as accepté ce poste pour leur prouver le contraire. De quelle façon ? En exauçant les volontés de Cannon ?

– En quelque sorte, je murmure, refusant d'admettre que j'ai promis à mon père de recruter Rush.

– Cannon t'a confié une tâche insurmontable, considérant que je n'ai jamais laissé entendre que je resterais aux États-Unis. Qu'ont dit les agents sur ton compte ?

J'inspire longuement, résolue à vider mon sac, mais je réalise que si je lui dis tout, il comprendra pourquoi j'hésitais à commencer ce qu'il y a entre nous, quoi que ce soit.

– Ils m'ont accusée de coucher pour gagner des clients.

– Tu l'as fait ? demande-t-il sans se laisser démonter.

– Pas de cette façon. Je suis sortie plusieurs mois avec un sportif et nous avons fini par passer un contrat de représentation. La rumeur est partie de là. (Je grave mes initiales dans le sable.) Mais je ne m'excuserai jamais de porter des talons aiguilles et de soigner mon apparence.

– Tes tenues professionnelles, tu veux dire ? rit-il. Aucune femme ne devrait avoir à justifier sa façon de s'habiller. Un homme peut te trouver attirante, mais cela ne l'autorise pas à t'accuser d'avoir recours au sexe pour conquérir des clients.

– Merci.

– Personne ne devrait… Oh ! (Frappé par une révélation, il étire la syllabe.) Et maintenant tu couches avec moi, un sportif que tu es supposée démarcher. Pas étonnant que tu sois aussi inflexible pour ne pas…

– Ceci pourrait expliquer cela.

Je ris et hésite à révéler que Finn est le salaud à l'origine des accusations et des rumeurs.

Mais je me ravise.

Si Rush se décidait à signer avec KSM, je veux que ce soit parce que je l'ai mérité, pas pour s'opposer à son agent qui a mal traité la femme avec qui il couche en ce moment.

Si Rush devenait mon client, je veux que son choix s'appuie sur mes mérites et pas sur la pitié.

– Je crois que je lui ai mis des bâtons dans les roues.

– Sûrement, et je ne peux que t'en remercier.

La tête sur son épaule, j'enroule mon bras autour du sien, et nous regardons les surfeurs en herbe.

– Mais tu n'as toujours pas répondu à ma question.

– Laquelle ?

– Pourquoi ne m'as-tu pas activement approché ? Les occasions n'ont pas manqué.

– Je n'ai pas encore remporté toute ta confiance, je ne suis pas en mesure de te représenter.

Je le sens se contracter contre moi, et je sais que ma remarque le touche plus que nécessaire.

– L'un des aspects essentiels de la relation client-agent est la confiance. Après tout, les décisions que je prends impactent tous les aspects de la vie du sportif. Sans cela, ce ne sont que des paroles en l'air, et je ne suis pas comme ça. Je ne le serai jamais. En toute honnêteté, n'est-ce pas ce que tu mérites aussi ?

CHAPITRE 39

RUSH

– Du nouveau ? dis-je, sitôt que Finn prend mon appel.

– Bonjour à toi aussi.

Il rit, comme si c'était la blague du siècle. Or, il n'est pas drôle.

– Ouais, salut, dis-je pour ne pas faire de remous. As-tu des nouvelles du club ?

– Détends-toi. Je communique à longueur de temps avec eux.

– Et ?

– Et rien. Ils ont du mal à se décider.

– Autrefois, durant les périodes d'indécision, tu me tenais informé. Pourquoi, cette fois, tu fais silence radio ?

– Parce que je n'ai rien de neuf.

– Autrement dit ?

– Eh bien, ils continuent de réfléchir.

– Arrête tes salades, Finn.

Il soupire bruyamment.

– Seth refuse de jouer avec toi, et comme il est encore pour deux ans sous ce contrat juteux qu'il a signé il y a des années, toute équipe devrait racheter ces années-là pour finaliser son transfert. C'est plus facile de te déplacer pour remédier à la situation, étant donné que ton renouvellement est à l'ordre du jour.

– Ils savent que tous les sondages me donnent comme le joueur favori ? Ils ont vu mes statistiques, ils savent que j'apporte plus au club que…

– Tu commences à geindre comme un sale gosse. Je sais comment faire mon travail.

– Désolé. Je sais. C'est juste usant.

– Essaie donc de négocier en te reposant sur du vent parce que ton propre client ne t'apporte rien de solide.

Je repense à l'appel d'Archibald dans la journée. Ses remerciements, une fois de plus parce que sa victoire aux élections semble acquise. Le sentiment de trahison ne s'estompe pas. À tel point que j'ai eu envie de mentionner que si je tenais parole, ce n'était pas pour lui. Que je me sacrifiais pour Rory, qui continue de bien se porter d'après les SMS qu'Helen et lui m'envoient.

À quoi bon, de toute façon ? Le mal est fait. La graine a été plantée. Et on dirait que tout le monde va tirer son épingle du jeu.

Sauf moi.

– Finn ? Ils ne me transféreront pas.

– La MLS reste une option. Ils me soumettront une offre ferme sous deux semaines.

– Et la réponse est non.

Bien que ma réponse soit immédiate, les paroles de Lennox traversent mon esprit.

Le mieux pour toi est de rentrer. Quiconque affirmerait le contraire ne se préoccuperait que de ses propres intérêts, pas des tiens. Tu ne devrais sûrement pas quitter la Premier League. C'est là qu'est ta place.

– Ce n'est pas ma place.

CHAPITRE 40

LENNOX

– C'était génial, dit Rush en sortant les sacs du coffre et en me regardant par-dessus la voiture. D'abord, le barbecue avant le match sur le parking. Il faut développer ces réunions en Europe mais, bon, la météo ne s'y prête guère. Mais le concept et la nourriture. La perfection.

Je le regarde comme s'il était tombé sur la tête.

– Nous aurions pu partager le même repas dans le jardin.

– Ouais, mais sur le parking avec les supporters ? Je vois aisément pourquoi les Américains aiment ces moments-là.

– Si tu le dis.

Je ris, sors une chaise du coffre et suis surprise que Rush m'arrête pour m'attirer dans ses bras.

– Merci. De tout cœur, dit-il avec un simple baiser, pourtant si habile qu'il m'embrase. De tout cœur. (Son regard obscurci devient grave.) Tu t'es surpassée. La nourriture, me permettre d'aller au club-house pour rencontrer les joueurs avant le match…

– C'est juste parce que je représente quelques joueurs de l'équipe, dis-je en souriant.

– Peu importe. J'ai assisté à mon premier match de base-ball et je ne l'oublierai jamais. Merci.

Cette fois, c'est moi qui m'avance pour l'embrasser. J'enfonce les doigts dans ses cheveux et prolonge un peu l'instant. Je fabrique un souvenir de plus à chérir. Si ce contrat semblait interminable au début, à présent, la fin semble trop proche.

– Très agréable, murmure-t-il contre mes lèvres.

– Je peux faire encore plus agréable au premier étage, quand nous aurons rangé tout ce fouillis.

– Oublie le fouillis, dit-il en lâchant les affaires sans plus de cérémonie à côté de la voiture. Nous reviendrons les chercher plus tard. (Un regard suggestif et un sourire malicieux.) Le premier arrivé en haut gagne un orgasme oral !

– Argh !

Je tire sur son bras pour le retenir. Bien plus rapide que moi, il atteint le perron en premier. Nous nous disputons la poignée de la porte et quand je l'actionne avant lui, je suis tellement préoccupée par la perspective de jubiler que j'ai presque une crise cardiaque en entendant : « Surprise ! »

– Oh mince !

Dans l'entrée, sont alignés Dekker, son fiancé Hunter, Chase, Brexton, mon père et Johnny, tous affublés de chapeaux en papier et de ballons gonflables. La main de Rush lâche mon tee-shirt dans mon dos et, déstabilisée par la surprise, je chancelle contre lui.

Deux secondes plus tard, les larmes surviennent. De grosses larmes d'émotion. Le genre qui ruissellent au point de me couper le souffle ou de m'empêcher de former une phrase. Qui traduisent combien ma famille m'a manqué.

Sous peu, des bras m'étreignent, les uns après les autres. Mes sœurs, aussi en larmes, m'enlacent en me répétant que je leur ai manqué.

– Qu'est-ce que vous faites là ? Mon anniversaire n'est pas avant le mois prochain. Je…

Folle de bonheur, j'enfouis mon visage entre mes mains. Ils sont là. Ils sont venus pour me voir.

– Tu as échappé à la fête surprise que nous préparions pour ton anniversaire, alors nous l'amenons à toi, dit Dekker au moment où son fiancé me fait signe d'approcher.

– Une fête d'anniversaire surprise ? Mais… je fais en riant.

– Oui, intervient Chase. Ça se fait quand on veut prendre au dépourvu la personne qui fête son anniversaire.

Elle s'approche et enroule son bras autour de mon cou.

– Chicago ? Pourquoi papa a refusé que tu interviennes à la conférence ? Ce n'est pas parce que nous ne t'en pensions pas capable, pauvre andouille, mais parce que nous avions programmé une grosse nouba en ton honneur.

– Ce n'est pas tous les jours ton anniversaire, renchérit Brexton avec un magnifique sourire avant de souffler dans une langue de belle-mère.

– Papa avait réservé le toit-terrasse du Saint-Cloud. Tous tes amis avaient reçu leur invitation, dit Chase en haussant les épaules. Et tu t'es enfuie en Californie parce que tu pensais que nous ne t'aimions pas. Très agaçante, notre petite sœur !

Nous éclatons de rire. C'était une astuce qu'elle employait étant enfant. Faire semblant de fuguer – jusqu'au trottoir devant la maison, assez pour que nous remarquions sa disparition et lui répétions que nous l'aimions tant que nous ne voulions pas qu'elle parte.

– Morveuse !

Mais devant cet afflux d'amour, ma poitrine se serre. Je ne sais même pas quoi dire. Je me tourne vers mon père, silencieux jusqu'à présent. Resté en retrait, il nous observe comme à son habitude. Je fais un pas vers lui.

– Papa… je… je ne sais pas…

Mes mots s'évaporent lorsqu'il me prodigue l'un de ses câlins réconfortants, le genre qui fait oublier tous les ennuis.

Le genre qui me fait réaliser que j'ai laissé Finn me monter à la tête et retourner ma peine contre ceux que j'aime.

Et qui m'aiment.

– Comment se porte ma fille ? demande-t-il avant de reculer pour prendre mon visage entre ses mains. Tu as bonne mine. Ta fugue t'a été profitable.

Il me fait un clin d'œil alors que les larmes embuent mes yeux.

Comment ai-je pu remettre en question son amour, l'amour de ma famille ? Plus l'amertume me gagnait, plus je portais des accusations infondées... pourtant ils ne cachaient rien d'autre qu'une surprise pour moi. Une surprise que j'ai gâchée.

– Je vais bien, papa. Très bien.

C'est alors que, par-dessus son épaule, j'aperçois Rush, bras croisés à côté de Hunter. Ils bavardent, mais les yeux de Rush trouvent les miens et son sourire illumine mon cœur.

– Tu étais dans le secret, McKenzie je demande, mon regard allant de lui à Johnny, également dans le coup.

– Évidemment. Heureusement que nous avions un match de base-ball aujourd'hui, sinon j'aurais dû nous inscrire à de nouvelles leçons de surf pour t'éloigner de la maison, le temps qu'ils la décorent. (Il indique les ballons et les ornements un peu partout.) Pourtant, je ne veux plus jamais remonter sur un surf.

Je souris à travers mes larmes, submergée par toutes ces marques d'attention.

– Rush McKenzie, je te présente...

Je marque une pause, et regarde chaque personne présente. Bien qu'ils soient pénibles à leurs heures, il n'a jamais eu droit à cela. Aussi, les mots qui suivent se heurtent à une boule d'émotion dans ma gorge.

– Je te présente ma famille.

Dans l'agitation, il fait l'objet des effusions de bienvenue des Kincade… c'est alors que je percute.

Je suis ici.

Rush est ici.

Maintenant, ils savent que nous habitons à la même adresse. Sous le même toit.

Encore pire, quelqu'un a dû guetter notre arrivée.

Ce guetteur nous a vus nous embrasser.

Et pas qu'un peu.

Eh bien…

Je ne doute pas que les suppositions aillent bon train.

Mon visage l'exprime sans doute, parce que Chase approche et m'étreint.

– Nous en parlerons plus tard, Lenn. Mais oui, j'ai tout vu. J'ai surveillé ton arrivée. Dis donc… il est encore plus canon en vrai.

CHAPITRE 41

RUSH

Lennox est une autre personne.

Toujours ce sourire ravageur, mais un poids semble s'être envolé de ses épaules. Je ne peux que présumer que leur présence a réparé les différends qui l'ont poussée à se réfugier en Californie.

– Elles sont extrêmement soudées.

Je lance un regard à droite, où Hunter Maddox vient de s'asseoir. Une bière dans la main, il observe les sœurs.

– C'est ce que je constate.

– Tu t'habitueras à leurs conciliabules quand elles utilisent un langage qui n'appartient qu'à elles. Elles font ce truc quand l'une laisse sa phrase en suspens, l'autre la termine pour elle. (Il boit une gorgée et rit.) Ou ne la termine jamais, mais elles acquiescent toutes parce qu'elles savent ce que les autres pensent. À toutes fins utiles, contente-toi de hocher la tête et de sourire, dans ce cas, elles penseront que tu comprends aussi.

– Merci pour le tuyau.

– Les disputes sont monnaie courante, comme dans toutes les fratries. Tu vois le genre.

Il hausse les épaules.

– En quelque sorte, je murmure, repensant aux rares chamailleries qui m'ont opposé à Rory au fil des années, quand nous nous détestions une minute et nous adorions celle d'après.

– Quelles autres astuces puis-je te donner ? Kenyon est équitable jusqu'au bout des ongles, mais il protège ses filles quoi qu'il en coûte. Je suis sûr qu'au moment opportun, il te prendra en quatre yeux, comme avec moi…

– Pardon ? Je ne sais pas où tu veux en venir. Pourquoi Kenyon…

– Tu es amoureux de sa fille, il voudra te parler d'homme à homme.

– Tu brûles les étapes. Nous ne… je ne suis pas… (Pourquoi ça refuse de sortir ?) Tout s'arrêtera quand je rentrerai.

Hunter hoche lentement la tête, puis ses lèvres s'étirent en un large sourire.

– J'ai dit la même chose et, maintenant, Dekk porte une bague de fiançailles. Tu peux t'accrocher, frangin. Une fois qu'une Kincade te tient, tu n'as pas envie qu'elle te lâche.

– Sans rire, je fais, et je me passe la main dans les cheveux.

Les bières éclusées pendant le jeu, un peu plus tôt, commencent à me griser. Et bien sûr, c'est à cet instant que Lennox me regarde depuis le fond du jardin et me sourit doucement.

Mon cœur fait un saut périlleux dans ma poitrine. *Il n'avait vraiment pas besoin de ça.*

Je souris aussi.

Hunter se tord de rire, et la tape qu'il me donne dans le dos me fait sursauter.

– Tu es complètement foutu, McKenzie. (Il se lève et secoue la tête.) Bienvenue au club.

CHAPITRE 42

LENNOX

– Alors…

Chase me tend un verre de vin et détourne mon attention de Rush, plongé dans une conversation avec Brexton et mon père.

– Profitons que tout le monde est occupé pour avoir cette petite conversation.

Je feins l'ignorance.

– À quel sujet ?

– Ce truc évident entre toi et Rush. Tu es censée protester que c'est strictement professionnel. Ensuite je te dirai que tu mens comme tu respires, car on ne regarde pas quelqu'un comme tu regardes Rush – encore moins l'embrasser d'ailleurs (elle émet un long sifflement) – quand c'est purement sexuel.

– C'est compliqué, je rétorque, et mon regard s'échappe vers lui.

– Comme toujours, non ? rit-elle. C'est compliqué côté boulot ou plutôt du côté de ton cœur ?

– Je ne lui ai même pas proposé de rejoindre l'agence KSM. Il sait pourquoi la MLS m'a engagée, et je lui ai dit que ce n'était pas une bonne idée de changer de pays à cause d'un scandale, mais je ne lui ai pas demandé de quitter Finn pour moi, dis-je en espérant lui apporter suffisamment d'éclaircissements.

– Donc, tu l'aimes.

Je m'étouffe en buvant un peu de vin. On peut compter sur Chase pour entrer directement dans le vif du sujet. Les larmes aux yeux, je scrute Rush. Détendu sur sa chaise, le bras sur le dossier de la chaise d'à côté. Il est en grande conversation avec mon père, pareillement captivé, et la pensée qui s'impose est qu'il est à l'aise.

Une pensée d'autant plus bizarre que j'ignorais que je recherchais ce genre de choses.

– Je t'aime profondément, Lenn, mais tu as besoin qu'on te recadre. Chaque fois que tu trouves un homme qui te plaît, tu ressors la même excuse pitoyable pour justifier que ça ne marche pas. Tu prétends que tu aimes trop ta liberté ou ton besoin de liberté, que tu veux bouger à ta convenance, que c'est juste comme ça. Juste du sexe. Sornettes. Tu as tellement peur de laisser quiconque t'approcher de trop près que tu choisis l'impossible.

– Vous avez préparé ce discours tous ensemble ? Ce n'est pas la première fois que je l'entends, dis-je pour minimiser son propos et éviter le malaise qu'il génère.

– La disparition de maman nous a tous perturbés. C'est une réaction naturelle de fuir l'attachement par peur de souffrir. Mais, un jour, il faut prendre le risque. Je pense que Rush est déjà relativement proche de toi. Je pense que cela t'effraie de l'admettre.

Elle a raison.

Je sais qu'elle a raison. Toutefois, je me suis une fois de plus mise dans la même situation. J'ai choisi une personne qui partira bientôt. Maintenant que je suis amoureuse, je suis morte de frousse parce que *concrètement,* il va partir.

– Je le redis, c'est compliqué, j'insiste, alors que le rire de Rush me parvient.

– Je le redis, tu l'aimes.

Elle pouffe.

Mais cette fois, je ne nie pas. Cette fois, j'observe Rush, totalement à l'aise avec tous les êtres qui me sont chers, et chaque partie de moi discerne le bien-fondé de ce que me dit ma sœur.

– Comment sait-on qu'on a rencontré l'amour ? dis-je d'un filet de voix.

– Quand il devient toute ta vie. Quand tu penses à lui sans raison. Quand tu ne veux que son bonheur, même si tu ne dois pas en faire partie.

– Bonjour la déprime !

– Possible, mais si c'est réel et authentique, il trouvera un moyen de t'intégrer à son univers.

Je souffle et tords la bouche, alors que chaque mot de ma petite sœur fait mouche.

– Cela ne peut pas m'arriver.

– Tu ne peux pas dire ça à l'amour.

Elle m'enveloppe de son bras et me serre contre elle.

– Chut.

– Quoi ? Tu crois que tout le monde ne sait pas que vous êtes ensemble ? Si tu t'imagines que Hunter et Dekker sont les seuls à se faire les yeux doux, tu déraillles.

– Mais je t'ai promis de m'abstenir, et regarde ce que j'ai fait.

– Pas du tout. Tu m'as promis de ne pas coucher avec un client potentiel. Pas de ne pas tomber amoureuse de lui.

Je regarde ma petite sœur par-dessus mon verre et soupire.

– Comment cela s'est produit ?

– Ce n'est pas la bonne question à te poser. Demande-toi plutôt ce que tu comptes faire maintenant.

***

– J'aimerais porter un toast.

Mon père se lève de sa chaise en tendant son verre de vin.

Tout le monde se rassemble autour de lui, et Johnny me presse la main.

– J'espère que tu ne m'en veux pas de les avoir autorisés à venir, me murmure-t-il à l'oreille. Je ne pensais pas que tu serais prête à rentrer avant le jour de la fête, alors je leur ai dit qu'ils étaient les bienvenus.

– Je t'en prie, ne t'excuse pas.

– Je sais que tu étais confrontée à des désaccords familiaux et je ne voulais pas m'imposer.

– Tu es aussi ma famille, John. (Ma voix se brise.) J'avais besoin de ça à un point que tu n'imagines pas.

Il pose un baiser sur ma tempe.

– Je sais. Tu irradies de bonheur.

La main dans mon dos, il me pousse en direction de Rush. J'ai l'impression d'avoir passé une nuit entière à marcher sur la corde raide pour prétendre que nous ne sommes pas ensemble. Chase a raison. Tout le monde sait.

Toutefois, quand je rencontre son regard, tout en moi se réchauffe.

– Lennox, ma chérie. L'enfant sauvage. La fille dont je ne savais pas si elle serait heureuse ou furieuse de nous voir débarquer et piétiner quelques jours d'indépendance pour fêter son anniversaire.

– Mon presque anniversaire, dis-je dans un rire général.

– Oui, c'est bientôt. Nous savons que, dernièrement, tu as cherché ta place. Quelquefois, la question n'est pas tant d'être à sa place que d'attendre le moment opportun et de le vivre pleinement. Nous savons que tu trouveras ce que tu cherches, de la même façon que nous espérons que tu sais à quel point nous t'aimons. Vadrouille si tu en as besoin. Explore pour trouver ce qui te convient le mieux. Mais où que ce soit, tu sauras où rentrer pour te sentir chez toi. (Le regard de mon père se verrouille au mien, ses yeux sont aussi humides de larmes que les miens.) Joyeux anniversaire, Lennox. Que tes pas te portent là tu as besoin d'aller, et que cet anniversaire soit le meilleur jusqu'au prochain.

– Santé ! Santé ! s'écrie tout le monde avant de trinquer.

Mon père s'avance et me serre très fort dans ses bras. Il me fait l'un de ces câlins qui résolvaient tous mes problèmes d'enfant et qui continuent de tout arranger dans ma vie d'adulte. Je me sentirais incomplète sans eux.

– Ta mère serait tellement fière de toi, dit-il avant de m'embrasser sur la joue, puis de s'écarter pour que chacun m'enveloppe d'amour.

Rush est le dernier de la file. Il glisse une mèche de cheveux derrière mon oreille, se penche et effleure mes lèvres avec les siennes.

– Joyeux anniversaire, Nox, chuchote-t-il.

Je jure qu'un silence collectif s'abat sur la fête alors qu'ils regardent leur sœur – celle qui déteste les démonstrations d'affection en public et tout ce qui est considéré comme romantique – ne pas se rebiffer avec cet homme.

D'une manière ou d'une autre, cela semble tellement naturel avec Rush que c'en est ridicule.

CHAPITRE 43

RUSH

– Voilà qui était impressionnant.

Dekker Kincade patiente devant les vestiaires du stade, où je viens de livrer mon dernier match d'exhibition contractuel. Il reste quelques événements au programme, mais celui-ci était le dernier des plus importants.

– Merci, mais je me sens un peu rouillé.

– Mais oui, fait-elle en roulant des yeux d'une manière si semblable à Lennox que c'est amusant.

Je ferme la distance entre nous tandis qu'elle se repousse du mur. Ses bras restent croisés sur sa poitrine et ses yeux fixés sur les miens.

Oh, oh.

La minute de la sœur protectrice.

– C'est vrai. Je serai à la traîne en rentrant jouer avec mon équipe.

– Alors, c'est ton plan ? Tu rentres à la fin du contrat ?

– En dépit des rumeurs, oui. (Elle hoche la tête, le regard intense.) Que veux-tu me demander, Dekker ? Tu es là sans Hunter pour une raison. Je gage que tu vas m'avertir que si je brise le cœur de ta sœur, j'aurai affaire à toi. Je me trompe ?

Son sourire s'élargit lentement, mais elle sourit quand même.

– Dois-je m'inquiéter ?

– Nous sommes deux adultes, nous savions ce que nous faisions. Est-ce que la fin sera douloureuse ? Sacrément plus que je ne l'aurais cru, mais…

Je me force à sourire et je pense que Lennox sait aussi bien que moi que le jour du départ s'annonce pénible. Je le vois à sa façon de me regarder en ce moment. Dans ses baisers. Dans mes étreintes un peu plus serrées la nuit, quand elle dort, pour que rien n'échappe à ma mémoire.

– Nous vivons dans deux mondes distincts. Deux pays différents. Nous sommes deux personnes accomplies, fermement engagées dans notre réussite professionnelle.

– Comme Hunter et moi.

– Écoute, dis-je en riant, nous ne sommes pas toi et Hunter. Nous sommes nous, et nous n'avons pas besoin qu'on nous contraigne à rentrer dans un autre moule que celui que nous nous sommes créé.

– Soit.

Elle mordille sa lèvre inférieure, et je donnerais cher pour connaître ses pensées.

– Vous avez apprécié votre voyage ?

– Qui n'apprécierait pas avec ce temps ? Nous en avons profité pour rencontrer certains clients de la côte Ouest, ce qui est toujours profitable, mais surtout, nous voulions voir Lenn et vérifier si allait bien.

– Elle va bien ? dis-je en réalisant que nous entrons peut-être dans le vif du sujet. D'après toi, elle va bien ?

La tête inclinée sur le côté, je l'examine.

– Elle a l'air, murmure-t-elle. Le mauvais tour de Finn a grandement blessé son amour-propre. C'est la première fois qu'elle plaque tout et se fait la malle, pour ainsi dire, et finit par accepter un boulot qui ne lui correspond pas vraiment.

– Comment ça ? Que lui a fait Finn ?

– Le séminaire de Las Vegas il y a quelques mois ? (Elle fixe sur moi un regard vide.) Mince, désolée. Je pensais… peu importe.

– Non, j'aimerais savoir.

– Je suis navrée, Rush, mais si elle voulait que tu saches, elle te l'aurait dit. (Riant, elle resserre sa queue-de-cheval.) Et maintenant je vois pourquoi elle s'est abstenue.

Elle s'éloigne de quelques pas, et quand elle se retourne, son expression suggère qu'elle vient de comprendre quelque chose. Soit Dekker Kincade est d'une habileté hors pair pour m'inciter à la questionner, soit elle est sincère.

– Tu peux m'éclairer ? je fais sur un ton empreint de sarcasme.

– Si Lennox te l'avait dit, cela aurait ressemblé à une tactique peu scrupuleuse pour t'attirer chez KSM. Une tactique peu scrupuleuse, ce qui est exactement ce dont Finn l'accusait devant un groupe de collègues.

Tout se met en place. Tous les commentaires de Lennox.

– C'est lui qui l'a accusée d'utiliser ses charmes pour élargir sa clientèle ? je demande, même si je connais déjà la réponse, visualisant sans mal la scène.

Un groupe d'hommes alcoolisés qui tuent le temps, Finn les mène par le bout du nez, leur fait croire ce qui l'arrange. Et bien sûr, Lennox ne peut rien faire pour démentir, vu qu'ils ont déjà choisi leur camp.

D'ailleurs, j'ai vécu une situation similaire : des gars bavardent, tout le monde hoche la tête et quand la fille en question apparaît, l'opinion qu'on a d'elle est biaisée. C'est la nature humaine.

Et Finn est un sale enfoiré.

Saisi de colère, je dénoue mes épaules et sais que Lennox a bien fait de ne pas me le dire. Sinon ma réaction immédiate aurait été de congédier cette ordure sans tarder pour passer chez KSM.

Le problème ?

Cela ne servirait qu'à étayer ses calomnies.

Elle a couché avec moi. D'autres nous ont vus nous embrasser, parce que je n'ai pas pu m'en empêcher, et bien sûr, des conclusions ont été tirées à propos de notre statut.

– Bordel de merde, je gronde.

– Tu vois le problème ?

Elle hausse les sourcils.

Clairement, oui.

Tu t'en tireras à bon compte, quels que soient tes choix, même si cela cause des complications, mais tu continueras d'être payé. Tu auras toujours ton public pour te soutenir en raison de ton extraordinaire talent. Et Lenn ? Elle passera pour une traînée qui couche pour réussir.

Elle sera considérée comme une prostituée même si c'est aux antipodes de sa personnalité.

Moi : Des nouvelles de Liverpool ?

Finn : J'aurai deux offres rédigées
à te soumettre
avant la fin de la semaine.

Moi : Il n'y en a qu'une
qui m'intéresse. Fais ton possible
pour que ça se concrétise.
C'est la partie où le client
a toujours raison. Alors ramène-moi
le contrat que je veux,
pas celui que tu veux.

Finn : Détends-toi.

Moi : C'est la condition
pour que tu restes mon agent.
Que les conditions soient mauvaises
ou pas, débrouille-toi
pour que ça se produise.

J'envoie et prie pour qu'il fasse allusion à Lennox. Quelque chose. N'importe quoi. Tout ce dont j'ai besoin, c'est d'un mot de trop pour que je lui fasse virtuellement la peau.

Finn : Entendu.

Je considère sa réponse pendant un temps infini en me demandant comment affronter Lennox sans lui dire que je sais.

Mais j'ai promis à Dekker de garder le secret.

Et je tiendrai parole.

CHAPITRE 44

LENNOX

– Désolée, mais c'est ma salle de bains.

Je regarde Rush appuyé au chambranle, qui m'observe pendant que je range ma brosse à dents dans le gobelet.

– La tienne ?

Il m'attire contre lui.

– La mienne.

L'air dans ses yeux et la sensation de ses mains sur ma taille me coupent le souffle. Comment est-ce possible ? Comment un désir assouvi peut-il continuer de s'accroître ?

Je me dresse sur la pointe des pieds pour l'embrasser.

– Merci d'avoir participé à ma surprise.

– Merci de m'avoir emmené au match, dit-il en me donnant un baiser, mais cette fois sa main s'aventure sous mon débardeur, sur ma peau nue.

– Merci d'avoir supporté mes sœurs curieuses comme des fouines qui t'ont sûrement bombardé de questions et de suppositions.

Un autre baiser, mes mains explorent librement la largeur de son torse.

– Pas de quoi.

Cette fois, le baiser me fait sauter pour enrouler mes jambes autour de sa taille. Il me porte dans la chambre, jusque sur le lit.

Pas un geste intentionnel.

Il n'était pas censé se produire.

Mais jour après jour, nuit après nuit, entre les baisers et les rires, ce truc entre nous, qui au départ était un moyen amusant de passer le temps, est devenu plus que cela.

Il réchauffe des parties de moi qui s'étaient refroidies et enflamme celles que d'autres avaient tiédies sans jamais vraiment les attiser. Avant Rush, je ne m'étais jamais embrasée. Embrasée à un point…

Je suis tombée amoureuse de Rush McKenzie.

Mais il n'est pas envisageable que je le lui dise.

Il a ses fans à retrouver, sa place où l'attendent les vivats.

Sa propre vie à vivre.

Son monde.

J'ai toujours su qu'il me faudrait le laisser partir.

– Hé, tout va bien ? demande Rush en me pénétrant.

La brûlure dans ma poitrine exacerbe le doux supplice de la fusion de nos corps.

– Oui, je murmure en me redressant pour l'embrasser.

– Tu pleures, dit-il à voix basse, suivant mes larmes avec ses lèvres.

– Ce n'est rien.

Je me cramponne à ses bras, ses hanches remuent lentement sur les miennes.

– Tu es sûre ?

Ses yeux trouvent les miens dans la pénombre.

– Sûre. (Un baiser.) Rush, j'ai juste besoin de toi, ce soir.

– Tu m'as, Lennox. (Une poussée, et il se retire un peu.) Tu m'as totalement.

CHAPITRE 45

LENNOX

– C'est vraiment splendide ici.

La voix de mon père me fait sursauter. Je le trouve sur une chaise longue, en train d'admirer la vue sur la ville.

– Papa. Tu m'as fait une sacrée peur. Que fais-tu là ?

Je me rapproche et m'assois à côté de lui, à l'ombre.

– Je sais que tu nous as assez vus, deux jours avec nous, c'est intense, et nous nous sommes dit au revoir hier soir avant de rentrer à l'hôtel, mais j'avais besoin d'un moment en tête à tête avec toi si tu le veux bien. Johnny m'a laissé entrer.

– Naturellement. Qu'est-ce qui te préoccupe ?

– Je voulais te donner quelque chose.

Il sort une boîte noire fermée par un ruban blanc.

– Qu'est-ce que c'est ?

– Un petit cadeau d'anniversaire.

– Papa, il ne fallait pas, dis-je en dénouant le ruban.

Je pousse un cri muet en ouvrant la boîte.

– Il appartenait à ta mère. Elle le portait en permanence, et je pense qu'il t'irait bien.

Je sors le collier de l'écrin. Une chaîne en or toute simple, mais le pendentif délicat m'éberlue.

Il représente une sorte de boussole. Des flèches s'entrecroisent, chacune pointée dans une direction. Le mot « bougeotte » est gravé en lettres délicates sur le pourtour.

Je caresse le pendentif du bout du doigt et me sens plus liée à elle que jamais. Les yeux remplis de larmes, je regarde mon père.

– Merci. C'est le plus beau des cadeaux. Il est parfait.

– Parfait pour toi. (Ému, il renifle puis soupire.) J'ai failli m'étrangler quand Rush a sauté dans la piscine et que j'ai vu un motif semblable parmi tous ces dessins sur son torse.

– Ses tatouages ?

– C'est ça.

Il lève les yeux au ciel d'une manière toute paternelle.

– C'est pour sa mère. Elle avait un pendentif en forme de boussole. Il se l'est fait tatouer en son hommage.

– Oh !

Une simple exclamation, mais qui en dit long. Appuyée par son regard. Il semble ahuri par la coïncidence mais aussi heureux, dans un sens doux-amer, que je fréquente un homme qui comprend ce que c'est de perdre un proche, chose difficile à expliquer à qui ne l'a pas vécu.

– Oui. Je sais. C'est bizarre que nous ayons tous deux… (Je ravale mes larmes, puis souris.) Bravo pour la transition, en tout cas.

– J'en suis fier.

Il me fait un clin d'œil mais, ensuite, son visage se fige.

– Si tu voulais parler de lui, il suffisait de le dire.

– D'accord.

Il hoche la tête et se mordille le gras de la joue en cherchant les mots justes.

– Il te plaît beaucoup, n'est-ce pas ?

– Il est ce dont j'ai besoin en ce moment. Est-ce pour autant qu'il sera toujours ce dont j'aurai besoin dans deux semaines ? Je ne sais pas.

J'essaie de vendre mon mensonge avec un gentil sourire, mais je doute que mon père avale la couleuvre.

– Tu n'as pas seize ans, ma fille. Tu n'es pas obligée de cacher qu'un garçon te plaît parce que tu as peur de te faire incendier. (Il rit.) C'est normal, tu sais. Il a l'air d'un homme bien.

– Je pense que tu essaies de me dédouaner et que tu tournes autour du pot.

– À quel propos ?

– Je me suis engagée à le recruter et j'ai fini par sortir avec lui. Ce n'est pas ce qui s'appelle faire de son mieux.

– La vie a parfois des projets différents des nôtres.

Il hausse les épaules.

– Personne n'a fait la moindre allusion au scandale avec Esme.

C'est dit. Enfin. La raison pour laquelle je marche sur des œufs avec mon père.

– Pourquoi, papa ?

– Parce que, ma chérie, nous te faisons confiance. Si tu dis que Rush est celui qu'il prétend, je te crois et je me fie à ton jugement plutôt qu'à un magazine.

– Je ne sais même pas quoi répondre.

– Il n'y a rien de plus à ajouter. J'ai un avion à prendre, dit-il en se levant.

Il pose un baiser sur ma tête, comme quand j'étais petite fille.

– Joyeux anniversaire, Lenn. Tout se goupillera au mieux.

CHAPITRE 46

LENNOX

– Pourquoi espérais-je que cette fois, quand tu m'as demandé de monter en voiture, que tu m'enlevais pour partir en week-end à la plage ? dis-je, le souffle coupé.

Rush ne semble pas du tout troublé par l'ascension du Runyan Canyon.

– Tu tiens le choc. (Il me tapote les fesses.) Et puis, le sport est excellent pour démêler ses pensées, et nous en avons besoin après ce gala abrutissant d'hier soir.

Je ris.

– Mitzy a le béguin pour toi, dis-je à propos d'une petite dame âgée qui n'a pas lâché Rush d'une semelle durant le dîner de charité organisé par la MLS pour les sponsors de la Ligue.

– Je crois qu'elle avait vidé dix bouteilles de parfum dans son bain. (Il fait semblant de frémir.) Notre pari de la dernière fois a été interrompu par ton anniversaire surprise. Allez, on reprend ? Le premier arrivé au sommet…

– Cette fois, c'est moi qui gagne, dis-je en trottinant pour devancer ses longues enjambées.

Aucune femme ne laisserait passer sa chance d'un orgasme procuré par la langue de Rush McKenzie.

Il est peut-être talentueux sur le terrain, mais sa langue fait honte à tout ce qu'il est capable d'accomplir dans d'autres domaines.

***

– C'est beau, tu ne trouves pas ? demande Rush en s'asseyant à côté de moi sur un banc, au sommet de la montée.

– Pas autant que la vue de ta tête entre mes cuisses, je murmure à son oreille.

– Tu es obscène. J'adore ça.

– Merci infiniment. (Je jette un regard vers lui, et mon sourire s'évapore en avisant son expression.) Qu'est-ce qui te chiffonne ? dis-je immédiatement.

– J'étais heureux de rencontrer ta famille. (Un sourire nostalgique.) C'est une super-bande.

– Ils te rendraient dingue à la longue.

J'entrelace nos doigts.

– J'ai eu un avant-goût de ce qu'est la famille quand les Matheson m'ont accueilli.

– Les Matheson ?

– Après l'académie, un joueur de l'équipe. Rory Matheson ?

J'acquiesce de la tête, son nom me dit vaguement quelque chose. Pas un débutant au LFC.

– Ses parents m'ont accueilli comme un membre de la famille, pendant les vacances, pour que je ne reste pas seul. Mais ce n'était pas comme vous. (Il me presse la main.) Et avant cela, il n'y avait que moi et ma mère calculant comment dépenser chaque centime pour que nous ayons tous deux à manger et un toit, de préférence les deux en même temps.

– Je suis désolée.

Il a un petit rire.

– Ce n'est pas pour cela que je te raconte ma vie. Je ne veux pas susciter de la pitié, Nox,… mince, marmonne-t-il.

Il se passe la main dans les cheveux et soupire.

– Rush ?

Il tourne vers moi des yeux si limpides et concentrés, bordés d'un voile d'émotions indescriptibles.

– Je suis parti de rien. Pas de père. Une mère malade pendant si longtemps, pas en mesure de travailler, ses maigres économies fondant comme neige au soleil. Et à sa mort, personne ne s'est demandé ce qu'il adviendrait de son seul enfant. La famille lointaine a présumé que d'autres membres de la famille éloignée m'avaient adopté, et vice versa. Cela pendant que je vivais dans un abri délabré que j'avais trouvé derrière un immeuble.

– Oh mon Dieu, dis-je, mais cela tombe dans l'oreille d'un sourd car Rush s'est mis en tête de me dire quelque chose. Je suis là pour l'écouter.

– J'y étais au sec, et je l'ai rendu vivable, mais surtout il me procurait ce dont j'avais besoin, une adresse pour pouvoir m'exercer à l'académie sans soulever de questions. Mon unique objectif était de jouer au football. Au début de sa maladie, je rêvais de la sortir de là, pour l'emmener dans un lieu plus confortable, mais après sa mort, c'était tout ce qui me motivait. Je faisais la manche, empruntais et volais. Pas juste des affaires aux objets trouvés que je récupérais pour me fondre dans la masse. Je dérobais de la nourriture. Je ramassais les pièces de monnaie oubliées. J'étais un petit voleur qui chapardait pour se remplir l'estomac à la moindre occasion.

– Je ne sais pas quoi dire.

– Il n'y a rien à dire. Ma vie s'est un peu arrangée quand j'ai reçu une bourse de l'académie. J'avais un lit et je mangeais à ma faim. C'était comme gagner le gros lot. Ensuite, les Matheson sont devenus une sorte de famille pour moi. Ils m'ont inculqué un certain goût de la normalité dans les rares périodes où je ne jouais pas au foot.

– Pourquoi personne ne connaît cet aspect de ta vie ?

– Ma vie n'est pas une comédie feel-good. Ce n'est pas quelque chose dont je suis fier.

Sa voix se brise de honte et cela me déchire.

– Alors que tu n'avais absolument rien, tu es devenu l'un des meilleurs footballeurs du monde.

C'est bien plus qu'une comédie feel-good, c'est bigrement inspirant.

Je n'avais jamais rencontré personne qui se soit fait tout seul à ce point. Comment a-t-il survécu ? Prospéré ? Réussi dans la vie ?

– Pense au petit garçon, au premier match amical…

– Scottie, dit-il.

Mon cœur se réchauffe qu'il se souvienne de son nom.

– Pense à l'espoir que tu transmettrais à Scottie s'il savait d'où tu viens.

Rush se repousse du banc, fait quelques pas et revient s'asseoir. Manifestement, autre chose le tracasse.

– Tu m'as reproché de ne pas te faire confiance. J'ai du mal à faire confiance. À laisser les gens approcher. Surtout après (il fait un geste d'indifférence) les récents événements. Mais après ce que tu as partagé avec moi le week-end dernier, ta famille et ta vie, je te le dois.

– Tu ne me dois rien, je proteste.

Je pose la main sur lui par besoin de le rassurer d'un simple contact.

– Laisse-moi le présenter autrement, dit-il en me regardant dans les yeux. Je veux te laisser entrer.

Mon cœur se gonfle. Comme je ne sais pas trop si je devrais me sentir terrifiée ou exaltée, j'opte pour un entre-deux, car chacune de ces émotions signifie différentes choses.

La peur signifie que je sais que je vais le blesser. L'exaltation, que je désire aller plus loin avec lui. Or, je ne suis pas encore prête à m'engager dans un sens ou dans l'autre parce qu'émotionnellement, tenter le coup me terrorise.

– Rush, je fais d'une voix chargée d'émotion. Je ne sais pas quoi dire.

– Dis-moi que je ne fais pas une erreur. Dis-moi que je suis en train de me confier à Lennox la femme, pas à Lennox l'agente. Dis-moi que ce que je te dirai restera strictement entre nous. Dis-moi que je peux te faire confiance.

– Tu peux me faire confiance.

Je sais le poids qu'induit cette affirmation.

Et… il se dévoile. Il commence par les cookies et la banane subtilisés, le policier qui contrôle son fils. Il m'entraîne à travers leur passé commun, y compris sa loyauté à un moment où les actes d'Archibald lui ont permis de construire sa vie actuelle. Il explique l'amour maternel dont Helen l'abreuvait, alors qu'elle avait déjà un fils, souvent en difficulté. L'amour d'une mère dont il avait terriblement besoin. Une famille vers laquelle se tourner, qui le soutenait, l'aidait à enterrer un passé dont il avait tellement honte.

Puis il arrive à la photo d'Esme et Rory, et mon cœur s'effondre.

Essentiellement pour l'adolescent qui continue de se sentir redevable alors que lui seul a construit l'homme qu'il est aujourd'hui. Pas eux.

– Voilà. Tu sais tout.

Sa voix est tremblante, et sa façon de me regarder, comme s'il se préparait à ce que je le regarde différemment, pourrait presque m'anéantir. Je meurs d'envie de le serrer de toutes mes forces, mais je sais qu'il percevrait de la pitié à la place de la compassion débordante que je ressens pour lui.

– Merci pour ta confiance, Rush.

– Tu n'as pas de commentaire ? Rien du tout ?

– Si tu veux que je te dise que cela altère mon estime pour toi, tu te méprends.

– Non, mais je pensais que tu me dirais que je n'aurais jamais dû porter le chapeau à la place de Rory.

– Est-ce ce qui t'inquiète le plus ?

Il refuse de me regarder. Je m'accroupis entre ses genoux pour l'obliger à le faire.

Pour un randonneur qui se baladerait sur cette colline, nous sommes un couple en grande conversation, les yeux dans les yeux, à cœur ouvert.

Pour moi, les murs s'effondrent. Un surplus d'informations pèse sur mes épaules.

Rush attrape mon pendentif, triture la boussole si semblable à celle qu'il porte sur son cœur et il fait un petit sourire.

Fugace, mais réel.

– C'était beaucoup plus difficile de tenir ma promesse, mais c'est mon plus vieil ami. Sa vie est plus importante que ma réputation. Quant à Archibald… La carrière d'Archibald et son élection ne me concernent pas, je ne devrais pas écoper de cette responsabilité, mais Rory ? Rory, si. Aussi Hélène. Comment pourrais-je la laisser tomber ? Ils m'ont ouvert les bras. Comment refuserais-je de protéger Rory alors qu'il était mon seul ami ? Même après qu'ils ont affirmé que je faisais partie de la famille, je ne parvenais pas à croire que c'était réel. Mais Rory ne m'a jamais lâché. Il aurait pu. Il y avait beaucoup d'autres garçons fortunés au club. Pourtant, il savait d'où je venais, mais jamais il ne m'a traité différemment. Archibald n'était pas tendre avec Rory, et je craignais souvent que Rory me méprise parce que son père nous comparait constamment

Il prend une profonde inspiration et marque une pause.

– Il aurait pu me haïr. Mais non, ce n'est pas arrivé.

Mon Dieu, cet homme est incroyable. Et, d'après sa description, Rory mérite sa loyauté.

Toutefois, je ne suis pas convaincue qu'il mérite l'immense sacrifice de Rush. Comment expliquer qu'il n'a pas à rembourser quelqu'un qui s'est juste comporté décemment ? Cependant, je me suis engagée à l'écouter. Il ne me revient pas de juger.

– Je comprends, mais tu ne t'attribues pas assez de mérites pour tout ce qui est menacé dans ta vie, en ce moment.

– Sa vie est primordiale. Comment laisserais-je tomber la seule famille que j'ai ?

Nous tournons les yeux vers la gauche, où un couple qui passe nous salue d'un geste. Une fois qu'ils se sont éloignés, Rush reprend.

– Esme est ici.

Il lâche la bombe comme s'il n'y pensait que maintenant. Il me scrute, guettant ma réaction. Pour voir si je le crois.

– Elle est venue donner un concert de bienfaisance.

– Pourquoi me dis-tu ça ?

– Par souci de transparence.

Il abaisse sa casquette sur son front, alors qu'un groupe de garçons surgit au sommet, derrière nous, l'un porte un tee-shirt de Manchester United.

– Si elle est ici, et moi aussi, les rumeurs vont repartir de plus belle. Peut-être qu'alors tu verras comme c'est facile pour la presse de manipuler le public et d'arranger des situations pour leur faire gober tout ce qu'ils publient.

– Je le sais déjà, dis-je en essayant de digérer ce flot d'informations, les retombées qu'il est prêt à encaisser, son incrédulité. Tu n'étais pas obligé de me confier tout cela.

– Je sais.

– Alors pourquoi l'as-tu fait ? je murmure presque.

– Parce qu'il y a quelque chose, Nox. Quelque chose entre nous qui me fait sentir que je ne suis pas seul pour la première fois de ma vie d'adulte. J'avais besoin que tu saches que j'ai confiance en toi.

Ma main sur sa nuque, j'appuie mon front contre le sien et lui donne un petit baiser. Je suis en admiration devant cet homme. Savoir qu'il sent qu'il y a quelque chose entre nous ? Cela me donne bon espoir, vu que je ne suis pas prête à lui dire adieu. Mais je peux lui accorder ce dont il a besoin. Ma confiance en lui.

– Rush, tu peux avoir confiance en moi. Je t'en fais la promesse.

CHAPITRE 47

LENNOX

Je regarde le plafond, bercée par les doux ronflements de Rush endormi à côté de moi, sa jambe repliée sur la mienne. Je lutte contre un sérieux dilemme moral. Entre Lennox l'agente et Lennox la femme amoureuse. Entre ce qui serait préférable pour sa carrière et ce qui serait le mieux pour nous.

Dis-moi que je peux te faire confiance, Lennox.

Mon cœur s'emplit d'une chaleur que je n'ai jamais ressentie.

Bien sûr, je connais l'amour pour la famille, mais celui-ci… cette sensation dans ma poitrine quand il s'agit de Rush est tout à fait différente.

Mon esprit s'emballe.

De nouvelles photos du baiser d'Esme et Rory sont-elles diffusées à travers le monde ? J'ai examiné une série de portraits de Rory ce soir sur Internet, et je vois exactement comment cela s'est passé. Je gage que le photographe savait que l'homme n'était pas Rush, mais a néanmoins vendu la photo qui cache le tatouage sur la main de Rory.

Une princesse de la pop et une star du football de Liverpool ? Une vente juteuse pour un paparazzi, en une seule photo.

Je dois débrancher mon cerveau d'agent.

Il n'est pas mon client.

Il est mon amant.

Il est mon amour.

CHAPITRE 48

RUSH

– J'ai besoin que tu me dises que tout ce tapage appartient au passé.

– Bonjour, Finn. Sympa de t'entendre.

Je détends mes épaules au son de sa voix. Je n'ai jamais ressenti beaucoup d'affinités avec Finn Sanderson, mais depuis la révélation de Dekker, il a perdu tout mon respect. Ordure.

Si j'avais su ce qu'il avait dit avant de rencontrer Lennox, je l'aurais sûrement cru sans hésiter. J'aurais présumé que les rumeurs étaient fondées.

Mais je la connais. Je l'ai vue bosser dur, entendue défendre ses clients au téléphone, et je l'ai vue se tracasser pour leur bien-être. Elle a eu de multiples opportunités de me demander de changer d'agence, mais elle ne l'a pas fait.

Intégrité. Élégance. Dévouement.

Elle coche toutes les cases, et le fait que Finn salisse son nom atteste qu'il le sait aussi. Qu'elle l'intimide. S'il avait son talent, il l'affronterait sur son terrain au lieu de la rabaisser.

Les poings serrés, je me retiens de déverser la vérité, de lui dire ce que je pense vraiment de lui. Pour l'heure, c'est lui qui a mon avenir entre ses mains et je dois en tenir compte.

De surcroît, ne serait-ce pas valider ses allégations ? Prouver qu'elle tire la couverture à elle ? Et que j'ai couché avec elle. Il la crucifierait.

– Je suis sérieux, Rush. J'ai reçu deux propositions ridiculement généreuses pour toi. La première est assortie de conditions liées à ton comportement public, la seconde encourage ton côté rebelle.

– J'opterai pour les conditions, Finn, je réponds, présumant de l'offre qui comporte des restrictions. J'apprécie toutes les propositions de Cannon, et je comprends ce qui le motive. Toi qui es mon agent, tu dois aussi comprendre pourquoi la réponse est non.

– C'est une offre qui ne se présente qu'une fois dans une vie.

– Et cette vie est la mienne. (Je remue sur mes pieds.) Parle-moi de l'offre de Liverpool.

À son soupir, je l'imagine lever les yeux au ciel. Il est convaincu que l'accord soumis par la MLS est ce que je veux. Abruti.

– Mon avenir et ma crédibilité sont en jeu en ce moment. J'ai fourni une liste de raisons pour appuyer le fait qu'ils ne remporteront jamais le Championnat sans toi et pourquoi les fans feraient une émeute s'ils te transféraient. Pour les uns, j'ai promis que tu serais sage comme un enfant de chœur – au sein du club, sur le terrain et dans ta vie privée.

– Ma vie privée ?

– Eh oui. Cela implique de ne plus toucher aux femmes de tes coéquipiers.

Mon petit rire est dénué d'amusement. Cela fait des mois, et mon agent ne me croit toujours pas. Lennox me croyait avant même que je lui dise la vérité.

Elle a raison. La confiance est indispensable entre un agent et son client, et avec lui, elle fait défaut.

Elle s'est éteinte à la seconde où, me regardant dans les yeux, il a cru que je n'étais pas quelqu'un d'intègre. Ce que je ne réalise que maintenant.

– Je te l'ai dit, je n'ai jamais couché avec sa femme. Mais je m'y engagerai. Ce ne sera pas difficile. En revanche, débrouille-toi pour contrôler la presse et leurs rumeurs, et tout le monde sera content.

– Je ne plaisante pas, Rush.

– Moi non plus. Tu as fait des promesses. Je ferai de même avec toi et le club. Que proposent-ils ?

– Ils ne peuvent pas vendre Seth et ils refusent de t'échanger.

– Super. Impeccable. Ça ne me dérange pas. Dis-lui que tant qu'il ne me touche plus, tout se passera pour le mieux.

– J'ai besoin de te sentir moins hostile également. Ils l'exigent. Je m'y suis engagé. Est-ce clair ?

Je vibre d'impatience.

– Très clair. Quelles sont les conditions ?

– Je t'ai envoyé les détails par courriel. Ils te veulent à long terme. Ils veulent que tu sois le visage du club. C'est pourquoi à partir de maintenant, fini les dérapages. Je ne veux plus de…

– Je te l'ai déjà garanti.

Je n'insiste pas, puisqu'il n'est pas nécessaire que je lui flanque la trouille. J'ai déjà failli perdre ce que j'aime plus que tout. Pas question que je prenne de nouveaux risques.

– Je comprends.

– Je n'ai pas droit à un petit bravo ? demande Finn.

Je ne saurais dire s'il est sérieux ou s'il plaisante.

– Non.

– Laisse-moi souffler un peu.

– Je te féliciterai quand les contrats seront signés.

– À ce propos, ils veulent faire tout un pataquès autour de la signature.

– Nous sommes à l'ère du numérique. Une signature électronique ne convient pas ? dis-je, ne voulant courir aucun risque.

– Nous sommes toujours en train de régler les derniers détails. Je te l'enverrai dès que je le recevrai… mais en attendant, sois patient. (Quelqu'un s'adresse à lui.) Je te laisse. On se parle bientôt.

Finn met fin à l'appel et quand je vérifie ma boîte de réception, découvrant la somme pharamineuse qui accompagne le contrat sur sept ans, mon soulagement est tel que je m'affaisse contre le mur derrière moi.

Les larmes affluent dans mes yeux.

Je me sens idiot, mais ce n'est qu'à ce moment-là que je réalise à quel point j'avais peur d'être transféré.

Que j'aurais été éjecté du seul endroit où je me sois jamais senti à ma place.

Je prends le temps de tout absorber. D'apprécier le fait que je n'ai pas protégé la vie de Rory au détriment de la mienne.

Que ce cauchemar se termine enfin.

Puis je m'élance à travers la maison comme un désaxé.

– Nox ! Lennox ?

Bon sang, ce que j'ai besoin d'elle !

– Rush ? Qu'est-ce qui te prend ?

Elle surgit dans la cuisine. Je l'attrape et sans la laisser me questionner, appuie mes lèvres sur les siennes.

Son rire nous oblige à nous écarter.

– Tu ne peux pas me faire frôler la crise cardiaque juste pour m'embrasser.

Après quoi elle tire sur mon tee-shirt pour réclamer un baiser.

– Ils veulent me reprendre. Liverpool me veut. Ils ont fait une offre. Le contrat est en cours de finalisation.

Elle se fige momentanément, alors que ses yeux trouvent les miens. Puis un sourire surpuissant illumine son visage.

– Félicitations. (Elle glisse les mains dans ma nuque et m'embrasse.) Je suis super-heureuse pour toi, murmure-t-elle.

– Oh non, râle Johnny en surgissant du couloir, ses mains barrant ses yeux. J'ai des invités derrière moi. Serait-il possible de ne pas leur offrir un spectacle porno ? Certes, je suis réputé pour aimer faire la fête, mais c'est un peu extrême.

– Pas de spectacle au programme, dis-je en enlaçant Lennox, mes mains s'enfonçant dans ses poches. Par contre, nous avons quelque chose à célébrer.

Johnny plisse les yeux.

– Dis-moi quoi.

– Mon départ.

– Liverpool ? demande Johnny, survolté.

– Liverpool.

– Tu casses la baraque, mon gars ! braille Johnny. Que l'alcool coule à flots !

Derrière lui, des hourras retentissent.

Mais je ne suis pas absorbé par l'enthousiasme général au point de ne pas sentir Lennox frémir.

Comment le pourrais-je alors que je ressens la même chose ? Alors qu'avec la femme que j'enlace, je me sens tout autant à ma place à présent.

CHAPITRE 49

LENNOX

– Il y a une raison pour que tu traînes seule dehors ? demande Johnny en s'asseyant à côté de moi, son bras posé sur mes épaules.

– Pas de raison particulière, dis-je en posant ma tête sur son épaule, appréciant sa présence. Je dois prendre des décisions.

Le rire de Rush se fait entendre malgré la musique diffusée par les enceintes du plafond.

À l'intérieur, une sorte de fête réunit les amis que Johnny a ramenés chez lui, ainsi que des participants au match amical de la MLS avec qui Rush a joué.

Je crois qu'un jeu à boire se déroule autour du baby-foot, mais je ne pourrais pas le certifier.

– Ces décisions impliquent-elles un homme passablement saoul ?

– Va savoir.

Les yeux fermés, mes cheveux chatouillant ma joue sous l'effet du vent, je m'autorise à me sentir triste.

– Envie d'en parler ?

– Pas vraiment.

– Mais si. (Il cogne son genou contre le mien.) Parle-moi.

– Je m'autorise à me lamenter juste ce soir. Une soirée auto-apitoiement en solo. Et le temps qu'il se réveille avec une gueule de bois carabinée, ce sera du passé.

– Aussi facilement que ça ?

– À ce qu'il verra, oui. Je masque mes émotions comme personne. Tu le sais parfaitement.

Je me retranche dans le silence, cherchant à ordonner mes réflexions depuis que Rush s'est engouffré dans la cuisine avec un sourire à illuminer la pièce pour m'annoncer son retour en Angleterre. Ce n'est pas comme si je ne savais pas que ça me pendait au nez, mais il n'empêche que j'ai reçu un choc.

– Alors, quel est ton plan ? demande Johnny.

– Juste m'amuser. M'éclater, profiter du temps qui me reste avec lui. Genre, sans regrets.

– Ah, donc ton idée consiste à prétendre que tu n'es pas amoureuse de lui en le renvoyant dans la case « on est là pour le fun, on baise comme des fous en gardant nos distances » ? Penses-tu que cette tactique protégera ton cœur ?

– Non. *Rien ne préservera mon cœur.* Mais je dois le faire pour lui. C'est son heure de gloire, et rien ne doit lui barrer la route. Je n'ai pas besoin qu'il se sente coupable. Nous savions que notre temps était compté.

– N'oublie pas le numérique. Ça pourrait marcher malgré la distance.

– Faut le dire vite. Si nous sortions ensemble depuis un an, pourquoi pas. Mais là, c'est une goutte d'eau dans l'océan…

– Goutte dans l'océan ou pas, tes sentiments n'en sont pas moins légitimes.

– Écoute, j'apprécie ton intention, mais le mieux est de mettre mes sentiments de côté, de faire bonne figure et…

– Et je te ramasserai à la petite cuillère quand il s'en ira.

– Exactement, dis-je en lui donnant un baiser chaste. Merci d'être là.

– Quand se termine le contrat avec la MLS ?

– Dans trois jours.

– Au moins, vous aurez un peu de temps pour vous ensuite. Pour profiter et flâner tous les à deux avant qu'il reparte. J'ai des amis à voir à droite, à gauche, si vous avez besoin d'espace.

– Tu en as déjà trop fait. Pas question qu'on te chasse de chez toi.

– Vous voilà, s'exclame Rush qui vient vers nous en butant sur les mots. Tu essaies de me piquer ma copine, Johnny-John ?

– Sûrement pas, se défend Johnny alors que nous nous levons. Tu leur as vidé les poches au jeu ?

– Ce n'est pas impossible, admet Rush avec un sourire contrit, alors que Johnny lui tapote la tête en passant avant de retourner à l'intérieur. *Ciao* !

– *Ciao*.

Rush m'attire entre ses bras. Je repousse mes larmes naissantes et réprime le besoin d'enfoncer les doigts dans son dos pour l'amener contre moi et ne plus jamais le lâcher.

La musique change pour une mélodie plus langoureuse, et Rush pose un baiser sur ma tête.

– Danse avec moi, murmure-t-il.

– Pardon ? je ris sans le lâcher.

– Je suis trop entouré de beauté pour ne pas la cueillir. La soirée. La lune. Toi. (Il redresse mon menton, m'obligeant à le regarder dans les yeux.) Danse avec moi, Nox.

Mon cœur exhale le plus doux des soupirs alors que nos pieds se mettent à bouger.

Corps contre corps.

Cœur contre cœur.

Un autre souvenir auquel me raccrocher.

Et quand je pose la tête sur son torse, j'autorise une larme solitaire à traverser ma joue, à son insu.

Juste une.

Parce que Johnny avait raison. Demain, je commencerai à tenir Rush à distance.

– Lennox, crie Rush, la bouche pâteuse, étalé sur le canapé, jambes écartées, bras sur le dossier, ses lunettes de soleil sur le nez bien qu'il fasse nuit. Laisse tout ça et viens me donner un peu d'affection.

– Laisse-moi juste ramasser ces verres et ces bouteilles, dis-je en inspectant le carnage.

La soirée a été abondamment arrosée, mais pas assez pour empêcher tout le monde, excepté nous deux, de vouloir sortir faire la fête ailleurs.

– Ranger ne sera assurément pas ce que j'aurai envie de faire demain matin.

– Laisse ça. (Les pieds de Rush foulent lourdement le sol.) Johnny a des employés de maison. Même moi, j'en ai. Tu n'en as pas ? demande-t-il en me prenant par la taille, m'attirant contre lui avec légèreté. Sinon, tu mérites d'en avoir. Je veillerai à ce que tu aies du personnel.

– C'est gentil, dis-je en riant, ses mains massant ma poitrine tandis que j'essaie d'avancer. Mais c'est petit chez moi, et je n'y suis pas souvent.

– Lennox, dit-il d'une voix chantante alors que je récupère le seau à glace et quelques verres. Tu m'ignores.

L'air boudeur, il me fait barrage.

– Laisse-moi ramasser les verres, poivrot.

– Les Américains et la glace… dit-il en me prenant le seau des mains, avant de tenter de le vider dans mon débardeur. Tu aimes plus ta glace que tu ne m'aimes.

Je prends ces mots pour ce qu'ils sont : il est ivre, et aimer est à prendre au sens large. Mais une infime partie de moi fond en l'entendant. La partie qui se damnerait pour l'entendre pour de vrai.

– Vous disiez tous que je finirais par aimer la glace, mais hormis me faire mal aux dents, ça ne me fait pas grand-chose.

Un petit sourire naît sur mes lèvres quand une idée me vient.

– Je te parie que je peux réussir à te faire aimer la glace.

– Dans tes rêves.

Mais quand je m'agenouille devant lui, j'ai toute son attention.

– Nox ?

– Mmm ?

Je baisse son short sur ses hanches pour libérer son érection naissante.

– Qu'est-ce que tu fais ?

Avec un sourire amusé, il saisit la base de sa hampe.

– Je te suce pour te faire taire.

– Bon, alors je commence tout de suite à parler.

Mais quand je saisis son gland entre mes lèvres, appliquant la chaleur moite de ma bouche et de ma langue, les mots lui échappent jusqu'à ce qu'un cri étranglé résonne dans la pièce.

– Nox. Oui.

Sa main se faufile derrière ma tête et se resserre autour de ma queue-de-cheval, alors que je l'enfonce dans ma gorge avant de la sucer le plus vigoureusement possible en la ressortant.

Je gémis quand son goût se répand sur ma langue, et je lèche la fente de son gland avant de recommencer.

Je fais lentement grimper le plaisir, jusqu'à ce que sa respiration s'accélère, sa main guidant ma tête tandis qu'il s'adosse au mur pour se soutenir.

Une main le caressant, je plonge l'autre dans le seau de glace et approche un glaçon de mes lèvres.

Le regard de Rush rencontre le mien. Son sifflement résonne quand je l'aspire dans ma bouche avec le glaçon sur ma langue.

Feu et glace.

Plaisir et douleur.

Il ouvre la bouche pour parler, mais l'assaut des sensations lui fait oublier ses mots. Sa tête part en arrière et sa main se contracte sur ma tête.

Il est sublime, vu de ma place entre ses cuisses. Il est sexe, désir, tentation et… amour.

Et juste quand la révélation survient, et que les larmes affluent – quand je comprends à quel point je serai dévastée quand il partira –, il m'implore de le sucer plus vite, plus fort. Alors son corps se contracte entièrement et il jouit dans ma gorge.

Je regarde son torse se soulever et ses muscles se relâcher l'un après l'autre, jusqu'à ce qu'il baisse les yeux vers moi, voie son sexe dans ma main et un sourire sur mes lèvres enflées.

– Que penses-tu de la glace maintenant ? je demande avec une pudeur feinte.

Son rire éclate si fort que son sexe remue. Puis il m'aide à me relever et m'embrasse profondément.

– Mademoiselle Kincade, j'ai comme qui dirait changé mon fusil d'épaule.

CHAPITRE 50

LENNOX

– C’est tout ? Vous acceptez le contrat, vous prenez mon argent et vous ne tenez pas un seul de vos engagements ?

Relevant les yeux, je m’attends à ce que Cannon arbore un sourire. Mais à mon grand dam, il est sérieux comme un pape.

– Pardon ? je souffle dans un rire mitigé. Je vous ai dit en toute franchise que même si je comprenais votre désir de signer avec Rush, je doutais que ça marche. À quoi vous m’avez répondu de tenter le coup néanmoins. J’ai essayé. Vraiment, mais son cœur est ailleurs. *Difficile de le lui reprocher.* Je suis désolée, mais je pense que nous avons fait des progrès significatifs dans la sensibilisation au sport pour la Ligue. Les projets que nous avons élaborés auront des retombés excep…

– Donc, vous n’êtes pas aussi douée qu’on le prétend.

Contre toute attente, je sens de la colère dans sa voix.

– Je suis désolée, je ne vous suis pas.

– Je vous ai embauchée à cause des rumeurs. Finn m'a affirmé que vous accordiez vos faveurs aux joueurs et ne reculiez devant aucune tactique pour les voler. Je misais sur les travers qui l'insupportent chez vous. Hélas, vous n'êtes pas inoubliable, parce que même après vous avoir eue dans son lit, Rush ne reste pas.

Je reste bouche bée, la colère irradie chaque fibre de mon être.

– Vous m'avez engagée à quelles fins ?

Ma voix est à peine un murmure.

– Coucher avec lui. Utiliser vos charmes, quels qu'ils soient, pour le retenir. Faire en sorte qu'il succombe au point de mordre à l'hameçon. Ça m'aurait été bien égal que vous rompiez dès qu'il aurait signé… mais n'est-ce pas le minimum que vous auriez pu faire ?

Oh. Mon. Dieu.

Utilisez vos charmes, quels qu'ils soient, pour le retenir. Faire en sorte qu'il succombe au point de mordre à l'hameçon.

Dans quel monde ai-je été parachutée ?

Est-ce qu'il existe des hommes dans le management sportif dont l'âme n'est pas abominable ou critiquable ? Il comptait que les assertions de Finn se concrétisent. Il était comme un tigre aux aguets. Abject.

Mon père avait raison. Mes sœurs aussi. Cannon est une ordure méprisable.

– Espèce de monstre !

Il hausse les épaules et sourit.

– On ne peut pas reprocher à un homme d'attendre son tour.

– On ne peut pas reprocher à une femme de savoir reconnaître un salaud quand elle en voit un.

Je rassemble mes affaires rapidement, mais calmement, pour ne pas lui laisser penser qu'il m'affecte. Puis je quitte le bureau sans me retourner.

Ce n'est qu'une fois dans ma voiture, sur le parking, vitres fermées, que je hurle à pleins poumons pour évacuer ma colère. Il a essayé de se servir de moi. Il n'a pas un gramme de respect pour moi ou m'a-t-il embobinée dès le départ ?

Je suis tellement contente que Rush rentre bientôt au Royaume-Uni, sans s'impliquer d'aucune manière à la MLS. Et je l'avertirai de ne plus jamais collaborer avec la MLS tant que Cannon Garner la dirigera. L'enfoiré.

Ce salopard qui me voit comme une prostituée qu'il peut…

Puis je prends conscience de quelque chose.

Sans le savoir, je leur ai prouvé qu'ils se méprenaient.

J'ai certes couché avec Rush, mais je n'ai rien accompli de professionnel avec lui. J'éclate de rire.

Puis j'ai une seconde révélation. Je n'ai aucun problème à avoir le dernier mot.

L'imbécile de Garner m'a rétribuée d'une coquette somme pour des clous.

Mes sœurs vont raffoler du concept.

CHAPITRE 51

LENNOX

– Que faisons-nous aujourd’hui ? je demande, allongée, la tête entre les bras et sur le torse de Rush, en regardant nos mains entrelacées.

– Peu importe, marmonne-t-il, alors que la lumière du petit jour s’insinue entre les lamelles des stores. *Ça*. On fait *ça* toute la journée.

– Tu n’es pas sérieux ? (Je souris, parce que c’est exactement à cela que j’ai envie de passer ma journée : être avec lui.) Il y a une multitude de choses à faire. Comme flâner dans un musée.

– Sûrement pas. (Il se place en partie sur moi.) Je préfère flâner au lit avec toi.

Avec un grand sourire, il m’embrasse tendrement, comme si nous avions la vie devant nous.

Or, nous ne disposons plus de beaucoup de temps.

Cela se compte en jours. Dix, précisément. Et quand je repousse ses cheveux de son front, son expression s'adoucit et il appuie son front contre le mien.

– Allons-nous en parler ou pas, Nox ?

Ce faisant, ses lèvres survolent les miennes. Il finit par s'écarter pour me regarder dans les yeux.

– Chaque fois que j'essaie d'avoir une conversation, tu tournes tout à la plaisanterie ou tu m'embrasses pour me faire taire, ajoute-t-il.

– De quoi veux-tu parler ? Tu as une vie extraordinaire qui t'attend, un public qui s'impatiente de te revoir sur le terrain, et de mon côté, j'ai aussi ma vie. Nous savions de quoi il retournait dès le premier jour, c'est trop tard pour changer les choses.

J'injecte autant de fermeté que possible dans mes propos. Mon cœur se fendille un peu plus.

– Nous pouvons toujours nous retrouver pendant les périodes calmes. Partir en vacances. Je ne sais pas, mais…

– Et bien vite, nous en viendrons aux appels téléphoniques que nous passerons simplement pour ne pas chagriner l'autre, des voyages qui resteront des paroles en l'air. (Je prends son visage entre mes mains et l'éloigne suffisamment pour planter mes yeux dans les siens.) Je ne regrette rien. Peut-être que c'était ce qu'il nous fallait pour nous aider à franchir la prochaine étape de notre vie. Peut-être que c'était ce dont nous avions besoin pour guérir et avancer.

– Mais si…

Je l'attire contre moi et apaise ses mots avec mes lèvres. Coupe court aux promesses creuses et crée un baume temporaire pour mon cœur chagriné.

Ses mains remontent le long de mon corps, repoussant mon débardeur en même temps.

Soudain, nos téléphones se mettent à sonner. Dès que le premier se tait, le second recommence.

Au début, nous rions, et peu à peu nous réalisons qu'il doit se passer quelque chose.

Rush saisit son téléphone en premier.

CHAPITRE 52

RUSH

Le nom sur l'écran de mon téléphone paralyse mon cœur.

– Rory ! Tout va bien ? Qu'est-ce qui se passe ?

Pendant que je braille, je vois Lennox s'emparer de son téléphone et s'éloigner au bout de la chambre, un doigt sur l'oreille.

– Tu as vu les infos ? Les réseaux sociaux ? Finn ne t'a pas téléphoné ?

– Non. De quoi tu…

Au même instant, Lennox tend son téléphone sous mes yeux.

Oh non. Esme. Une photographie montre Esme avec un œil cerné d'une ecchymose noire et bleue, tellement enflé qu'il se ferme. Elle ne cherche pas à le dissimuler à la caméra.

L'image est pour le moins choquante, mais c'est son titre qui fait que mon cœur cesse de battre : « Rush McKenzie en vient aux mains ».

– Non. Non. Non.

Je secoue la tête, le mot sur mes lèvres.

– Rush ? Tu es là ? Rush ?

– Je suis en train de lire.

C'est tout ce que je dis. Tout ce que je parviens à articuler alors que, m'emparant du téléphone de Lennox, je découvre l'article.

Dernier rebondissement dans la liaison torride entre le phénomène musical Esme et le célèbre footballeur Rush McKenzie, qui a ébranlé l'équipe de Liverpool. Il s'agit plutôt d'une révélation plus que dérangeante. Il aime utiliser sa puissance en dehors du terrain.

Le Daily Mail *a recueilli une déclaration du mari d'Esme, le capitaine de Liverpool Seth Haskins. « Quand ma femme est allée donner un concert de charité à Los Angeles, elle a informé McKenzie qu'elle mettait fin à leur liaison. Elle lui a interdit de la contacter. Ses tactiques désespérées pour la revoir sont devenues constantes. Il est sorti de ses gonds quand elle lui a annoncé que nous avions décidé d'apprendre à composer avec nos différences et... bon, vous pouvez constater les conséquences par vous-mêmes. »*

Le Daily Mail *n'est pas en mesure de confirmer ou d'infirmer les accusations d'Haskins, mais des images de McKenzie et Esme en tête à tête sur un balcon en juin ont émergé. Depuis cet instant volé, les dirigèants de Liverpool se démènent pour trouver un moyen de garder leurs deux stars sur le même terrain sans courir le risque qu'une nouvelle querelle au sein du club ne fasse l'objet de rumeurs.*

« Après ce qu'il a infligé à ma femme, je refuse de partager le terrain avec lui, et j'ai fait le nécessaire pour que le club le sache », a clarifié Haskins.

D'après nos sources internes, Liverpool commentera publiquement ce dernier développement demain matin au plus tard. Au vu de leur politique de tolérance zéro en cas de violence conjugale, on peut supposer que des changements seront annoncés.

Je fixe l'article et le relis. Quand je regarde Lennox, elle tape furieusement sur le clavier de son ordinateur. Je finis par assimiler la voix de Rory qui ne cesse de répéter mon nom dans l'appareil.

– Je vais devoir te rappeler.

– Attends.

– Rory, je fais d'un ton cinglant.

– Laisse-moi…

– Tu ne crois pas que tu en as suffisamment fait ? Je te rappellerai ! je crie.

Quand je laisse retomber le téléphone et ferme les yeux, j'ai l'impression que mon monde bascule sous mes pieds.

Je n'ai pas encore signé le contrat.

Mon portable sonne sur le lit, à côté de moi.

Je. N'ai. Pas. Signé. Le. Contrat.

Et il sonne encore.

Le monde que je pensais avoir redressé avec l'aide de Lennox est de nouveau sens dessus dessous. Passé de l'exaltation au désespoir.

Il se remet à sonner.

Je connais la position du club face à la violence domestique. J'ai vu des contrats de coéquipiers invalidés après leur condamnation.

Tout ce que j'entends, c'est le tonnerre de mon pouls contre mes tympans. Tout ce que je sens, c'est mon cœur qui s'emballe dans ma poitrine. La chambre chancelle autour de moi.

– C'est Finn. Tu dois répondre. (Lennox presse le téléphone dans ma main.) Regarde-moi, dit-elle en tenant mon visage entre ses mains. Nous allons tirer cela au clair et découvrir la vérité. Tu ne perdras pas ce contrat.

Je hoche la tête, mais quand j'ouvre la bouche, pas un son n'en sort.

– Décroche, Rush.

D'une pression du doigt, je prends l'appel.

– Finn.

– C'est quoi ce bordel ? demande l'agent.

À présent, je bous de rage.

– Comment ça ? C'est de l'enfumage ! Haskins n'accepte pas que Liverpool me garde et il tente de saboter mon contrat pour…

– Elle a un coquard, McKenzie. Elle était à L.A. Comment tu expliques la coïncidence auprès du grand public ? rugit-il, la frustration aggravant chaque syllabe.

– Elle est passée il y a des semaines. Je ne l'ai même pas vue, sinon les paparazzis ne nous auraient pas loupés. De plus, tu crois sérieusement que si je l'avais frappée il y a trois semaines, les hématomes seraient toujours aussi marqués ?

Je me repousse du lit et arpente le couloir, gagné par la colère et le doute.

– Tu n'es qu'un sale con si tu accordes du crédit à Haskins et à cet article.

– Quelqu'un est pourtant responsable.

– C'était Seth ! je hurle.

– Et comment peux-tu l'affirmer ?

– Parce que je le sais. Parce que d'autres joueurs l'ont vu la frapper par le passé. Parce que…

Même si j'avouais que Rory l'avait surpris, cela ne me donnerait pas plus de poids.

– Fais-moi confiance pour une fois.

– Te faire confiance ? Faut que tu te calmes, mon gars.

– Sûrement pas. Tu es mon agent, tu dois me croire. Je n'ai pas eu de liaison avec Esme. Et je ne l'ai pas frappée.

– Rush…

– J'en ai ma claque. Décroche toutes les interviews que tu pourras. Je vais enterrer le salopard.

– Pas question. La chose à ne pas faire, c'est se tourner vers la presse. Ne tente rien, au moins le temps que je réfléchisse à un plan, et je me renseigne sur les intentions du club. Tu m'écoutes, Rush ? Ne bouge pas d'un millimètre.

– Oui, je t'écoute.

Mais en raccrochant, je ne suis pas convaincu que l'immobilisme soit la solution. Naturellement, la première fois, j'ai suivi son conseil et si tout a fini par se tasser, mon nom n'a pas été blanchi. Et maintenant ça. Il n'y a pas que ma réputation et ma carrière en jeu. Cela affecte l'homme que je suis. Mon tempérament.

Je ne suis pas un lâche qui maltraite les femmes.

Une rage et une stupéfaction comme je n'en avais connu me dominent et m'engourdissent entièrement.

Sur le palier du troisième étage de la maison de Johnny, je regarde dehors, tout simplement, accroché à la balustrade, mes pensées partant dans tous les sens.

– Rush.

La voix de Lennox me fait l'effet d'un électrochoc. En me retournant, je la vois marcher dans ma direction, un portable à l'oreille, son ordinateur dans l'autre main. Elle est toujours en short de nuit, ses cheveux emmêlés, mais elle s'affaire comme une pro.

– Je t'ai réservé un vol pour Heathrow. Prépare tes bagages, l'avion décolle dans moins de quatre heures et, étant donné les embouteillages à L.A., ce sera juste. Des connaissances à Londres essaient d'en apprendre plus sur ce qui se passe avec Esme. Ils cherchent des manières de retourner les…

– Finn m'a déconseillé de faire quoi que ce soit.

– On s'en fout, rétorque-t-elle en me tirant par le bras de notre côté de la demeure. Tu dois rentrer chez toi illico pour que les gens te voient. Plus tu resteras loin, plus il leur sera facile de faire gober cette supercherie. Tu dois donner une conférence de presse à l'instant où tu atterriras.

– Pour dire quoi ? Pourquoi je réagis soudain à cette photo et pas à la première ? Comment je…

– Rory.

Je la regarde ouvrir la penderie de ma chambre et sortir mes valises.

– Je…

– Oui, Rush. Il le faut.

Je sais qu'elle a raison. Ma plus grande certitude en cet instant est qu'il faut rétablir la vérité.

– Lennox.

Son nom est un soupir résigné combiné à une requête.

– Je leur ai donné ma parole, je murmure.

Comment trahir mon ami pour sauver ma peau ? Comment…

Lennox se rapproche et me regarde dans les yeux avec une lucidité et une détermination renouvelées.

– Un jour, tu m'as dit que personne ne s'était jamais battu pour toi. Autorise-moi à le faire pour toi. Laisse-moi croire en toi et me battre à tes côtés.

Ses mots me touchent intimement, en un lieu que je croyais mort depuis longtemps. Je me débats pour trouver mes mots.

– Un mineur affamé ne doit rien à personne. Encore moins s'il lui en coûte son intégrité ou sa carrière.

– Mais j'en suis là aujourd'hui parce que je les ai rencontrés.

– Tu es qui tu es grâce à toi-même, Rush McKenzie. Ta détermination. Ton courage. Ton talent. Ta bonté. Si tu en es arrivé là et si tu es la personne que tu es, c'est uniquement grâce à toi.

Ses yeux s'emplissent de larmes et sa voix dérape dans l'urgence.

– Je t'en conjure. Laisse. Moi. Me. Battre. Pour. Toi. Tu vaux la peine que quelqu'un se batte pour toi.

Elle me scrute d'une manière qui domine chaque partie de moi, et que je n'aurais jamais cru ressentir avec quelqu'un.

Mon soupir est aussi profond que mon cœur est gros. J'ai envie de la remercier. Je veux lui dire qu'elle est ce qui m'est arrivé de mieux dans la vie, avec le football. Je veux lui dire que j'aime sa façon de se battre pour moi. *Avec moi.* Mais ma voix est cassée. Mon âme pilée.

– Fais ce que tu as à faire.

CHAPITRE 53

LENNOX

– Fais ce que tu as à faire.

À ces mots, je passe immédiatement à l'action.

– Occupe-toi de tes bagages. Je gère le reste.

Alors, une idée me traverse l'esprit. Où sont indiquées l'heure et la date sur la photo d'Esme ? Si elle se trouvait à L.A. il y a trois semaines, et que Rush l'avait battue, les hématomes se seraient estompés. Donc, si la photo a été prise cette semaine, il est impossible que ce soit Rush.

Plus tard, Lenn. Mets-le dans l'avion, après quoi tu pourras creuser et trouver des arguments pour contre-attaquer.

Le quart d'heure suivant n'est qu'un tourbillon au cours duquel il remballe ses vêtements, et je réfléchis à un angle pour arranger les choses. J'ai conscience que je devrais me rabibocher avec Finn dans ce but, que mon mépris envers lui devrait être mis de côté pour le bien de Rush. Mais au diable

Finn ! Au diable Finn et son absence de confiance en Rush. Il parlait assez fort au téléphone pour que je l'entende.

Ce n'est pas une opération « attentisme ».

Le moment appelle plutôt de prendre le taureau par les cornes et d'agiter un drapeau rouge devant ses yeux.

Dans l'immédiat, je suis tellement furax que je dirigerai l'assaut. J'enrage contre Finn, contre Rory et contre le silence d'Esme. N'est-elle pas complice au même degré que Rory ?

Je peux concevoir qu'elle n'ait pas fait de déclaration plus tôt, mais maintenant ? Elle compte laisser Rush payer tous les frais ?

Elle aurait pu s'exprimer quand elle se trouvait à L.A., sans Haskins. Elle aurait pu solliciter une ordonnance restrictive pour se protéger de son mari violent, pendant qu'elle se cachait, en sécurité, à des milliers de kilomètres de chez eux. Mais non, elle a gardé le silence, ce qui a conduit un innocent à s'attirer les foudres des médias et du public. Une liaison, c'est une chose, mais l'abus ? Les attaques à l'encontre de sa personne ? De sa nature profonde ?

C'est déplorable.

Fureur, rage, colère s'accumulent en moi ; et c'est peu dire.

– Je vais avoir besoin…

Mes mots s'échappent quand, apportant des consignes dans la chambre de Rush, je le trouve assis au bord du lit, l'air anéanti.

– Hé, ça va ?

Stimulée par l'adrénaline de la course aux solutions, je traverse la pièce jusqu'à lui. Dès que je me trouve assez près, il m'attire debout entre ses cuisses et noue ses bras autour de moi.

Je ne sais plus quoi faire. Rush a habituellement une présence puissante et dynamique, si bien que le voir ainsi… vulnérable, me désarçonne.

J'enfonce mes doigts dans ses cheveux, jusqu'à ce qu'il relève la tête et que nos regards se rencontrent. Un fatras d'émotions navigue dans ses yeux, et chacune, plus indéchiffrable que la précédente, fait battre mon cœur à toute allure.

– J'ai besoin de toi, Nox. Tout de suite. J'ai juste besoin de toi.

Je m'assois sur ses genoux, mes lèvres trouvent les siennes dans un baiser langoureux aigre-doux.

– Tu m'as.

Complètement.

Nous bougeons en silence. Mon action, sa réaction. Mon expiration, sa prochaine inspiration. Deux étrangers qui se trouvent. Deux moitiés brisées qui se sont débrouillées pour former un tout.

Mon tee-shirt par-dessus ma tête, ses mains sur mes seins. Nos vêtements lancés sur le sol avant qu'il ne m'allonge. Nos lèvres se retrouvent, encore et encore, comme pour compenser le fait qu'il n'y aura plus de baisers.

Parce que ce sont nos adieux.

Il n'est pas nécessaire de l'exprimer à haute voix. Cela se sent dans le petit soupir que nous émettons quand il me pénètre. Dans la douceur de ses lèvres qui suivent le sillon d'une larme sur mes joues. Dans nos doigts entremêlés comme s'ils ne voulaient plus se lâcher. Dans nos corps parfaitement emboîtés, dans une action perpétuée depuis la nuit des temps, mais qui revêt une intimité unique pour nous.

Nous faisons l'amour, baignés dans la lumière matinale, les yeux dans les yeux, loin de tout sentiment d'urgence, en dépit de l'impression que le monde se consume autour de nous.

Mais il n'y a pas d'autre endroit où je préférerais me trouver en ce moment. Je veux que personne d'autre ne brise mon cœur à sa place.

Nos corps bougent à l'unisson, nos fronts en contact, nos émotions enflant au point que respirer devient presque douloureux.

J'apprécie le soudain pic de plaisir de la jouissance, ne serait-ce que pour son aptitude à noyer le chagrin un court instant.

Ne serait-ce que pour sa capacité à m'offrir un souvenir de plus avec Rush. Une autre sensation à mémoriser. Un instant de plus à chérir.

Quand je le regarde, le soleil dessine un halo autour de sa tête. Ses yeux reflètent tout ce que je ressens, et je dois m'accrocher à l'idée que c'est assez pour moi. *Il le faut.* Et forte de cette notion, que je prends pour ce qu'elle vaut, je me penche et appuie mes lèvres sur la boussole tatouée sur le torse de Rush.

À ceux qui vagabondent.

Où que j'aille dans la vie, elle m'aidera à retrouver le bon chemin. C'est sa boussole, pour que je ne m'égare pas.

Mon seul espoir est qu'un jour, il trouvera le chemin pour revenir jusqu'à moi. Là où il a sa place.

Parce que je l'aime de tout mon cœur.

CHAPITRE 54

RUSH

Le désir est quelque chose que je connais et comprends par expérience. Le désir de jouer, de gagner, de vivre… de séduire une femme. Des envies simples, basiques, masculines.

Mais assis dans l'avion en attente de décoller, ma casquette descendue sur mon front et les yeux fermés, je sais que quelque chose en Lennox Kincade m'incite à me demander si je savais ce que le désir signifiait avant elle.

Probablement pas.

Avant qu'elle entre dans ma vie, j'utilisais les sensations générées par le désir pour m'insensibiliser à mon passé.

Mais peut-être est-ce là que je me leurrais.

Peut-être que j'ai toujours été insensible.

Et peut-être, seulement peut-être, que j'avais besoin de Lennox pour réapprendre à ressentir.

Pour me sentir vivant à nouveau.

Pour réaliser que je ne faisais qu'exister quand je croyais profiter de la vie.

L'avion s'éloigne de la porte d'embarquement, et même si mon pays m'a manqué, même si je dois rentrer au plus vite pour rétablir l'ordre, une partie de moi restera ici.

Sera auprès d'elle à tout jamais.

J'ai besoin de toi, Nox.

Tu m'as.

La femme qui n'a eu de cesse de démontrer qu'elle croit en moi.

Avait foi en moi.

Tu es qui tu es grâce à toi-même, Rush McKenzie. Je t'en conjure. Laisse. Moi. Me. Battre. Pour. Toi. Tu vaux la peine que quelqu'un se batte pour toi.

Elle a foi en moi. Elle est la plus formidable des femmes que je connaîtrai jamais.

La seule que je me sois autorisé à aimer.

CHAPITRE 55

LENNOX

– J'ai un million de choses à faire, dis-je à Johnny qui m'observe, dans le salon.

– Quoi, par exemple ?

– Joindre Rory, le persuader de passer aux confessions pour blanchir Rush…

– Rory ?

– C'est une longue histoire. Je t'expliquerai plus tard.

Je considère la liste de mes dix appels en absence à Rory.

– Quoi d'autre ?

– Je dois réserver mon retour.

– Tu rentres ? Déjà ? rit-il. Tu m'étonnes que je me sente quantité négligeable ! Maintenant que le gigolo n'est plus là, tu me plantes.

Je lui jette un coup d'œil par-dessus mes documents éparpillés sur la table.

– Ce n'est pas…

– N’aie pas peur de l’admettre, dit-il en faisant quelques pas dans ma direction.

– Admettre quoi ?

– Que c’est Rush qui te retenait ici. La mission avec la MLS étant terminée, tu pouvais rentrer, mais il y avait Rush.

Les larmes aux yeux, je me force à déglutir.

– Ne commence pas. Je ne m’en sens pas capable.

– De flancher et pleurer un bon coup ? Qu’est-ce qui t’en empêche ? (Il s’assoit à côté de moi et me regarde.) Plus tôt tu te laisseras aller, mieux tu te sentiras.

– Je ne peux pas. J’ai tout ce boulot à…

– Distractions. Ce ne sont que des distractions. Tout le monde dort au Royaume-Uni en ce moment. Personne ne te répondra.

Sitôt qu’il oriente ma chaise face à lui, mes larmes affluent dans mes yeux, le sanglot suivant de près dans ma gorge.

Et quand Johnny me prend dans ses bras rassurants, je me laisse aller à pleurer pour un homme pour la première fois de ma vie.

Je me permets de ressentir.

Nous étions censés disposer de deux semaines pour nous. Des jours à paresser, à faire l’amour en prenant notre temps. De promesses sans fin de communiquer par téléphone ou SMS.

Du temps.

Juste du temps.

Mais peut-être est-ce pour le mieux. Peut-être qu'il est préférable d'arracher le pansement d'un coup sec, au lieu de le décoller avec une lenteur qui arrache chaque poil en même temps.

Peut-être que tout s'est déroulé de façon optimale.

Dans ce cas, quelqu'un doit le dire à mon cœur.

CHAPITRE 56

RUSH

Lennox : Si elle était à L.A. il y a trois semaines, les hématomes se seraient estompés. J'essaie d'obtenir la date de la photo pour prouver qu'elle a été prise récemment. Quand elle était en Angleterre, et toi ici.

Moi : Ça vaut le coup d'essayer.

Lennox : Je n'arrive pas à joindre Rory ? Il t'a envoyé un SMS ?

Moi : Non. Il ne me répond pas. Je vais réessayer.

Lennox : Merci. Comment vas-tu ?

Moi : Ça va. Pas trop. Je ne sais pas.

Lennox : Compréhensible. Tout va s'arranger. Fais signe quand tu arrives chez toi.

Moi : Sans faute.

Je relis les SMS de Lennox reçus quelques heures plus tôt, puis déroule les plus anciens, une centaine expédiés par des coéquipiers, Finn, des journalistes qui ont déniché mon numéro. Je tressaille en tombant sur la dizaine de SMS restés sans réponse que j'ai adressés à Rory.

Au début, j'espérais que c'était dû à la mauvaise qualité du réseau à bord. Mais considérant que je viens d'en recevoir un d'un numéro inconnu, le service fonctionne.

Je sais que Rory a reçu mes messages.

Je m'inquiète pour sa stabilité émotionnelle.

Et si cela le poussait plus près du précipice ? Après tout, la femme qu'il aime a été battue, une fois de plus, et le responsable rejette la faute sur moi.

Elle n'est pas en sécurité. *Il a sûrement le cœur en miettes.*

Mais pour l'instant, je suis impuissant.

Je suis coincé dans un avion.

Alors, je patiente sans bouger.

CHAPITRE 57

LENNOX

Mon téléphone me fait sursauter. Je le cherche à tâtons et juste avant de le porter à mon oreille, je constate qu'il est deux heures du matin.

– Chase ? Qu'est-ce que tu fais debout à cette heure-là ?

– Allume la télévision. Plutôt ton ordinateur. Connecte-toi sur ESPN ou Sky News… magne-toi.

Je bondis hors du lit.

– Je cherche quoi au juste ?

– Une conférence de presse. Rory Matheson.

J'aligne les fautes de frappe dans la précipitation de me connecter à la diffusion en direct. Cela fait, je pousse un cri muet. Debout devant une forêt de caméras, Rory Matheson, le défenseur de Liverpool constamment sur la sellette. Sa tenue vestimentaire laisse penser qu'il a fait son possible pour ressembler à Rush.

D'ailleurs, on pourrait presque les confondre.

Je le remarque dès les premières secondes, mais ce sont ses mots qui retiennent mon attention.

– Merci d'avoir répondu à mon invitation. Je suis sûr que vous vous demandez pourquoi un joueur de seconde zone comme moi donne une conférence de presse sur la situation au Liverpool Football Club, au regard des allégations qui ont été faites par Seth Haskins sur Rush McKenzie. Je suis ici pour rétablir la vérité.

Il y a de l'agitation parmi les journalistes, une slave de flashs s'ensuit et je ne doute pas que certains se regardent en s'interrogeant.

De mon côté, assise sur le lit devant mon ordinateur, j'attends en retenant mon souffle.

– Tu sais ce qui se passe ? demande Chase dans mon oreille.

– J'ai ma petite idée.

Espérons qu'elle se confirme.

– Un jour, j'ai entendu dire qu'on ne mesure pas la valeur d'un homme à ce qu'il fait pour lui-même mais à ce qu'il est prêt à faire pour les autres. Si c'est le cas, Rush McKenzie est un homme réellement remarquable. Le genre prêt à laisser le monde entier croire qu'il a été surpris dans une situation compromettante avec une femme mariée, pour protéger un homme aux prises avec la dépression.

Un cri de stupéfaction s'élève dans la foule, de même que parmi les gens alignés de part et d'autre de Rory qui ont l'air abasourdis. J'imagine qu'il n'a pas averti tout le monde de la teneur de son discours.

– J'y crois pas, murmure Chase.

– C'est moi qui suis sur la photo avec Esme, publiée en juin. Si le photographe s'était décalé sur la gauche, vous verriez mon tatouage, dit-il, la main levée pour montrer un motif que je n'arrive pas à discerner, et cela n'aurait jamais fait autant de vagues. Mais Rush (il secoue la tête) vous a laissés croire que c'était lui. Parce qu'à l'époque, j'allais mal. J'étais déprimé, j'avais des pensées suicidaires. Je suis un dépendant en voie de guérison… alors il a endossé la responsabilité. Il a encaissé les coups. Il a subi votre indignation. Il a quitté le pays pour laisser le tohu-bohu retomber. Il a laissé tout le monde croire que sur la photo, c'était lui et pas moi, parce qu'il savait que vous me descendriez en flèche, sans vous soucier du mal que vous feriez. Il savait que je me briserais sous la pression. Il se souciait de ma santé plus que de sa carrière. Pas une fois il n'a cherché à se défendre. Aucun d'entre vous ne lui a demandé si c'était bien lui sur la photo.

Rory secoue la tête et boit une gorgée d'eau avant de continuer à s'adresser au public captivé.

– Un truc de fou, chuchote Chase.

– Je sais, je murmure.

C'est hallucinant.

– Quand la photo d'Esme et moi a été révélée, je l'ai lâchement laissé endosser la responsabilité, mais c'est fini. Je ne peux pas en mon âme et conscience accepter ce dont la presse l'accuse depuis hier sans réagir. (Il s'éclaircit la voix.) Rush n'a pas posé la main sur Esme. En fait, je ne pense pas qu'il l'ait déjà rencontrée. C'est Seth Haskins, son mari, mon coéquipier, celui qui a diffusé cette accusation dans le *Daily Mail* d'hier, qui est responsable des blessures d'Esme. Comment je le sais ? Depuis neuf mois, je ne bronche pas quand des coups marquent régulièrement sa peau. Seth fait un mauvais match, un hématome apparaît. Elle lui demande le divorce, comme il y a quatre jours, elle revient avec l'œil fermé par un coquard.

– Ce sont de lourdes accusations que vous portez, Rory.

Rory hoche la tête et regarde le journaliste dans les yeux.

– C'est exact et j'en ai conscience, mais je peux le prouver. (Des cris de surprise retentissent, dont le mien.) Esme a fourni à la police des images de l'agression enregistrées par son système de sécurité domestique pour étayer sa plainte. Cela fait des mois que je l'implore de porter plainte, mais la honte et la peur que le public la juge la freinaient jusqu'à présent. Plus maintenant. (D'autres cris.) Une courte séquence de l'altercation « supposée » sera transmise à toutes les chaînes d'information, pour appuyer mes dires.

Il glisse un regard vers le côté de l'estrade, et les reporters commencent à murmurer tandis que la caméra se déplace vers l'endroit où se tient Esme, en larmes derrière ses lunettes de soleil.

– Oh, elle est carrément là, murmure Chase, faisant écho à mes pensées.

– Je ne m'adresse pas à vous pour jouer les saints. Je me suis mal comporté. J'ai eu une liaison avec Esme. Je n'aurais pas dû laisser Rush être tenu pour responsable, et j'en accepte les conséquences. Mais je ne resterai pas les bras croisés pendant que vous (Rory montre la presse du doigt) fustigez Rush McKenzie pour un crime qu'il n'a pas commis. Pour quelque chose qu'il ne ferait jamais.

Il regarde à gauche, un agent sportif que je connais de vue, avant de reporter son attention sur le groupe de journalistes.

– Je ne ferai pas d'autres déclarations sur ce sujet. Merci pour le temps que vous m'avez accordé.

La presse l'assaille de questions pendant que je reste bouche bée, et que Chase continue à parler dans mon oreille.

Rush est enfin libre.

CHAPITRE 58

RUSH

Tandis que j'attends de récupérer mon bagage à l'aéroport d'Heathrow, la casquette abaissée sur les yeux, je regarde Rory sur l'écran suspendu au mur, totalement estomaqué.

Une ribambelle de questions s'emmêle dans mon esprit.

Que fait-il ?

Ne va-t-il pas flancher après ça ?

Que va-t-on penser de moi maintenant ?

Le tapis roulant tourne en boucle dans mon dos, les alertes en rafale sur mon téléphone vibrent dans ma poche, mais je ne parviens pas à détacher mon attention de l'écran. De l'image floue d'Esme tentant d'ouvrir une porte, Seth la tirant en arrière, prêt à la cogner. Malgré le floutage – enfin un minimum de respect –, on voit avec quelle facilité il domine sa femme. Je n'en crois pas mes yeux. Ce qu'il lui a fait endurer. Je vibre de rage à présent, non seulement envers ce que cet animal est capable de faire mais parce qu'il était prêt à me faire accuser à sa place.

Puis une idée survient.

C'est fini.

C'est enfin terminé.

Habile pour passer inaperçu, je sors de l'aéroport sans que personne ne m'ait remarqué. Mais à peine ai-je atteint le parking que j'aspire une ample bouffée d'air, la première que je puisse inhaler librement depuis que je suis parti, voilà plus de quatre mois.

Je n'ai pas de voiture à récupérer ou à attendre, mais ça m'est égal. Je veux juste quelques minutes d'intimité. Tout ce qu'il me faut, c'est entendre la voix de Lennox.

Aux quatre appels en absence que je découvre d'elle, nous sommes synchros.

Je la rappelle.

– Tout compte fait, tu n'avais pas besoin de moi.

– Ce n'est pas ton idée, sa déclaration ? Tu n'as pas organisé…

– Pas du tout, je suis aussi choquée que toi. Je suis… sans voix. En tout cas, je ne suis pas la seule à penser que tu mérites qu'on se batte pour toi.

Ses mots flottant sur la ligne, je lutte contre les émotions qui me submergent ces dernières vingt-quatre heures.

– Lennox… merci. Tu es…

– Inutile de me remercier. Je n'ai rien fait.

– Tu as fait le nécessaire pour que j'arrive à Londres aujourd'hui. Et tu essayais de faire plus. Personne n'a jamais…

– Tu en vaux la peine.

– Merci. Du fond du cœur. (Silence.) Il est tôt chez toi. Tu dois être vannée. Essaie de dormir.

Malgré ce conseil, je pourrais passer la journée à m'imprégner de son silence.

– D'accord. À… plus.

– Oui. À plus.

Je dois faire un effort monstre pour ne pas la rappeler immédiatement, pour exprimer ce que j'ai sur le bout de la langue.

Je t'aime.

Je joue un instant avec cette idée, puis appelle celui à qui j'ai besoin de parler ensuite. Il répond à la troisième sonnerie.

– Rush.

– Rory. Mec. Tu n'étais pas obligé. Tu…

– Si, il le fallait.

– Mais ta…

– Je suis un grand garçon, Rush. Ce sont mes erreurs, rien que les miennes. Il est temps que je me comporte correctement et que je sois pour toi l'ami que tu es pour moi depuis de longues années.

– Je ne… eh bien.

– J'ai eu maman au téléphone, elle a fondu en larmes. Elle aimerait faire la connaissance d'Esme. Enfin, pas tout de suite.

– Elle t'aime, Ror.

– Ouais. C'est juste… papa. Punaise, il est vert de rage ! J'ai tellement recherché l'approbation de mon père tout au long de ma vie, mais c'était vain. Ça n'a aucune importance si je ne peux pas supporter l'homme que je suis devenu. Je ne pouvais pas. Je ne pouvais pas te laisser gâcher ta vie au nom d'une loyauté biaisée qu'il t'a insufflée. (J'entends remuer autour de lui.) J'ai eu la faiblesse de le laisser te demander ce service et de l'accepter. Je ne peux rien dire de plus que je suis désolé pour tout, et encore plus d'avoir laissé les choses dégénérer à ce point.

– Rory, es-tu…

Je me débats avec mes phrases, ses excuses me faisant redouter qu'elles s'apparentent à des adieux.

– Tu sais… tu te sens bien, dis-moi ?

– Mais oui, bien sûr. La guérison sera longue, mais la vie est magnifique.

– Et le club ?

– J'accepterai que le club demande mon transfert en conséquence de mes actes. Ça m'importe peu tant que je peux continuer à jouer. Et puis, Esme me soutiendra quoi qu'il arrive.

– Je suis sans voix. (Mes pensées se percutent trop rapidement pour les formuler.) Tout ce que je peux dire, c'est que je suis heureux pour toi.

– Merci encore, mec. Tu es un saint, je ne te mérite pas.

***

– J'arrive dans ma rue, Finn, et comme je ne suis pas rentré chez moi depuis le mois de juin, je vais raccrocher pour profiter du silence de ma maison sans que tu continues à caqueter dans mon oreille.

– Entendu. Prépare-toi à ce que le club te pousse à t'adresser aux médias le plus tôt possible. Ils te voient comme un saint en ce moment, laisse-les saisir l'aubaine pour effacer toute la mauvaise presse…

– Je consens à signer le contrat en public. C'est tout. Personne n'exploitera une décision que j'ai prise. Pas d'interviews sur ce sujet. Pas d'exclusivité. Je serai intraitable sur ce point.

– Mais pourquoi ?

– Ma scène à moi, c'est le terrain de sport. Pas ailleurs.

– Parfait, dit-il, mais les rouages que j'entends grincer dans sa tête me disent qu'il n'a rien écouté. Au fait, Rush ?

– Hmm ?

– Nous avons réussi.

Je raccroche sans répliquer, peu sûr de savoir ce que cela m'inspire.

Nous n'avons rien réussi.

Cela a traîné pendant des mois.

Argumenter. Communiquer tous les jours. Que du pipeau.

Je me suis demandé pourquoi je n'éprouvais pas le même ressentiment envers le club. Et je ne pense pas que ce soit simplement une question de hiérarchie. Mais en mon for intérieur, je pense qu'une partie de la réponse se cache là.

J'emploie Finn. Ne serait-ce pas que par allégeance financière, il aurait dû crier sur tous les toits, comme l'a dit Lennox. Il était supposé me défendre publiquement, de toutes les manières possibles et, en privé, ne jamais douter de moi.

Le club est essentiellement une entreprise. Certes, il s'agit de ma carrière, mais je peux concevoir qu'ils doivent tenir compte de l'aspect pécuniaire pour estimer l'intérêt de m'échanger. Leur loyauté est un peu plus complexe à définir, et je n'ai jamais suggéré que je n'étais pas le gars de la photo. Cette loyauté est motivée par l'argent.

Est-ce que ça me réconforte qu'ils aient douté de moi ? Bien sûr que non, mais…

– Bon retour chez vous, Monsieur, dit le chauffeur avec un petit rire, alors que ma résidence se profile devant moi.

Les portails sont autant envahis par les paparazzis que le soir de mon départ, mais cette fois, les questions ne sont plus accusatrices. Cette fois, ils ne crient pas mon nom avec dérision, mais pour décrocher la première citation. *Fichus vautours !*

Exactement comme la dernière fois, je fends la foule d'un pas rapide, sans faire de commentaire.

La conférence de presse de Rory les a suffisamment éclairés.

Que pourrais-je ajouter ?

Mais quand je m'affale sur mon lit, après une douche rapide, que je laisse le silence envelopper mes pensées, une seule chose manque à ce jour plein de surprises.

Lennox.

Elle n'est pas là pour que je me raccroche à elle.

Si elle était là, je poserais mon menton sur sa tête, et ses cheveux chatouilleraient ma joue.

Ses légers ronflements empliraient la chambre.

Au lieu de quoi il n'y a que ce silence et cette solitude que j'appréciais tant autrefois, mais qui m'oppressent à présent.

CHAPITRE 59

LENNOX

– Tout se passe comme tu veux ?

Je déteste les larmes qui emplissent mes yeux en voyant son visage sur l'écran.

– Oui, et toi ? Les médias commencent à te laisser tranquille ?

– Je ne fais pas vraiment attention, murmure-t-il.

Moi, si. J'épluche toutes sortes de sites dans l'espoir de l'apercevoir en direct, et d'après ce que j'ai vu, ils continuent de le traquer.

– Sinon, ça fait du bien d'être rentré ?

Tu me manques.

– Rien n'égale le plaisir de retrouver son lit.

Il a un petit rire.

Tes bras qui m'étreignent.

– Je sais. Tout ce que j'avais envie de faire en rentrant, c'était de me prélasser dans mon lit.

Ta voix éraillée quand tu émerges du sommeil.

– Tout va bien avec tes sœurs et ton père ?

Savoir qu'il m'est possible de te toucher pour vérifier si tu es réel.

– Si tu veux savoir si nous nous chicanons, la réponse est bien évidemment oui.

Est-ce que je te manque ?

Une conversation de plus sans parler de rien, parce que nous avons trop peur de poser la question qui fâche, à savoir notre avenir commun.

CHAPITRE 60

RUSH

Lennox : J'ai vu que tu avais téléphoné. Désolée d'avoir loupé ton appel. Je saute dans un avion pour la Floride pour recadrer un athlète. Tu dormiras quand j'atterrirai. Bon entraînement avec ton équipe !

Je regarde le SMS et déteste ce sentiment : envie de parler même si je sais que je ne peux pas.

Vouloir être avec elle, alors que des milliers de kilomètres nous séparent.

Avoir besoin que la douleur dans ma poitrine s'évapore au lieu d'empirer de jour en jour.

CHAPITRE 61

LENNOX

– Tu l'as regardé ?

Je lève les yeux vers Brexton plantée dans l'entrée de mon bureau.

– Regardé quoi ?

– Ne me dis pas que nous en sommes revenus au stade où tu fais semblant de ne pas te lamenter à longueur de temps ? demande-t-elle en roulant royalement des yeux.

– Je ne me lamente pas.

– Alors, la réponse est oui.

– Évidemment, j'ai regardé. Pourquoi pas ? dis-je en repensant à la vidéo de vingt minutes montrant la signature du gros contrat de Rush, que j'ai visionnée sur YouTube.

Dont j'ai dévoré chaque détail comme une fan obsessionnelle qui a besoin de sa dose.

– Parce qu'elle a eu lieu à quatre heures du matin. Peut-être que tu dormais, sait-on jamais !

– Ne commence pas à m'agacer.

– Jamais de la vie.

Elle hausse les épaules et entre s'asseoir dans mon bureau. Exactement ce que je ne veux pas : passer sous le microscope de ma sœur.

– Je me demande juste ce qui se passe. Simple curiosité.

– J'essaie d'obtenir des modifications au contrat de Johnson, et j'ai un rendez-vous dans deux heures avec Berringer. Tu sais tout, dis-je avec un sourire de morveuse.

– Quand penses-tu le revoir ?

Il n'y a plus trace de légèreté dans sa voix, et la compassion qui la remplace m'incite à quitter le contrat des yeux pour la regarder.

Je hausse les épaules, de peur que ma voix me trahisse.

– Probablement quand nos chemins se croiseront.

– Comment ça se fait ?

– Parce que nous sommes comme ça.

– C'est-à-dire ? Deux personnes qui s'accordent parfaitement, mais qui sont trop butées pour l'admettre ?

– Plus ou moins.

– Alors, bouge-toi.

Je m'adosse dans mon fauteuil et contemple la ville. L'animation constante de Manhattan qui ne cesse de m'émerveiller, à toute heure de la journée et par tous les temps.

– Je ne sais pas. J'ai besoin de bouger. Je vais peut-être partir quelques semaines à Chicago pour négocier le premier jet. Démarcher au maximum sur place. Faire les boutiques pour me remonter le moral.

Son silence s'étire jusqu'à ce que je lance un regard vers elle.

– Tu viens de rentrer.

– Ça fait trois semaines.

– Mouais.

– Vous vous parlez ?

– Oui. En quelque sorte.

– Cache ton enthousiasme.

– Tu me comprends. Quand on est ensemble, on partage le même monde, les conversations viennent naturellement. Mais la distance, c'est comme se trouver sur une île et essayer de décrire son quotidien pour que l'autre comprenne.

– Ça ne tient pas debout, rit-elle.

– À partir de quand est-ce que l'on discute ou téléphone ou répond juste pour ne pas faire de peine à l'autre ?

– Tu as tourné la page si rapidement que tu te sens déjà obligée de lui répondre ? demande-t-elle.

Non, bien sûr, mais je n'ose pas l'admettre. La vraie réponse est, quand saurai-je qu'il agit de la sorte avec moi ? Quand sait-on que nos sentiments respectifs ne sont plus au même niveau ?

– Je pense tout haut, rien de plus, je finis par murmurer.

Elle me scrute un court instant avant de se relever.

– Je ne dirai qu'une seule chose avant de te laisser tranquille.

– C'est pas trop tôt, dis-je pour plaisanter.

Ce faisant, j'examine la mini-mappemonde sur l'étagère derrière elle en me demandant où aller.

– Parfois, se raccrocher à l'amour est difficile, mais si c'est le bon, s'il est la destination qui t'attire quand tu regardes ce globe, peut-être qu'il t'est destiné.

– Tu as lu ça dans un gâteau chinois ?

– Tu sais qu'à l'instant où je quitterai ton bureau, tu te répéteras cette phrase et tu sauras que j'ai raison.

– Si tu le dis.

– Tente ta chance, Lenn. On ne sait pas, tant qu'on n'a pas essayé.

– Comment ?

Gagnée par l'émotion, mes doutes explosent enfin. *J'ai envie de dire qu'il me manque. Il me manque tellement, à chaque instant. Son contact me manque. Son sourire. Son rire. Son magnifique accent.* Mais les mots refusent d'être formulés.

– Comment suis-je censée procéder ? Sa vie est là-bas et la mienne, ici. Sortir avec quelqu'un qui habite de l'autre côté de l'Atlantique ne tient pas vraiment chaud la nuit. Je ne veux pas d'une histoire d'amour *via* Instagram où mes seules occasions de le voir sont de vérifier ses publications.

Elle s'arrête devant la porte et se retourne vers moi.

– Tu es dégourdie. Tu trouveras une solution.

CHAPITRE 62

RUSH

– Après tout ce tapage pour revenir au club, c'est comme ça que tu disputes ton premier match de la saison ? s'insurge Louie, appuyé à sa voiture garée à côté de la mienne. Te frotter aux Américains a usé tes compétences ? Ils ont déteint sur toi ?

Il fait semblant de frissonner, mais son sourire et notre histoire commune me disent qu'il plaisante.

– Lâche-moi. J'étais rouillé.

– Rouillé ? grogne-t-il. Dis plutôt que tu es retombé en Bush League.

– C'est-à-dire ?

– C'est un terme américain. Je suis surpris que tu ne l'aies pas appris pendant que tu t'amusais avec cet agent. (Je lève le majeur.) Qu'est-ce qui se passe ? Tu signes un méga-contrat et ensuite tu décides d'être nul ?

– Nul ? dis-je en riant. Je suis juste un peu tendu.

– Devons-nous embaucher quelqu'un pour t'aider à relâcher la pression avant le prochain match ? Quels que soient tes besoins, je suis à ton service.

Il fait un salut militaire.

– Je ne passerais pas par toi pour ce genre de service. De toute façon, je ne pense pas que quiconque puisse m'apporter ce dont j'ai besoin.

– Mais encore ? demande-t-il.

Alors que je me tiens devant la portière ouverte de ma voiture, je ne devrais pas être surpris de la réponse, mais je le suis néanmoins.

Je connais la solution, mais personne ne peut la concrétiser.

Pourtant, elle me manque horriblement.

– Oublie ça. Je dois rentrer. Des trucs à faire.

– Tu es sûr que ça va ? Je plaisantais, tu sais ?

Je croise le regard de l'un de mes amis les plus proches et hoche la tête.

– Tout va bien. Mais c'est vrai que je suis rouillé. Demain est une nouvelle opportunité de progresser.

– Ah. Tu devrais te le faire tatouer.

– J'y réfléchirai. Bonne soirée, Louie !

– À demain.

Quand je m'installe au volant et fais rugir le moteur, je devrais rejouer le match dans ma tête comme à l'accoutumée. Pointer les détails à améliorer. Comment j'ai loupé mon coup la seule fois où la cage restait sans défense. Pourquoi mes frappes de la tête sont décalées sur la droite.

Mais je ne pense à rien, parce que Lennox me manque trop.

Parce que je suis trop occupé à m'en vouloir d'avoir scruté les gradins dans l'espoir, peu probable, qu'elle soit venue pour mon match de reprise.

Trop préoccupé à réaliser qu'elle a déjà tourné la page, pendant que je suis coincé ici comme un pauvre imbécile.

Pourrais-je trouver une fille qui m'aide à me la sortir de la tête ?

Bien sûr que je pourrais.

En ai-je envie ?

Non.

Je suis encore trop accro à Lennox.

Correction.

Je suis amoureux de Lennox Kincade.

CHAPITRE 63

LENNOX

– Papa ? Que fais-tu ici ? dis-je quand je le trouve sur le pas de ma porte.

– Je suis venu voir si tes valises étaient prêtes, répond-il en entrant.

– Mes valises ?

– Tu recommences à avoir la bougeotte, dit-il avec un doux sourire. Je pensais que tu ressentais l'envie de voyager.

– Mes valises sont vides et empilées dans ma penderie.

J'indique le salon d'un geste vague.

– Pourquoi ?

– Tu peux préciser le sens de ta question ? je demande alors qu'il s'installe sur mon canapé.

– Tu n'es pas heureuse. Tu erres quand tu n'es pas heureuse.

Par pur réflexe, je touche mon pendentif.

– Ce n'est pas que je suis malheureuse. Je suis seulement…

– Effrayée.

– Effrayée ? je fais en toussant. Par quoi ?

– Tu as peur de débarquer en Angleterre avec tes valises et de découvrir qu'il n'est pas aussi amoureux de toi que toi-même et ta famille le pensent. De nous dire que tu t'y rends, car tu t'inquiètes qu'on te trouve insensée. De faire ce que tu as à faire par loyauté envers l'agence.

J'examine mon père, réalisant lentement que j'acquiesce à chacune de ses affirmations.

– Il n'y a pas de mal à ce que tu l'aimes. Je ne te reprocherai jamais de l'aimer. En revanche, je t'en voudrais si tu n'allais pas t'assurer que c'est réel.

Il se penche pour attraper un cadre sur ma table basse, une photo de moi et ma mère prise peu avant sa mort.

– Ce que je détesterais, ce serait que dans dix, quinze ou vingt ans, tu repenses à ce moment en te demandant ce qui aurait pu advenir.

– Que veux-tu dire précisément ?

Un millier de pensées et d'espoir se croisent en moi.

– Rien de spécial. J'attends d'écouter ce que tu as à m'annoncer.

– Qui a dit que j'avais quelque chose à t'annoncer ? je fais, éberluée qu'il sache.

– Ta façon de t'attarder dans la salle de réunion, dans l'attente que tes sœurs s'en aillent, mais elles ne partent pas. Ou de venir de bonne heure pour découvrir qu'une fille t'a devancée. (Il repose la photographie.) Alors, que veux-tu me dire ?

– Tu as raison, j'ai envie de bouger.

Il acquiesce de la tête.

– Et je me sens affreusement triste. (Je me tords les doigts.) Je peux travailler de n'importe où. C'est la beauté de notre métier. Partant de là, pourquoi je ne passerais pas un peu de temps en Angleterre, afin de voir ce que ça se donne, si ce truc entre nous est durable ? Si c'est vraiment réel et plus fort, maintenant que nous avons repris le cours de notre vie, hors de la bulle que nous offrait la propriété de Johnny ?

– Continue.

– Si ça se vérifie, si avec Rush, ça continue à être de mieux en mieux… n'est-ce pas le moment idéal pour ouvrir une succursale KSM à l'étranger ? Il y a un vaste marché à conquérir outre-Atlantique. J'ai monté un dossier d'études que je peux te transférer. Avec des données sur le nombre de sportifs, les agents qui seraient mes concurrents. Bien sûr, je garderais mes clients actuels. Cela me fournirait une excuse supplémentaire pour vous rendre visite fréquemment, et…

Ma voix dérape et je me tais, soudain intimidée, maintenant que j'exprime la vie fantasmée que je me fabrique tous les soirs en m'endormant.

Je téléphonerais à Rory et il m'indiquerait où trouver Rush. De cette façon, je pourrais arriver en douce à Liverpool, là où il habite. Je le surprendrais, et nous serions épris au point de nous promettre de ne plus jamais nous séparer. J'ouvrirais une modeste agence et prendrais mes marques dans le milieu du football, jusqu'à ce que KSM s'implante sur ce marché.

– Papa, dis quelque chose.

– Qu'arriverait-il si tu partais là-bas, t'installais mais que l'envie de voyager te reprenait ? Tu serais la seule responsable sur place. C'est nettement plus difficile de s'enfuir quand on a ce niveau de responsabilités.

– Je ne m'enfuirai pas.

– Comment le sais-tu ?

– Parce que je me sens à ma place auprès de Rush. Lui seul apaise mon agitation.

Un sourire mitigé étire lentement ses lèvres. Cillant, il repousse des larmes que je fais semblant de ne pas remarquer.

– C'est tout ce que j'avais besoin d'entendre.

CHAPITRE 64

RUSH

Le pub est peu fréquenté pour un jeudi soir, mais c'est idéal pour apaiser mon esprit et prendre du recul.

Nous avons joué trois semaines depuis le début de la saison et la pression me perturbe manifestement puisque mon jeu n'atteint pas le niveau attendu.

Je me sens bizarre.

Quelque chose cloche chez moi.

Et je caresse l'idée d'envoyer à Lennox un aller simple en classe affaires pour Heathrow, afin de prendre le risque de tout lui exposer. Pour pouvoir lui dire que je l'aime et que je me contrefiche de savoir comment nous nous organiserons, mais il faut que ça marche.

J'ai même envisagé de téléphoner à l'une de ses sœurs au bureau pour voir si elle se sent aussi malheureuse que moi, mais rien ne sent davantage le désespoir que solliciter l'aide de la famille en amour. C'est hors sujet.

Ces sentiments ne sont pas à sens unique. Du moins ne l'étaient-ils pas quand nos chemins se sont séparés le mois dernier, ou je ne sais plus quand. Et si les miens persistent, je suis sûr qu'il en va de même avec les siens.

– Tenez, dit le barman en poussant un verre de glaçons devant moi, sur le comptoir.

– Ce n'est pas pour moi, dis-je.

Néanmoins, je me redresse aussitôt.

Nan, ce n'est pas possible.

– Si, c'est un cadeau, si l'on peut dire. De la part de la dame assise dans le coin.

Ma tête pivote brusquement dans la direction indiquée, et je saute sur mes pieds avant même de la voir.

Parce que c'est elle.

C'est forcément elle.

CHAPITRE 65

LENNOX

Mon cœur s'immobilise en le voyant, et je sais que chaque instant de chagrin et d'inquiétude n'était pas vain sitôt que son regard accroche le mien.

Quand l'amour, l'incertitude et l'envie qui ont envahi mon regard se reflètent dans ses yeux.

Il arrive à ma table en un rien de temps, ses bras m'étreignent étroitement, ses lèvres trouvent les miennes comme si j'étais le seul endroit où elles s'étaient jamais senties chez elles.

Il rit contre mes lèvres.

– Tu es là. Tu es réellement là.

Mes mains longent ses bras, ses joues, s'enfoncent dans ses cheveux comme pour s'assurer qu'il est bien réel, que je le touche vraiment. Mais c'est son sourire quand il s'écarte pour me regarder comme je le regarde qui me livre la vérité.

Il veut de moi ici.

Je suis désirée.

– Que fais-tu là ? demande-t-il avec un air incrédule, comme s'il avait peur que je disparaisse s'il s'aventurait à détourner le regard.

– Un grand sage m'a dit un jour que je devais chercher les acclamations de la foule, courir après mon bonheur. C'est exactement ce que je fais.

– Et qu'est-ce que cela implique exactement ? demande-t-il en jouant avec mes cheveux.

– Je caresse l'idée d'ouvrir une branche KSM ici, au Royaume-Uni. Cela me permettrait de faire cavalier seul, tout en faisant partie d'une équipe.

Son air choqué est impayable.

– Ici, ici ?

– Oui, ici, ici.

J'attends sa réaction, mais excepté la surprise dans sa voix, il ne laisse rien paraître.

– Tu es venue uniquement dans ce but ?

– Peut-être aussi pour assister à un match de football ou deux.

– Je me suis laissé dire que le nouveau capitaine était formidable.

– Ah oui ?

– Je t'assure. (Il boit une gorgée d'eau dans mon verre.) Et si tu projettes de vivre ici, tu vas devoir commander plus corsée que de l'eau dans les pubs.

Il appuie ses lèvres sur les miennes, si bien que je déplore que nous ne nous trouvions pas dans un endroit plus intime.

– Qu'espères-tu trouver d'autre en Angleterre ?

– Du sexe d'un genre déplorable.

Son sourire illumine son visage.

– Je peux t'aider à trouver ça aussi.

Il entremêle nos doigts.

– Tant mieux parce que je commençais à me morfondre.

– Toutes ces choses sont à notre portée, n'est-ce pas ?

Je suis stupéfaite par le calme absolu que je ressens, ici avec lui. Alors que je pensais éprouver de l'inquiétude ou de l'anxiété, je sens que j'ai fait le bon choix.

– Mais tout cela fait partie de la quête de reconnaissance. Je dois tout de même attraper mon bonheur.

– C'est moi que tu es venu attraper, Kincade ? demande-t-il avec un sourire embarrassé.

– À toi de me le dire.

Nos regards se retiennent, le temps semble suspendu dans le pub qui continue de bouger autour de nous.

– Tu oublies qu'il reste un problème.

– Lequel ?

– Je serai obligé de devenir ton premier client. C'est normal.

– Je ne peux pas te voler à Finn. Il t'a décroché ce contrat. J'ai beau le haïr, il a accédé à toutes tes requêtes.

– Mais il a insulté ma petite amie et impliqué qu'elle couchait avec les sportifs pour étoffer sa clientèle.

– Si je te représentais, ça ne lui donnerait pas raison ? dis-je en me demandant laquelle de mes sœurs a cafté.

– Au diable Finn, murmure-t-il près de mes lèvres.

– Au diable Finn.

Je ris.

– Et puis, dit-il tandis que sa main longe ma cuisse, ça ferait mauvais genre que la femme qui porte mon nom ne me représente pas.

– Pardon ?

Rush hausse les épaules comme un gamin espiègle et arbore un imperceptible sourire, de l'humour dans les yeux.

– Juste une projection dans un avenir lointain.

– Tu fais allusion à un engagement hyper-sérieux pour quelqu'un qui n'a même pas encore déclaré sa flamme.

À ma plaisanterie, le sourire de Rush retombe lentement, et son regard se fait plus grave.

Sa main caresse ma joue.

– Lennox Kincade, je n'étais plus qu'un misérable abruti sans toi. Je joue comme un pied uniquement parce que tu as bouleversé ma vie, et depuis, je ne veux même plus la remettre en ordre.

Il esquisse un petit sourire, un rire contenu qui aurait conquis mon cœur s'il ne lui appartenait pas déjà.

– Je t'aime, reprend-il. Je t'aimais avant de partir, mais j'avais trop peur de te le dire. Quand je suis rentré, j'avais trop peur de te le dire parce que je pensais que tu étais passée à autre chose… mais bon sang, je t'aime. Et maintenant que tu es là, devant moi, tu vas devoir t'habituer à l'entendre.

– Eh bien, je murmure en l'attirant contre moi, injectant ma peur et ma frustration du mois écoulé dans un seul baiser. Je t'aime aussi, Rush McKenzie. Et je suis ici, prête à me lancer dans quelque chose à deux avec toi, quoi que ce soit. Tu as intérêt à ce que ça commence par une de ces relations sexuelles atroces dont je raffole, et très vite.

– J'ai bien cru que tu ne demanderais jamais.

Il s'empare du verre de glaçons sur la table pour l'emporter avec nous.

ÉPILOGUE

LENNOX

– C'est donc ici que se réfugient les méga-riches pour se couper du quotidien ?

Je contemple ce lieu d'une telle beauté que mon regard ne sait à quoi s'accrocher. L'eau turquoise sous mes pieds qui se balancent. Le bungalow sur pilotis dans mon dos. Les palmiers sur le rivage derrière nous.

Allongé à côté de moi sur un transat, Rush me regarde avec un sourire espiègle.

– Pas exactement. C'est ici que vient le roi du football qui a remporté le Championnat d'Angleterre et la Ligue des champions quand il veut s'évader avec sa petite amie.

Sa petite amie.

Ce terme continue de m'émouvoir. Je suis en Angleterre depuis bientôt un an et le fait de me réveiller tous les jours à ses côtés m'enthousiasme toujours autant.

Je tends mon visage vers le soleil pour apprécier sa chaleur, mais aussi pour camoufler les larmes naissantes quand je réalise que j'ai failli tout perdre – le perdre – parce que j'étais trop bornée pour croire que l'amour était réel.

– Ohé ?

Je tourne mon attention vers lui et souris en rencontrant son regard. Mon cœur fait un salto dans ma poitrine.

– Hmm ?

– Tu sais que je ressens la même chose que toi, j'espère ? demande-t-il avec douceur.

– À savoir ?

– Ce que je vois dans tes yeux. Comme si tu n'arrivais pas à croire que tu savais respirer avant de me rencontrer. Comme si tu ne parvenais pas à croire que c'est bien réel.

Il se penche pour m'embrasser, la chaleur et la familiarité de son baiser comblant tous mes besoins.

– Comme si la vie n'avait pas de sens avant nous, murmure-t-il au bord de mes lèvres.

Je pose mon verre de vin, me lève et m'assois à côté de lui, au bord de la terrasse. Je me blottis contre sa peau réchauffée par le soleil et pose ma main sur son cœur.

– À ceux qui vagabondent, dit-il d'une petite voix, son cœur battant sous son tatouage.

– À ceux qui vagabondent, dis-je, un petit sourire aux lèvres, la chance qui nous a souri réchauffant mon cœur.

– J'ai réfléchi, dit-il en enroulant mes cheveux autour de son index.

– À quoi ?

– Quand tu m'as poursuivi en Angleterre.

– Mouais.

– Je t'ai dit que je serais ton premier client, sinon ça ferait bizarre quand tu porterais mon nom.

Je me fige momentanément.

– Je me souviens.

– Bon, tu as monté ton agence, signé plusieurs clients. De mon côté, j'ai remporté toutes les coupes possibles… et je pense qu'à présent, il faudrait aller au bout de ce que nous avons commencé.

Quand je m'écarte pour sonder son regard, toute une gamme d'émotions me traverse.

Cet enfant terrible n'était pas si terrible.

Le rebelle qui s'est rebellé pour les meilleures raisons du monde.

Cet homme qui aurait pu séduire n'importe quelle femme, mais qui n'a d'yeux que pour moi.

Qu'ai-je fait pour bénéficier d'autant de chance ?

– Tu es tout ce dont j'ai besoin. Peu importe la formule, mon nom de famille, que j'ai une bague en plastique, un mariage civil ou pas… ça m'indiffère. Tu es mon homme. C'est tout ce qui compte. Toi.

Il m'offre le plus doux des sourires. Timide mais sérieux.

– McKenzie n'a jamais rien signifié de particulier pour moi, Nox. C'est un nom qui m'a été donné par un homme que je n'ai jamais rencontré. Mais je lui ai donné de la valeur. J'en ai fait quelque chose… et c'est vrai que nous n'avons pas besoin de tout ce tralala. Il n'empêche que cela signifierait beaucoup pour moi que tu sois fière de devenir une McKenzie.

Les larmes aux yeux, je me penche pour l'embrasser. Un baiser tendre, empli d'un respect que tout un chacun devrait rencontrer ne serait-ce qu'une fois dans sa vie.

Cela dit, j'ai de la chance, car cela fait partie de mon quotidien. Le baiser, l'homme et la vie d'un genre nouveau mais dont je ne pourrais plus me passer.

J'appuie mon front contre le sien.

– Je t'aime, Rush McKenzie. Et je serai fière d'être une McKenzie comme toi.

Sa respiration s'entrecoupe, puis son rire sonne comme un chuchotement.

– Épouse-moi, Nox. Je ne te promets pas la perfection, mais je t'assure que mon endroit préféré est à tes côtés. (Je le regarde dans les yeux.) Je ne peux pas te promettre de ne jamais commettre d'impairs, mais je peux te promettre de partager avec toi mon avenir, à tout jamais. Je ne peux pas te promettre que nous n'aurons pas nos moments d'errance, mais je peux t'assurer que nous cheminerons côte à côte. (Il déglutit péniblement, ses yeux s'emplissent de larmes.) Et je ne peux pas te promettre que tout se fera sans heurts, mais j'arrangerai les choses en te faisant horriblement mal l'amour.

Je m'esclaffe. Ce que j'aime cet homme !

– Tu veux m'épouser ? chuchote-t-il.

Je hoche la tête, incapable de répondre à haute voix durant quelques secondes.

– Oui, bien sûr. Pour toujours. À tout jamais.

Et cette fois, quand nos lèvres s'unissent, le monde semble un peu plus stabilisé.

J'ai l'impression d'avoir trouvé mes lendemains, mes couchers de soleil, pour la vie.

Il se peut que nous ayons un peu trop erré, mais nous avons fini par trouver notre point d'ancrage.

Notre *chez-nous*.

Côte à côte : voilà le seul endroit où nous nous précipiterons dès que possible.

REMERCIEMENTS

Juste un petit merci pour tout l'amour et le soutien que tout le monde m'apporte depuis déjà sept ans. Quand je me suis mise au défi d'écrire mon premier roman, *Driven*, j'étais loin d'imaginer que quelqu'un l'apprécierait, encore moins que je ferais carrière dans l'écriture.

Mille mercis de m'avoir permis de saisir cette chance et de l'avoir aidée à grandir.

Kristy

À PROPOS DE L'AUTEURE

Auteure à succès, K. Bromberg écrit des romans contemporains qui mêlent tendresse, émotion, une forte dose de séduction et une pointe de réalisme. Elle aime mettre en scène des héroïnes fortes et des héros blessés que nous aimons détester et détestons aimer.

Mère de trois enfants, elle écrit entre deux allers-retours à l'école et les entraînements de football, le plus souvent avec son ordinateur portable sous le bras.

Depuis la publication de son premier roman en 2013, Kristy a vendu plus d'un million et demi d'exemplaires dans vingt pays et est arrivée en tête des ventes plus de vingt-cinq fois dans le *New York Times*, *USA Today* et le *Wall Street Journal*. Sa trilogie *Driven* (*Driven, Fueled* et *Crashed)* fait actuellement l'objet d'une adaptation par Passionflix, le premier volet étant déjà sorti.

Son imagination toujours à plein régime, elle est actuellement occupée à ficeler l'intrigue de son nouveau héros qu'elle dorlote. Pour en apprendre davantage sur lui, le meilleur moyen est de chatter avec Kristy sur les réseaux sociaux. Pour recevoir les dernières actualités et les dates de parution de ses prochains romans, inscrivez-vous à sa newsletter ou suivez-la sur Bookhub.

Pour rester en contact avec K. Bromberg
www.kbromberg.com

Facebook : www.facebook.com/AuthorKBromberg
Instagram : www.instagram.com/kbromberg13
Twitter : www.twitter.com/KBrombergDriven
Goodreads : bit.ly/1koZIkL

À PROPOS DES ROMANS DE K. BROMBERG

« K. Bromberg livre comme toujours une romance sensuelle, construite intelligemment et riche en émotions… » *USA Today*

« K. Bromberg vous fait croire au pouvoir du grand amour. » Audrey Carlan, N° 1 des ventes du *New York Times*

« Une histoire de survie poignante, d'une beauté envoûtante, qui parle de secondes chances et du pouvoir de guérison de l'amour. À lire absolument. » Helena Hunting, auteure de best-sellers du *New York Times*

« Un coup de maître ! *The Player* est captivant, sexy et vibrant d'énergie. J'ai hâte de découvrir *The Catch* ! » Lauren Blakely, N° 1 des ventes du *New York Times*

« Une romance irrésistiblement enflammée qui reste avec vous bien après que vous avez terminé de la lire. » Jennifer L. Armentrout, N° 1 des ventes du *New York Times*

« Bromberg excelle dans l'art de faire grimper la température ! » Katy Evans, auteure de best-sellers du *New York Times*

« Débordant de passion et d'émotions. Bromberg nous emporte avec brio de la première à la dernière page. » Kylie Scott, auteure de best-sellers du *New York Times*

« Envoûtant, bouleversant et diablement ardent ! » S.C. Stephens, N° 1 des ventes du *New York Times*

Composition et mise en pages
Nord Compo à Villeneuve-d'Ascq